深圳新锐小说文库

主编　杨争光
总策划　邓一光　尹昌龙

鸡鸭小心

郭建勋 / 著

海天出版社（中国·深圳）

图书在版编目（ＣＩＰ）数据

鸡鸭小心 / 郭建勋著. — 深圳： 海天出版社，
2016.1

（深圳新锐小说文库）

ISBN 978-7-5507-1515-8

Ⅰ．①鸡… Ⅱ．①郭… Ⅲ．①短篇小说－小说集－中
国－当代②中篇小说－小说集－中国－当代 Ⅳ.
①I247.7

中国版本图书馆CIP数据核字(2015)第280343号

鸡鸭小心
Jiya Xiaoxin

出 品 人：聂雄前
书稿统筹：于爱成
责任编辑：涂 俏　蒋鸿雁
责任校对：刘发明
责任技编：蔡梅琴　梁立新
装帧设计：李松璋书籍设计工作室

出版发行：海天出版社
地　　址：深圳市彩田南路海天综合大厦（518033）
网　　址：www.htph.com.cn
订购电话：0755-83460293（批发）　83460397（邮购）
排版制作：深圳市思成致远创意文化有限公司　0755-82537697
印　　刷：深圳市顺帆达印刷有限公司
开　　本：787mm×1092mm　1/16
印　　张：18
版　　次：2016 年 1 月第 1 版
印　　次：2016 年 1 月第 1 次
定　　价：29.80 元

序　言

主编这套文库，是一种享受。

阅读十二位青年作家的作品，更是一种享受。

还有鼓舞。

边鼓边舞——兴奋！

十二位文学新锐，是从几十位符合条件的作家中推选出的，也许并不能代表深圳文学的高度，却能真切地感受到深圳文学滋养、生成的元气、生气、意气。有这三气在，新的高度是可以预见的——不仅是将来深圳文学的高度，也许还是将来中国文学的高度。

三十多年，能聚集如此整齐的文学集群——我实在不愿使用"新军"这个词，文学实在不是因为利益或信仰而生发的战争，文学群体也实在不是军事组织——也只有深圳能够。

我从来都认为，"文化沙漠"是对深圳的误判。面对这种误判，深圳以它包容开放的胸怀和着眼未来的视界，踏实、稳健地建设着自己的文化。来自五湖四海的深圳人，携带着他们各自的文化之根，就地栽培。移民，遗民，夷民，互不嫌弃，互不抵牾，欣然接纳，不拒杂交——深圳就是这么任性！养性之后的任性。现在完全可以说，深圳不仅是个经济奇迹，也创造了文化培育、积累和健康生长的奇迹。

文学是文化的组成部分，并处于文化最敏感、最精致的部位。深圳文学曾有过短暂的浮躁。浮躁是一种内在焦虑导致的精神和行为变形。很快，这种浮躁就成为浮云而升天，留下的是平稳的文学耕耘。而且，这种文学耕耘的主流是非职业的民间写作。本文库中的十二位小说新锐，都不是所谓的专业作家。仅凭这一点，不仅这十二位，整个深圳文学的生态，也可以是未来中国文学生态在当下的一个试水，或者说是一个示范也成。这就是深圳的见识。也是深圳的性格：有健康理性为根基的见识，就付诸行动，创造成果。

深圳有"打工文学""青春文学""网络文学"，但以为这就是深圳文学的标志，也是一种误判——对深圳文学的误判，正如"文化沙漠"说对深圳的误判一样。每一位作家都是打工者；许多作家都可能以"打工者"作为他们的文学形象。每一位作家都有或有过青春期；过了青春期的作家也可能叙写"青春"。在互联网时代，每一位作家都不可能或很难拒绝网络，"网络文学"作为一种瞬间现象，已经成为过去时。深圳文学将不在所谓的"打工文学""青春文学""网络文学"等等标签的框定里打转。

文学就是文学，不是别的。文学和"打工""青春""网络"遭遇，将是日常性的。深圳文学要的不是有形无义的标签，而是真正属于文学的品相。这品相既是深圳的，也是中国的、人类的。福克纳以一块"邮票大的地方"为文学地盘，写出了人类的精神境遇，以及充盈于胸的悲悯情怀。鲁迅以"未庄"为文学地盘，塑造出了可与堂吉诃德相媲美的人类精神形象。本丛书中的十二位作家，性格不同，文笔各异，却都有着不甘平庸的文学野心。他们守着深圳，一个现代与后现代并存、移民与遗民甚至夷民杂居、物质与精神厮杀、灵魂与肉体纠缠、解构与建构时刻都在发生的地盘上，文学野心能否成为文学现实，我不敢妄言，但深圳应该有着它足够的耐心，等待和期盼。

说得似乎高亢了点。那就降低调门，轻声说几句：由于先天性营养不足——比如，长期缺乏不断发展的自然科学和人文科学的后援与支持；比如，白话文写作至今也不足百年的实践，等等——从整体来说，中国的叙事文学，包括小说艺术的家底，并不丰厚。五千年中华文明固然伟大，但仅以此作为现代小说艺术的滋养，我以为是不够的，因为小说艺术要抵达的是整个人类。

鲁迅是清醒的："过去的生命已经死亡。我对于这死亡有大欢喜，因为我借此知道它曾经存活。死亡的生命已经腐朽。我对于这腐朽有大欢喜，因为我借此知道它还非空虚……"以汲取营养论，鲁迅是母奶和狼奶通吃的。正因为清醒，还在中国现代文学起步的时候，他的心血书写，创造了中国文学的高标。

精神荒芜，思想枯竭，是人的穷境，文学的死境。

在生命的关口，守住了人的底线，也就站在了人的高点。在文学的关口，守住了写作的底线，也就守住了文学的高地。

我愿以此与年轻的同道们共勉。

末了，还有几句说明：

本"文库"又称为"12+1"，即十二位文学新锐的作品，并一本文学批评专著。相信批评专著能对十二位青年作家作品——或许还有深圳文学，有精到的解析。

本"文库"由邓一光先生提议，他和尹昌龙先生任总策划，由我担任主编。具体的联络、协调及编务工作，是由工作室的几个年轻朋友做的。

本"文库"的作家年龄均在四十五岁以下（含四十五岁）。吴君、盛可以诸位应在此列，因事先议定的原则，未进入本文库，是一个遗憾。

本"文库"由深圳市宣传文化基金全额资助，海天出版社独家出版发行。

为深圳文学祝福。

杨争光

2015年6月26日

目　录

回家过年

在去客人房间的走廊上，马艳气鼓鼓地对阿丽说：

"今年真是活见鬼了！"

阿丽笑了笑说："不是金融海啸吗？"

"金融海啸是什么鬼东西？害得我回个家也这样难，日子都定好了，又得往后推。你倒好啊，明天大姨妈就来了，可以回家了。"

金融海啸这词儿是前几天阿丽听陈哥说的。陈哥是阿丽的客人。这两个多月，陈哥两天来一次，就指定要阿丽。阿丽上钟了，他也会等。阿丽很漂亮，功夫也不错，但陈哥非得等她倒并非为做那个事。直说了吧，陈哥不行了。陈哥四十来岁，正是狠的年纪。场子里的姐妹最怕的就是这个年纪的男人，一个个拼狠凑猛，脾气臭，花样多，往死里折腾，一个钟两个小时下来，要脱身皮，小死一道。但偏偏这个年纪的客人最多，都混得冒了点小泡，要么有点钱，要么有点权，家里的女人又走下坡路了，看一眼都起鸡皮疙瘩，所以就饿猫似的四处窜。

陈哥第一次来，把碧玉馆闹得炸开了锅。碧玉馆就是阿丽上班的这个场子，很好的名字。妈咪带了一拨女孩子上去了，环肥燕瘦的。陈哥吊个二郎腿半小心躺着，一只手撑在床上，一只手拿着烟，瞟了一眼，就把烟头重重地摔在地上，盯着妈咪：

"就这些？"

妈咪屁溜溜地捡了烟屁股插到烟灰缸里，一迭声地笑：

"大把多，大把多。"

第二拨上了，第三拨上了，都让陈哥像赶苍蝇似的赶走了，妈咪一脑门子的汗：

"这位大哥……"

"是不是没了？我走了。"

妈咪碎笑："有有有。大哥，你告诉我，喜欢哪个类型的？"

"温柔点——"

妈咪拍了一下大腿："淑女型的。大哥，你怎么不早说？六十八号，六十八号包你满意。"

六十八号就是阿丽。阿丽那时刚下钟，客人正是个四十岁左右的家伙，剃个光头却留了胡子，脱了衣服，黑炭一样，一身的膘，胸口上一绺毛一直垂到肚脐眼。阿丽的屁眼猛地缩紧了，脸上却是柔柔的笑：

"老板，你好像火风耶。"

"老子不是火风，是火牛。"

把火牛送到电梯口走了，像终于从榨油机里爬出来，阿丽一下子奄了，浑身的零部件都散了架，头昏脑涨胸闷腹痛脚打哆，两颗泪珠哗地流了出来。正拭着泪呢，妈咪豹子似的蹿过来拽住了她的胳膊：

"还磨蹭个鬼？快点快点。"

阿丽的泪如线一样地掉："我……"

"别他妈给我哭丧，快点去准备，砸了我的牌子，有你好瞧的！"

阿丽一进休息间，看到姐妹们扎成堆儿在那里喋喋不休，就明白了等着她的又是一位难缠的主，腿一软，几乎栽倒在地上。妈咪脸都气绿了，跳起来骂：

"我看他妈谁敢再吱一声？叽叽喳喳的，一群八婆。我就说过，叫你们学学68，文静一点，温柔一点，害羞一点。"

阿丽补好了妆，鼻子一酸，禁不住又掉了一颗泪。顺英过来拭了阿丽的泪，轻轻地抚了抚阿丽的臂，笑了笑：

"没事的，去吧，为了钱。"

妈咪眙顺英一眼。碧玉馆是出过一桩大事的，两年前，一个客人把个姐妹捅死了，割掉了她两个乳房，还把洗发水瓶塞进了下面。那客人是来报复的，好像是四川的吧，他带了青梅竹马的未婚妻来打工，他做保安，未婚妻是拉妹。没做多久，未婚妻在他眼皮底下不翼而飞了。小伙子上穷碧落下黄泉地找，没找着，有人告诉他，女孩做小姐了。从此，他就怀了恨，要杀掉天下的小姐。刑侦人员在他的租房里找到了本日记本。日记本是保安执勤手册改做的，贴了一个封皮，上面写着"杀人日记"四个字，右下角画了一个古代仕女图，仕女的脸是他未婚妻的。杀碧玉馆这个女孩之前，他已经杀了三个了，日记本里详详细细，图文并茂，像连环画，左边是文字，右边是配图。小伙子的梦想是做画家。

这事发生后，公安搞了专项行动，抓了人，也罚了款，碧玉馆等一批场子关了门。专项行动嘛，也就块砖那么长时间，不久，全照常营业了。而碧玉馆是第一家照常的，可见老板能量不小。这事除了妈咪、顺英等几个老人知道外，现在没几个人知道了。阿丽当然不知道，自然也不明白妈咪为什么眨顺英的眼睛，当下朝顺英笑了笑，硬了脖子，跟着妈咪走了。

还果真不出妈咪所料，陈哥果然留了阿丽。一进门，阿丽瞄了陈哥一眼，剩下的一魂又丢了半魂，除了没留胡子，几乎跟那个火牛是表兄表弟。陈哥剃的是寸头，更冷飕飕的。下意识的，阿丽抓了一下妈咪的手，眼睛扑闪着避了，低了头，红了脸。

成了少女之后，阿丽就喜欢脸红。第一次见妈咪，妈咪只说了句"干这个就是天天跟不同的男人睡觉哦"，阿丽的脸就红了，妈咪火了：

"哪来的哪里去！"

但也真是奇怪，喜欢脸红的阿丽就在妈咪手里过了一关又一关，先是五千块钱让人开了苞，后是接受了一个月的专门培训，最后就是妈咪说的"天天跟不同的男人睡觉了"。一路做来，一路脸红，至今仍是。所以，好些姐妹们都说阿丽是装的，但阿丽真的不是装的。不过，客人倒不管这些，不管你的脸红是装的也好，真的也好，他们一律喜欢。果然，陈丽的脸红更让陈哥上了心，刀一样的目光里有了笑意。

那天晚上，陈哥连衣服也没叫阿丽脱，两个人就躺着聊天，更准确的说法是，陈哥说，阿丽听。陈哥说他来深圳后的事。在正式说那些事之前，陈哥向阿丽介绍了自己，他是个五金厂的老板，还拿了张名片给阿丽。陈哥笑呵呵地说：

"报纸上说，一些人专门甜言蜜语骗小姐，骗出去之后抢劫。你是不是怀疑我也是这路货色，我告诉你，我不是，出了这个门，我是不会联系你的。我就想找个人说说这些年我在深圳的事。"

阿丽笑了笑对陈哥说："你可以对你老婆说啊。"

陈哥也笑了笑说："跟老婆能说什么？"

"那可以对你小情人说啊。"

"我没有小情人。"

"那、那可以对朋友说啊。"

陈哥点了一支烟，深深地吸了一口然后吐出来，目光便随着腾起的烟飘向天花板，好久，才苦笑着摇了一下头说：

"在深圳混了这么多年，我现在才知道，吃喝的朋友一大把，说知心话的朋友却一个也没有。"

从那天晚上开始，陈哥就对阿丽说自己来深圳的故事。他的记忆力真好，将近二十年前发生的事情，现在仍记得清清楚楚，连月份、日期，甚至上午还是下午也不会错。他也说得很慢，似乎不想漏掉每一个细节。比方说，从老家坐车到深圳的第一天，他就说了将近一个小时，刚下车，一摸钱包丢了，是如何的着急；肚子饿得咕咕叫，最后捡了一块人家丢弃的面包吃了，是如何的不好意思；背着个山大的包盲无目地四处走，太阳是如何的毒；天黑了没地方睡，睡在草地上，蚊子是如何的多；等等。应该说，陈哥很有点讲故事的天赋，讲得像真的一样。比方说，讲到捡面包吃的事时，他站起来比划着：看到了面包，不敢上去捡，决定了去捡又退缩了，一共退缩了三次，最后终于走过去了，又不敢立即捡，先站着，四处瞄，看别人有没有往这边看，确定了没人看，才装着系鞋带的样子蹲了下去，偷偷地把面包放进口袋里，再走到另一个地方掏出来吃。他表演得惟妙惟肖，都要逗得阿丽笑了。她没笑，因为她看到了陈哥的眼睛里有泪光闪烁，于是，她脸上也布了愁云，像融进了他的故事。

大概说了二十来个钟吧，陈哥总算把自己的故事说得差不多了，连贯起来是这样的：他刚来深圳的时候受了很多苦，做过基建、打过零工、卖过甘蔗、擦过鞋，让查过暂住证、被逮去樟木头修过电路，等等，总的一句话，打工能受到的苦他基本上受了个够。就这样混了四年多，东飘西荡，一事无成。后来，他终于进了一个电子厂跑业务，总算找着北了，上了路，第二年，他就成了厂里的业务支柱，每年的提成多达五十万元。赚了五十万的那年，陈哥开了车带了新交的女朋友第一次回了趟老家。娘见到他的第一句是，崽啊，都以为你死在深圳了。赚了第二个五十万后，陈哥就和人合伙办了个电子厂。后来又经历了合伙人撤股、财会卷款潜逃、竞争激烈拉不到单、停产整顿、机器设备被水淹，等等，总的一句话，做老板能遭到的难他基本上遭了个够。直到三年前，才终于走上了正轨，成了一个号称本行业世界第五的大电子厂的供应商。

陈哥在说到自己如何力挫群雄成为那个世界第五的电子厂的供应商的那天晚上，特别的激动，阿丽也为他激动，脸笑得像一朵开了的荷花。这时候的阿丽早已成了陈哥最默契的听众，陈哥悲伤的时候，她比陈哥更悲伤，陈哥高兴的时候，她比陈哥更高兴。看到阿丽莲花一样的脸，陈哥更激动了，这一更激动，陈哥第一次有了那个意思，脸都涨红了，大声地说：

"快快。"

阿丽刚拉了架势，陈哥却不行了，阿丽想尽了办法，都累出了一身汗，还是不行，软塌塌的像截猪肠子。陈哥呼呼地喘着粗气，脸一片煞白：

"半年多了，忽然就——"

金融海啸的事情是上次陈哥对阿丽说起的。那天晚上，陈哥简单地对阿丽说了近几年的事，比如，读了个MBA，到全世界各地好玩的地方逛了个圈，今年还在老家盖了个希望小学，成了县里的政协委员，等等。看得出来，陈哥对这些东西谈兴不浓，浮光掠影的，一个小时多点就讲完了，末了还用三个字作了总结：没意思。没什么说的了，陈哥忽然说：

"这段你们这里生意好得不得了呀，每次来车都停满了。"

"是的，从来没有这样火爆过。都快过年了，想回家过年都不批，还逼着我们吃药，不让大姨妈来。"

"你知道为什么吗？"

阿丽摇了摇头。陈哥一字一顿地说：

"金融海啸。"

阿丽每天除了上钟就是睡觉，第一次从陈哥嘴里知道了金融海啸这词儿，不知道是什么东西，不过，从陈哥那严肃的表情来看，肯定是非常可怕的东西，当下就愣愣地望着陈哥，脸上的表情比陈哥更严肃。陈哥花了差不多半个小时，才总算把金融海啸这事儿说清楚了。大意是美国佬的经济出了问题，像海啸一样波及了全世界，很多工厂企业都不行了。陈哥说了一个比喻：

"多米诺骨牌效应，一倒全倒。"

阿丽不知道多米诺骨牌，陈哥只好又用另一个比喻：

"麻将牌知道吧？一张张隔点小空挨个儿摆成一排，第一张倒了，全得倒。"

这下，阿丽终于懂了，美国佬不小心把麻将弄倒了，搞得全世界的麻将全倒了。阿丽又不懂了，为什么碧玉馆这块麻将牌就没倒呢？不仅没倒，而且比原来站得更稳了。更不懂的是，刚才听陈哥话里的意思，好像碧玉馆不倒反跟那些麻将牌倒了有很大的关系似的。阿丽蹙了蹙眉，一副思考的样子，这倒平添了一点妩媚。陈哥看了阿丽一眼，心里起了点潮，但下面仍是波平浪静的，脸上就掠过一丝痛楚的表情。阿丽赶紧不思考了，活了眉眼，把头凑在陈哥的怀里，嗲嗲的：

"阿哥，你说说嘛，金融海啸来了，我们这里为什么就生意火了？"

"为什么？大家破罐子破摔了呗。反正要死，蹦不了几天了，最后快活一把。在这里一快活，天大的事儿都去他妈的！"

阿丽总算全懂了，拐了这么多弯，原来一切都是金融海啸弄的，她的心里倒是暗暗地感激起这个金融海啸来了。当然，她又想，来了就来了，这是好的，但不要来这样猛嘛，姐妹们一个个都累死了。

这两天，阿丽是很想找个时间对好朋友马艳说说金融海啸这个事儿的，但实在太忙了，根本就没时间跟她打照面，现在到客人的房间前了，又没时间说了，等下了钟一定跟马艳好好上一课。她们客人的房间是隔壁，马艳先到，她敛起了脸上的怒容，浮了两梨窝甜甜的笑。马艳有点肥，但肥得美，白白的皮肤欺霜赛雪，人称杨贵妃，她的品牌是颊上两个笑窝，人未笑，窝先笑，两窝满满的艳美，销人魂魄。

门开了，马艳要进去了，进去之前，她回过头来朝阿丽挥了挥手，又嘟了嘟嘴。阿丽也朝她笑了笑，然后敲了门，里面是陈哥。在等陈哥开门的那当儿，阿丽突然有了一个决定，今天晚上，无论如何，也得让陈哥做一次。做完这个决定，阿丽的脸红了。

马艳生气是有理由的，她昨天请了假，飞机票都买好了。下午三点半，正在超市购物，妈咪来电话了。她摁了不接。摁键的大拇指还没抬起来，电话又来了。只好接了。妈咪粗着嗓门骂：

"死肥婆，不想混了还是咋的？"

"妈咪，我、我八点钟的飞机……"

妈咪打断了她："你上去了老娘也把你戳下来。"

马艳不相信妈咪能把飞机戳下来，但她相信妈咪能把她那五千元押金给罚了，所以，乖乖地提了大包小包直接来了。一进来，就用力地把包摔在地上。包破了，里面的糖呀瓜子呀散了一地。一个刚下钟的叫顺英的弯了腰拣了一颗糖，却又扔下来了，鼻子里哼哼：

"文胸穿安莉芳，打麻将一百两百，回家飞机去飞机来，买个糖却是十几块的猪都咬不动的硬糖，这样的人都有！"

马艳正哗啦哗啦地换衣服，也不换了，像个雌豹子一样跳过来，冲到顺英的眼皮底下：

"咋啦咋啦？老娘就这样，老娘留了钱买房养小白脸。"

这话是刺顺英的。顺英是做这行时间最长的，也最能存钱了，这几年在老家重庆买了两套房，准备过了年回去就买车。说养小白脸，那倒是冤枉她了。那男的是她的初恋，读高中的时候谈的，她成绩不好，家里穷，他成绩好，家里也穷。两头留一头，她就跑出来打工了，在一个电子厂没日没夜地做了三年，连买卫生巾的钱都恨不得省了，全寄给他让他读完了大学。大学毕业了，他却提出了分手，说是两人没共同语言。这事落在别人身上早寻死觅活了，顺英没，而是眼睛一闭改了行，一天赚的钱超过了原来一个月赚的。刚开始是在排着队的男人身上找到了泄恨的快感，那戴着眼镜一脸斯文相的小子脱了裤子无非也是个三条腿的男人。这女人也是个奇怪的动物，脱了裤子的男人见到了，心底里居然又怀想起了那个只吻了她一次的眼镜男人。而且，一想，下面就湿。

到重庆买第一套房子的时候，在一家国营企业上班的眼镜谈了恋爱。顺英尾随了眼镜的女朋友看了个够，越看越生气，矮塌塌的，还有点胖，走路老低着个头。顺英真想扯了眼镜好好问一下，这就叫作有共同语言？唯一让她有点自愧不如的是，那女人也戴了副眼镜。她总算明白了，原来戴着眼镜的男人与戴着眼镜的女人才有共同语言。因为这个原因，后来她到了另一个场子，谎说近视，也配了副眼镜，果然蛮多人说她有气质，进了房第一件事就问，你肯定是个大学生吧。

　　到重庆买第二套房子的时候，眼镜上班的那个铁桶似的企业开了箍，眼镜下了岗，在街边摆了个麻辣烫。顺英以富婆的身份出现了。顺英后来想，如果那时眼镜像得了软骨瘟一样地缠了过来，那就没有后面的事了，顶多是几夜风流，然后风吹雨散。那时候的眼镜虽落魄但未落气，是堂吉诃德，家道中落却还有一匹瘦驴、一把木剑和一个听话的管家桑丘，足够支撑他闯荡天涯，他眼镜后面的目光冷冷的：

　　"谢谢你的好意。两年，我要让眼镜麻辣烫遍布重庆，不，全中国。"

　　一年多前，眼镜主动向顺英缴械投降了，他的眼镜女朋友跟另一个眼镜男人结婚了。那个眼镜男人也是眼镜的眼镜女朋友的初恋，中学毕业后在街头做棒棒，后来开了一家蛮大的物流公司，开了辆血红的富康。顺英跟眼镜结婚后，还有点存款，心想就在重庆盘个服装店啥的做点小生意过日子。眼镜却不同意，叫顺英再做一年，买个锐志车。他摘了眼镜呵了一口气，用衣角擦了擦又戴了上去说：

　　"比死那龟儿子！"

　　如果不是快过年了的这几个月生意转好，顺英是铁定没法买锐志车了。这场子里拼的就是个青春，刀刀见血，化了妆穿了衣服在灯光下是不大看得出来，可一脱了衣服，那就啥都瞒不住了。你哄也只能哄一次吧。顺英今年二十六岁了，莫说跟刚满二十岁的阿丽比，就是跟比她小两岁的马艳相比，那也是一双两色。老一岁就少了一岁的本钱，就这样残酷。一次，顺英跟马艳一组去客人房间，顺英高挑些，客人选了顺英，要走了，马艳回过头朝客人笑了一下，客人就撇了顺英选了马艳。顺英跟马艳就此结了梁子，一有空就打嘴巴仗。

可谁知道这生意突然就火了，称得上夜夜爆满，很多的晚上，客人排着队等，姐妹们恨不得一个钟掰开两个钟甚至四个钟来用。客人一多，自然就不会挑肥拣瘦了，顺英就捡了大便宜，仿佛又回到了当年头牌的岁月，每天下了钟躲在宿舍里数钱，数得哗哗地响，然后压在枕头下睡得踏踏实实。第二天上钟前去趟银行，再给眼镜打个电话，告诉他钱存进卡上了，然后一路哼着"路太漫长，凝结成了霜"到酒店，感觉这生活正如了一首歌。

要是以前，马艳拿了"留了钱买房养小白脸"的话刺她，顺英肯定不会轻饶了马艳，但今天不，顺英心情好。十二个小时六个钟，她接了六个客人，真个是后脚刚出了那个门，前脚又踏进了这个门，有四个是老主顾，其中又有两个六十多岁的，一个二十挂零的，这钱来得就像捡似的。顺英从缀着玻璃珠子的坤包里掏出了钱，拿到鼻子底下夸张地嗅了嗅：

"有种的你也养一个啊！就不用死赶活赶赶回老家相亲了。这都什么世道？天天老男人少男人胖男人瘦男人，还要跑回去相亲？"

顺英这话是以牙还牙了，戳到了马艳的痛处。马艳变了色。眼看有一场龙虎斗了，妈咪又赶过来催马艳了，见状，大喝了一声：

"客人在那里等发火了，你们还有心打架？"

马艳是单亲家庭长大的。其实，马艳原本有一个算得上幸福的家庭，父母都在县里一个最大的企业上班，父亲是工会干部，一表人才，吹拉弹唱跳舞出黑板报样样会，是出了名的文艺人才。母亲是车间的技术员，也是出了名的美人，过腰的黑辫子，一双眼睛会说话，当然，颊上也有两个笑窝。在厂里举办的一场交谊舞会上，马艳的父亲以优雅娴熟的舞姿轻而易举地俘虏了马艳母亲的心。马艳的外公是个中学校长，半辈子阅人无数，知道马艳的母亲跟马艳的父亲恋爱之后，这世上所有能棒打鸳鸯的招儿他都用上了，最后只能蹦出这句话：

"要爹还要那小畜生？你拣一样。"

马艳的母亲拣了那小畜生。一时间，马艳父母上了整个厂乃至整个县城的头版头条，年轻人既艳羡他们才子佳人的结合，更佩服他们冲破樊笼的勇气。马艳六岁那年，马艳的父母却悄悄地离婚了，原因是，马艳的父亲把县团委的一个小姑娘的肚子搞大了。从此，马艳母女俩相依为命，也从此，马艳的母亲恨透了天底下所有的男人，她后半辈子的使命似乎就是不让马艳吃男人半点的亏。在母亲近乎残酷的监视里，马艳渐渐长大，出落得娉娉婷婷，既遗传了父亲的能歌善舞，又遗传了母亲的冷艳，初中毕业后，她考上了市里的艺校。读艺校的第二学期，那个县里最大的企业倒闭了，马艳的母亲开了个书报摊艰难度日。突如其来的变故折断了马艳梦想的翅膀，这时，有演出团体来找她了，要她去南方跳舞，薪水不菲。临走前母亲跟马艳谈了一夜的话，总的来说就一句话，不能上男人的当。还提了硬要求，男朋友一定要在本县城找，而且，要倒插门。

远离了母亲，马艳像挣脱了樊笼的小鸟，自由而欢畅。唯一让她有点措手不及的是，所谓的演出并非原来所承诺的那样纯艺术，是到酒店夜场表演，穿三点式跳钢管舞。马艳死活不同意，但十六七岁的她又怎么是那些老江湖的对手？软硬兼施之下，也就乖乖地上场了。而且，她主动地向母亲撒了谎，是正规演出。

开始一年多，虽然诱惑多多，因为有母亲那么多年的教育兜了底，她守身如玉。但最后，她的玉仍是让一个摇滚歌手以爱情的名义破了。那是一个很有天分的歌手，自己作词作曲，披散一肩如瀑长发，长发的隙缝里是一双忧郁的眼睛。那双眼睛硬硬地穿透了她的灵魂。在爱情的态度上，马艳沿袭了母亲的坚贞和果敢，她义无反顾地把自己的第一次及薪水的绝大部分献给了歌手，她坚信他能成名，能超越梦想。当然，这一切，她都是瞒着母亲的。半年后的一天，马艳才知道，有着一双忧郁眼睛和一具威猛男性生殖器的歌手至少与十个她这样的女孩子保持着同样美好的友谊。那天晚上，她喝了一瓶红酒，1992年的法国波尔维诺。喝完红酒后，她打了一个香港老板的电话，醉意醺然间，她在香港老板的床上找到了报复和堕落的快感。

马艳以A牌的身价顺利地进入了另一个人生轨道，驾轻就熟。唯一有点难做的是，她需要至少每天给母亲打一个电话，编织一个摞一个天衣无缝的谎言，以让母亲相信，她已经离开了那个演出团体，进入了工厂，先是做文员，后又升做了行政助理，再又是惹毛了经理，又到另一个工厂做文员。在惹毛了经理的那个假想事件上，就走与留的问题，马艳跟母亲经过了多达数十次的讨论，她试图说服母亲，经理其实人不错，有房有车，也没结婚，就年纪稍大了点，但母亲断然否决了马艳的想法，要她赶快辞工。大不了回来跟我一起卖报纸，母亲在电话里大声地说。

几年过去了，马艳换了不少场子，在对母亲的说法里，是换了不少工厂，职位都是文员，因为上次做了一次行政助理后，惹了那么大的麻烦，她不敢再做了。年前，马艳到了碧玉馆，当然，在母亲的版本里，仍是做文员，但这一次，母亲倒着急了，打了很多电话，叫马艳表现好一点，争取在回家过年前提个行政助理做做，哪怕回家的前一天提了都好。母亲也是知道的，文员是蓝领打工妹，行政助理才是白领丽人。母亲在电话里压低了声音说：

"说是个文员，就不值钱了。"

原来，家里有人牵线，给马艳介绍了个政府办公室的小伙子，是铁饭碗。母亲很中意，说好了过年的时候相下亲，把婚订了。很多年前，都嚷嚷着要打破铁饭碗，弄到最后，还是铁饭碗是香饽饽，中国就这么个情况。马艳对这事儿也挺上心。说真的，这么多年，其实她内心里也是蛮想过给母亲撒谎的那种生活，在工厂里做个文员，穿着得体的衣服，整天坐在电脑前聊聊QQ、打打文件。在电话里给母亲编着那些故事，她就想象着自己是过着那样的生活，心里面就如种了一片兰。有时候，马艳甚至就想那样过了。她不是没这样的机会，有好几个客人就有过这意思，叫她去他们的厂里做文员或者秘书。

但马艳回不去了。一是，她习惯了这种"我的黑夜比白天多"的生活。二是，她也多少有些喜欢了。在客人那方来说，他们来花钱买乐子，是大爷，但就马艳看来，其实，他们跟马戏团里的猴子差不多，自己才是挥着鞭子的驯兽师，看他们猴急猴急的样子，马艳的心里就会升腾起成就感。当然，最重要的还是第三个原因，这是致命的，那就是，马艳好上了打麻将。只要坐到了麻将桌上，就忘记了一切，等她记起了一切，钱没了。为了这个爱好，她必须赚钱，必须赚很多的钱，而如果做个文员，一个月的工资也许放个杠上花就没了，更何况还要买衣服买化妆品给母亲寄钱呢。马艳每月给母亲寄千把块钱，是工厂里文员一个月的工资，也不能寄多了。做了这么多年，马艳攒下的钱其实就剩了给母亲的那点，偶尔想起来，她挺寒心，所以，干脆懒得想。

再说相亲那个事。前面说了，马艳对这事挺上心，其实，之所以上心，绝大的成分还是为了母亲吧。结婚这事儿，她也不是没想过，只是觉得微茫，微茫得就像跟客人上了一次床。现在，这事儿好像突然到了眼皮底下了，马艳就不得不正视了。经过了好长时间的考虑，马艳决定了这样做，为满母亲的意，年底就回家去相亲，相亲成了，过完年回来办好辞工手续，不成，就继续干吧。

马艳去办了一个假厂证，职务是行政助理。

阿丽进房时，陈哥正仰躺在床上抽烟，一只脚掉在床沿上，一只脚半曲立着。陈哥抽得很凶，满房子的烟，像着了火似的。看得出来，陈哥今天心情不好。阿丽未语先笑，叫了声陈哥，抢了陈哥手里的烟，插在烟灰缸里，然后猛地压在了陈哥身上，吻着陈哥。陈哥闭了眼睛，回吻着。阿丽探了一下，就动身脱陈哥的衣裤。可刚脱完，陈哥又不行了。阿丽正要再使手段，陈哥却扯住了她：

"呵呵，没事，我们继续说故事。上次说哪里了？"

"金融海啸。"

陈哥的脸上抽搐了一下："好，今天我们接着说。说我怎么让这个王八蛋害了的！"

陈哥的工厂主要是给那个世界第五的电子厂做单的。几年来，单一年年多，陈哥的厂也一年年扩大，双赢了。厂大，就特别的牛，一是对供应商提供的产品质量要求特别严格，严格得近乎残酷，人检验完了机器检验，稍微有点纰漏就全部退货，铁面无私的。记得刚开始合作，陈哥让退了五卡车的货，价值二百多万元，全当废品处理了。那处理的不是货，而是身上的肉。如果不是硬着头皮破撑，就退货这件事，就足够当时的陈哥破产两三次。二是结款迟。一般的企业一个月一结，顶多两个月吧，世界第五不，最短三个月，长则半年。去催吧？一句话，款可以马上给清，后面的单就不要做了。对产品的质量要求严，生产上各个环节下足功夫就能做到，退一步说，这也是好事，注重质量，可以提高企业的核心竞争力。而结款迟则是致命的。一个厂开起来了，几百号人呢，那是流水似的用钱，房租，工人工资，采购原料、添置机器设备的费用，生活费，电费，电话费，等等，桩桩件件，件件桩桩，每个月月底了，财务报表上的数字看得人脔心都挪了位，哪一项没按时支出去就有可能导致工厂关门。而人家欠了你大把的钱你却屁话也不敢吱一声，说声不给你单做了，就什么也没了。对阿丽说这些的时候，陈哥一串用了两个歇后语：

"我是掉进了风箱里头的老鼠——两头受气，是猪八戒照镜子——里外都不是人。"

说了这两个有趣的歇后语，陈哥掉了两颗泪，由彼及己，触到了心里的伤心处，阿丽匍匐在陈哥的胸前，眼睛红红的，也掉下两颗泪来。

去年年底，世界第五向各供应商下订单了，给陈哥下的居然是上年度的两倍。刚开始，陈哥以为看错了，揉了揉眼睛，确信没错后，就给老家的副县长打了电话，说他愿意捐建个希望小学。副县长大声地说：

"这就好嘛，你回来搞完竣工典礼，正好可以开县里的政协会议。"

趁着过年，陈哥斥资三百多万元从欧洲购进了一套机器设备，又斥资五十多万元重新装修了一下写字楼。回老家参加希望小学的竣工典礼前，一发狠，又买了辆七座的奔驰350。县里五套班子的领导全体出席了陈哥希望小学的竣工典礼。天本是晴的，陈哥和县领导一到学校，就下起了雨，但孩子们硬是淋着雨完成了所有的仪式，一名小女孩给陈哥献花、两名少先队员给陈哥系红领巾、县长给陈哥发"情系桑梓，热心教育"的奖牌、陈哥讲话、学生代表讲话、村主任讲话、乡长讲话、教育局长讲话、分管教育的副县长讲话、县长讲话，每个流程都一丝不苟。看着眼前一个个像落汤鸡的孩子，那一天，陈哥是真的激动了，当即表示每年拿出五万元设置奖学金。副县长宣布了这一喜讯，孩子们拼命地鼓掌，水珠四溅。

参加完县政协会议后回来不久，世界第五告诉陈哥，因市场变化，原来下的订单酌情减半。陈哥那天闲着无事正捧着那个"情系桑梓，热心教育"的水晶牌匾在看，听完业务经理的汇报，手一哆嗦，牌匾到了地上，碎成了一粒粒的珠子。从那天开始，陈哥就不行了。

十月底的一天晚上，陈哥正在家里跟老婆吵架。明天该发工资了，该想的办法全想尽了，但还差十万多，陈哥想向老婆借。老婆有点私房钱。为希望小学和奖学金的事，老婆不知道跟陈哥吵过多少次了，当下把一杯水倒在陈哥头上：

"你娘的尸献了那么多爱心，现在要人家向你献啊，反正老娘又没得到你半点爱心！"

老婆是话里有话的，不仅刺了陈哥希望小学和奖学金的事，还刺了他不行了的事，他一巴掌将老婆打倒在地，然后摔门而出，开了车跑上了广深高速，风驰电掣一般。他决定了，哪怕以后不下单了，明天也要去向世界第五催款。世界第五五个月未结款了，欠二千多万元。

做了这个决定没十分钟，一个同是世界第五供应商的朋友打电话来了，一开腔就哭了：

"完了、完了……"

"什么完了？"

"跑了、跑了……"

一惊，陈哥的车撞在了护栏上，也不顾了，退回来又往前冲。到了世界第五门口，黑压压的全是人，哭的喊的、吵的闹的、跺脚的发晕的，像发生了大地震。

好像是为了专程配合陈哥似的，陈哥正说着那天晚上世界第五的事，房间外面突然传来几声尖厉的喊"救命"的声音，然后就乱糟糟的一片，阿丽吓得浑身发抖，抱住了陈哥：

"马艳，是马艳！"

果然是马艳，她让客人用水果刀划破了脸，一共划了两刀，正划在右边的笑窝上，呈×形。客人没有逃走，而是乖乖地束手就擒了，被擒住之前，他举着沾满血的双手哈哈笑着：

"涨停了！涨停了！"

阿丽推迟了一天回家，去医院照顾马艳。阿丽本要再多照顾马艳几天的，马艳不要：

"快过年了，赶快回去吧，省得家里人操心。我没事的！"

马艳看上去还真没事似的，脸上茧似的包了纱布，静静地躺在那里，眼睛看着天花板。那张行政助理的假厂证挂在病床上。听到阿丽抽着鼻子，马艳眼睛溜了过来看着阿丽，又说：

"你昨天晚上说什么金融海啸来着？还没跟我解释呢。"

阿丽就将陈哥的话现炒现卖了一遍，也打了麻将牌的比方。马艳听了，默了好一会，眼睛眨了眨，要出泪了，忍住了，又挤出了一丝笑，凄凄地说：

"阿丽，我的麻将牌也倒了，是个诈和呢！"

"那相亲的事？"

"相不成了。不相了。"

"怎么对你妈说呢？"

"你来之前我还为这事愁呢，听你说了金融海啸，就撒这个谎吧，说金融海啸来了，厂里大裁员，怕裁了，我主动留下来春节值班。"

"她会相信吗？"

"不相信的时候再说吧。"

默了一会，马艳忽然抓了阿丽的手，眼角滚出了两颗泪珠：

"现在酒店关门了，押金也拿到了，你爸的病也好了，听姐一句话，你刚下水，起来还来得及，明年就不要再做这个了，就在家里找个人嫁了，管他穷也好，傻也好，只要疼你爱你，总比做这个强。"

阿丽流着眼泪点了点头。

阿丽从医院坐公共汽车回宿舍，一上车，座位上有张报纸，她拿起来随便翻了翻，一翻就翻到了一条打眼的新闻：《政府斥巨资善后某某厂 供应商农民工回家过年》。某某厂就是陈哥说的那个世界第五的电子厂。新闻大意说，某某厂台湾籍老板及管理人员集体逃逸后，政府迅速出手进行善后，通过与近一百家供应厂商和与近四千名劳务工进行多轮磋商，目前已取得重大进展，政府斥巨资垫付部分供应厂商的货款和农民工的工资，到发稿时为止，绝大部分的供应厂商和农民工已离开某某厂现场，并有部分农民工已踏上返乡旅程。不知道陈哥的货款拿到了没有？阿丽心里说，但愿他能多拿一些。

在宿舍的下面，阿丽远远地听到有人在楼上号啕大哭，驻足听了一会，是顺英。阿丽浑身颤了一下，她急急地上楼。在楼梯口，阿丽碰到了一个提着行李包要离开的姐妹，阿丽连忙问顺英怎么回事。那姐妹说：

"她寄回去的钱，全让那男的买码买完了。"

回家前，阿丽重新武装了一番，把这半年多买的新衣服和化妆品全扔了，穿上了原来在工厂里上班的行头。这些都是向马艳学的。阿丽向马艳学了很多。其实，也不仅仅是马艳，大部分姐妹都这样，千方百计地隐瞒着，消灭蛛丝马迹，生怕一不小心穿了帮露了底。在处理钱的事情上，她们更加谨慎，绝大部分的钱是两种去处，一是用掉了，租房吃饭抽烟喝酒赌博吸毒买衣服美容做头发养男朋友等等，这种情况的代表人物是马艳，几年了仍是两手空；二是存起来了，藏着掖着，等到一定数目了，就买房买车做生意，或者干脆嫁个傻兮兮的老公，慢慢地用，上半辈子苦，下半辈子甜，这种情况的代表人物是顺英，当然，是钱没让眼镜买码买完了之前的顺英。除非是已婚的，否则，极少人会把钱寄回家里去。你大把大把地往家里寄钱，不就证明你在外头没干好事吗？前面说过马艳，她就每个月只寄千儿八百给母亲，一个文员的工资，不至于让母亲起疑心。在往家里寄钱这件事上，阿丽是兼取了马艳和顺英的长，除了刚开始那两个月寄了二万多块钱回家给父亲治病外，平时每个月就寄个三两百，她事先对家里说清楚了的，那笔钱是她向同事借的，等逐个月地还。所以，这大半年，阿丽很是存了一点钱，卡上都超过十万了。

其实不用马艳劝，阿丽早就决定了，做到过年就收手了。她也不会听马艳的，这一回去就找个男人嫁了，她暂时还没有这种想法。在工厂里待了两年多，周围的女孩子几乎每个人都谈了恋爱，有的甚至还让人搞大了肚子，也不是没人追阿丽，从管理人员到男工友再到保安，很多人对她垂涎欲滴，尤其是一个脸上长满青春痘的保安，给她写诗，给她献花，打饭菜的时候故意让她插队，软的硬的全用上了，阿丽就是软硬不吃，默默地上班下班，闲了织织毛衣逛逛街。但没有尝过爱情滋味的阿丽居然就一下子做了小姐，夜深人静的时候，她会暗暗饮泣，但她并不后悔，不后悔倒不是那小小的银行卡里的那么大的一个数字的钱，而是治好了父亲的病。父亲是自己最亲的人，阿丽爱他，哪怕做牛做马，阿丽也愿意。

在回家的前夜，阿丽翻来覆去地想了很久，想了很久的结果是，她想谈次恋爱，她不渴望男人，她渴望恋爱。她甚至做好了这样的准备，如果真的碰上了一个喜欢她而且她也喜欢他的男孩子，她就会和他结婚，把卡上一半的钱拿出来治家。剩下的一半，阿丽也早就想好了，全部给母亲。怎么个给法，阿丽还没想好，反正是不能一次性给，要慢慢地给，给她买好吃的，给她买衣服。

至于回家过完年后再何去何从，阿丽也想好了，再出来打工，如果有可能，再进原来那个厂也是可以的，谁也不知道她这大半年到了哪里。不知道那个脸上长满青春痘的保安还在不在？想到那个保安，阿丽的脸红了。阿丽忽然想起了金融海啸的事，也许那个厂早让金融海啸吞了也难说，如果这样，就只能另找别的厂了。

腊月二十八那天，阿丽回了老家。就像早些年回家一样，她穿得朴朴实实的，买回家的东西也都是在县城买的大路货。家里很高兴，尤其是父亲，拉着她的手，泪眼婆娑，弄得阿丽也泪如雨下。哭完了，阿丽问父亲：

"榛生呢？"

阿丽有个同父异母的弟弟，叫榛生，下半年刚上了一个自费大学。父亲说：

"到李芸家里帮忙去了。她盖楼房了，今天整酒。"

听了这话，阿丽心里咯噔一下。李芸是阿丽的一个远房堂嫂，差不多四十岁了，这些年在温州那块卖淫，是路边鸡的那种，二三十块钱一次。她也不怕丑，回来了什么都讲，逗得大家哈哈笑。

晚上，李芸家放电影，阿丽一时兴起，也去了，但只看了一半，就觉得没意思，回来了。走到篱笆口，阿丽远远地听到父亲和后妈在说话，就轻轻地走拢了去，听他们讲些什么。后妈对父亲说：

"她肯定怀了奸！李芸多大年纪了，两年就盖了楼房，她呢，年轻水水的，一年就回了两万多，谁信？你明天跟她说说，拿点钱出来，榛生的学费还没着落呢，房子也该整一整了。"

李芸家那边的电影散场了，有人在大声地嚷：

"下雪了。"

阿丽回头望了一下，天好白好白，果然下雪了，飘飘扬扬的雪。

面

干树坪，一个小山村，跟别的小山村没什么两样。二三十户人家，百几十口人，有山有塅。山上长楠竹、杉树、梓树、油茶树之类。塅上有田有土，田里种水稻，两季，勤快点的种三季；土里栽南瓜、白瓜、冬瓜、辣椒、白菜、茄子。房子盖在不山不塅的地方，木房是好几十年的，木壁木门木窗子，屋檐上挂了藤，门前一口水缸，水缸里浮着一条丝瓜。木房不太多了，五六户吧。多的是红砖垛子，差不多二十户，所谓红砖垛子，就是前面是裸红砖、后面是木头的那种，七八十年代挺流行的，红砖都发了黑，但红砖发了黑也还是叫红砖垛子，不叫黑砖垛子。剩下来的就是几个楼房了，二层，有的盖好了，外面贴了瓷砖，中间几眼窗，装了玻璃；也有的是半拉子，不是没贴瓷砖，就是有了窗没装玻璃，蒙了薄膜，风一吹，呼啦啦响，像断了线的风筝挂在树上；还有一两个更不像样子，就有个坯，既没贴瓷砖，也没装窗，连薄膜也没有蒙，好大的几个洞黑在那里，像鬼眼睛。在这几个楼房中，唯有二根家的最扎眼，别人家贴的是马赛克，他家贴的是柠檬色的条砖，不锈钢的窗架子装了茶色玻璃。这些还不算，还装了窗帘，绿莹莹的，半开了窗，那窗帘就从那半眼窗格里狗舌子一样伸出来一吐一吐。二根是故意开了窗的，他买了一套家庭影院，放花鼓戏，也放流行歌曲，声音开得大得不能再大，从开了的窗里长了翅膀飞出来。

但村里人不买二根的账，二根一开始放，就有人尖着嗓子打哟嗬：

"唱唱唱，唱你娘的尸！你住了金銮殿也不眼馋你！"

人家没眼馋是在理的。二根这盖房子的钱来路不正。他堂客在深圳卖淫。干树坪的人就这脾气，宁愿吃差点、穿差点、住差点，但脸面丢不得。二根的堂客起始是说在深圳打工，隔不多久给二根邮次钱回来，二根买了村里的第一部彩电、又买了村里的第一部摩托，逢人发方盖白沙烟。那一会，二根是赚了脸。村里喜忧二事不要他肩板凳了，叫他当都管，尖着嗓子做指手买卖，指挥这个擂茶、那个蒸饭，像个将军。门槛都让人踩矮了，都是求他的：

"二根，叫你堂客带我堂客打工吧，你堂客长得好，打松活工；我堂客长得猪婆子胞衣一样，打蠢工。"

别人磨破了嘴，二根的堂客也没带哪个的堂客去打工。那时，打工是好词。黄脚后生、红花闺女家里闲出骨头来，当爹当妈的就拖了长腔骂：

"贼古子日的，深圳的钱地上多得成把捡，你不去打工？"

骂得多了，二根的堂客不带，也有人自己跑到深圳去了。但一个个前前后后灰头土脸地回来了，说起深圳，一个字：呸。每个人钱是多多少少赚了点，都是命换来的，要不是让查暂住证查破了胆，就是被加班加失了魂。有一个更惨，做冲床，晚上熬不住，眯了会，手没收回来，模具压下来了，腕下面压成了血糊糊，全没了，右手成了棍戳戳。有个儿子到深圳打了一年工，回来就赚了一双波鞋穿在脚上，老子气坏了，扬掌甩了儿子一耳光，骂道：

"娘卖B的，你还是个男人，二根堂客还当不得！"

儿子被打急了，说：

"我哪里当得她？她裤裆里有条口子。我裤裆里要有条口子，还比她会赚钱！"

二根堂客的事就这样穿了帮。二根堂客的事穿了帮后，二根在干树坪就没有一点脸面了。二根从路的那边来了，这边的人赶紧绕田垅走了，偏过脸使劲吐半天口水。喜忧二事，莫说当都管，连肩板凳也没人让他肩了。哪怕他后来盖了村里最漂亮的楼，也没人当回事。

二根没脸面了是小事，大事是，打工也没脸面了。自那以后，干树坪就没有人再出去打工了，还不仅这，连打工这两个字都成了新的骂人的话了，连带着倒了霉的还有深圳这两个字。春插、双抢时两家争水，铆上了，干起了仗，这个指着另一个鼻子骂道：

"叫你的女到深圳打工啊！"

另一个骂："你祖宗十八代都去深圳打工！"

很多口头禅都改了，原来骂小孩叫"小砍头死的""小不死的""小上吊的"，等等，现在全成了"小打工的"。"娘卖B的"改成了"娘打工的"。年轻人手脚不太稳，邀三合五的，原来叫"流打鬼"，现在改叫"打工佬"了。

干树坪的人之所以这个样子，有人说，这跟干树坪的人吃面的方式有关系。这是屁话。因为干树坪的人平时根本就很少吃面，除了谁家过生日，要吃寿面，其他时间，基本上都不吃面，只吃米饭，早上一餐，中午一餐，晚上一餐，餐餐都是米饭。若说跟吃米饭的方式有关系，还挨得上一点边，跟吃面，那真是八竿子也打不着的事。再说了，就算跟吃面的方式有关系，有关系的也轮不着干树坪的人，北方那么多的人整天吃面，也没看见这样的。

　　不过，话又说回来，干树坪的人吃面的方式还真跟别的地方不一样。更确切地说，是下面的方式跟别的地方不一样。一是下面不一样，干树坪的人下面先要在锅里烧好油、放好盐，简单一点的就这样。复杂些的，还要放好味精、酱油、醋、辣子酱、胡椒、八角、茴香什么的；再复杂些的，就放猪肉、牛肉、鸡肉等等。烧得噼啪响了，然后舀一瓢两瓢冷水到锅里。等水烧开了，再放面进去。煮熟了，就连汤带面舀到碗里，很稠，筷子拨都拨不开，好像吃米饭一样的，或者吃炒米一样的。但干树坪的人就喜欢吃这样的面，哪家做寿，必定下一大锅面，当然，下的方式也是严格地遵守上面所说的程序，每个人满满地舀一大碗，呲吧呲吧地吃得满脸大汗。

　　泥坨是下这样的面和吃这样的面的里手。谁要做寿了，前一天晚上就到泥坨家前隔篱笆口打声哟嗬。泥坨家的狗叫得像发了癫，泥坨跑出来一脚把狗踢出去丈把远，高声笑道：

　　"知道了，知道了，劳烦过来喊什么嗒？黑早就去，准备一坛子辣子酱。"

　　夜天里的人哦了一声就走了。泥坨又喊：

　　"进来吃壶烟吧。"

　　那边没声音了，走远了。泥坨家住的是干树坪最老的木房，三间，还是他爷爷手里留下来的，上百年了，四周撑了桩，快塌了的样子却偏偏不塌，坚强得很。家里除了他，还有爹和娘，爹在煤油灯下破篾，娘在煤油灯下切猪草。家里穷得只剩了那盏打烂了灯罩的煤油灯亮堂，泥坨吞了一口气，又把那只像藤一样缠过来了的狗狠狠地踢了一脚。回了屋，泥坨身子还没挨床的边就打起了鼾，像根死藤。

第二天，泥坨就转青了，活得很。天没擦亮就到了东家，嫌东家柴劈不好，接了烟放在夹在茅草堆一样乱的头发里的耳朵上，抢了斧头，手掌心里吐两口唾沫，抢开胳膊劈，声音传得远远的。堂客就在被窝里蹬要去帮忙的男人：

"起来起来，泥坨柴都劈好了！"

"让他劈，他是劈完了劲好吃面！"

帮忙的人游鱼似的到了，泥坨早忙得打脚打手了。他劈的干柴好火力，灶火映得满屋通红，也映得泥坨满脸通红。泥坨像抢斧头似的抢着大铲子，在那里下面了，来的人先到泥坨这里打招呼：

"泥坨，再放两瓢猪油，省了也不会打发你带走。"

"泥坨，辣子酱放这么多，想辣得我们过不了年啊！"

"泥坨，昨天打了几只兔子？"

"泥坨，下面下面，下一辈子也下不出一个二根的房子，深圳打工去啊！"

一屋子煮粥一样的笑。泥坨的身子躲在腾腾的热气里，懒得理他们，也听不到他们说什么，他的心全在面上，不断地用大铲子搅着，一会挑根面吸到嘴里尝，一会又挑根面吸到嘴里尝。还没熟，就再淋半瓢一瓢冷水进锅。尝面，泥坨也有绝招，一是挑，那么浓的热雾，那么大的铲子，但泥坨就能用铲尖挑那么一根面起来，半根也不多，而且，能露半截在铲子外，预着吸的。二是吸，只见泥坨的嘴撮着，两片厚嘴唇就留那么一道细缝，面离那缝还有一点点远，那面就像自己长了翅膀飙进去了，泼溜泼溜地打着旋。别人也试过这种吸法，旋也是打了，但左右摇，扑打在脸上，一脸的汤。

泥坨就不，那面是直直地进去的，不偏不倚。

吃泥坨下的寿面，是做寿的一个最热烈的内容。辣子酱拌在面里头了，面成了红面。老老少少、男男女女人手一碗，比着赛吃，梭儿梭儿的，比牛吃青草还来劲，比猪吃潲还欢。

当然，最来劲、最欢的还是泥坨。先舀碗面搁那里，那面是堆了尖的，堆成了一个坟。然后他就把上衣脱了，哪怕是寒冬腊月，也脱个精光，露了黑棱棱的赤膊，肉少骨多；也露了从胸口一溜到肚脐眼的黑毛。刚开始，黑毛是奓着的，一碗面下肚，那黑毛就根根竖起来了，每根黑毛上都挑了汗珠。这时候，一帮人就围着他了：

"泥坨，再吃一碗，这包烟就归你了！"

"别撑了，别撑了，撑坏了肚子就唱不成花鼓戏了。"

吃完了这碗，再吃一碗，泥坨的下一个节目就来了，唱花鼓戏，他能尖了喉咙唱女声，唱的是《小刘海》：

> 小刘海呀，
> 在茅棚啰嗬，
> 别了娘亲啰嗬嗬，
> ……

但今天泥坨刚唱了一段，二根家的家庭影院也唱起来了，如果放别的，别人没话说，泥坨也没话说，偏偏他放的也是《小刘海》。这就是唱对台戏，有故意让泥坨下不了台的意思。泥坨不唱了，转过脸看着二根家，脸红得像辣子酱，那让面胀得像一面鼓的肚子一伸一缩，从嘴里吐出来的气口口是恶气。有人给泥坨鼓闲劲了：

"泥坨，这是跟你打擂台呢，调子扬起来，把他压下去！"

"拿块砖头去砸玻璃，打不赢他，我们帮你，靠堂客卖肉赚点钱，他神个鬼气！"

泥坨却既没有把调子扬起来，把二根家的花鼓戏压下去，也没有拿块砖头去砸二根家的玻璃。一肚子的恶气吐完了，泥坨转过了脸。转过来脸时，泥坨的脸上竟是笑笑的，唯胸口那溜黑毛一直根根竖立着，像个发怒了的刺猬。泥坨一件件地穿好了衣服，穿得很慢很认真，每穿一件都把扣子扣好，下摆扯平。穿好了衣服，泥坨又细细地拍打完了肩膀上、胸口上的灶灰，这才说了一句话：

"干树坪竟让个堂客卖B的人坐了头把交椅！"

干树坪好久没见泥坨的影子了，不过，也没谁在意，都认为他进山打野兔去了。没错，如果下面是泥坨的副业的话，打野兔就是他的正业了。打了野兔，皮卖给皮毛贩子，肉卖给镇上的野肉餐厅，这成了泥坨的主要经济收入。这一两年，近边的野兔都让泥坨打绝了，所以，隔不多久，泥坨就要去趟远门，少则三两天，多则七八天，没定，反正要等鸟铳杆上吊了五六只野兔才回来。不过，即使泥坨没去打野兔，整天在干树坪晃，别人也不会太在意，看见了跟没看见一个样。这一次，要不是又有一个做寿的了，当真没有谁知道泥坨这次又出远门了，不是去打野兔，而是打工了。

那个做寿的回去对他堂客说："泥坨这狗日的跟我有仇呢，东家做寿他下面，西家做寿他下面，老子做寿他偷了家里的农药化肥钱出去打工了。"

跟别的小山村也没有两样，干树坪的舆论工具也掌握在堂客们的嘴里。没半壶烟久，泥坨偷了家里的农药化肥钱出去打工了的消息就传开了，连山顶上的白云、墈凹里的流水都知道了。传到最后，消息却走了样，成了这样的：泥坨到深圳投二根的堂客去了，二根的堂客负责卖肉，泥坨负责收钱；而这一切，全是二根的主意。佐证材料之一是：二根堂客刚嫁来时，村里还有一个花鼓班子，正月初一唱到十五，二根堂客扮旦，泥坨扮丑，台上眉来眼去，台下也眉来眼去的。佐证材料之二是：二根堂客去深圳打工前，泥坨就常常提了半边兔子肉去二根家，夜黑三更还缠脚猫一样缠在那里。佐证材料之三：泥坨那天唱《小刘海》，二根也故意放《小刘海》，泼了泥坨的汤，别人叫他去砸二根的玻璃他不砸，为什么？那是二根给泥坨打暗号，他堂客来信了，叫泥坨可以动身了。所幸，这些消息没办法传到二根的耳里，不过，即使传到了二根的耳里，他们也不怕，大不了跟二根吵一架，好多年没打花鼓了，就当打一场花鼓吧。

泥坨的消息像韭菜，这一茬刚割了炒鸡蛋吃了，另一茬又绿油油地长起来了。不久，新消息来了，说是邻村有从深圳打工回来的人看见泥坨躺在立交桥底下讨钱，膝盖上包了一块臭牛肉，装残废。又有消息说，泥坨在一个厂里做保安，当看门狗，但不在深圳，而在东莞。时间传得比较长的一条消息是泥坨在惠州捡垃圾。消息一条条来，但几乎所有的消息都是泥坨的坏消息，最后的结论是：泥坨真是蠢猪子日的，在干树坪，下面打野兔子唱花鼓，没脸面，那是你自己没脸面，出了干树坪，你还这样，你不是丢自己的脸面，而是丢了干树坪的脸面了！

终于有一天，泥坨从堂客们的嘴里就突然消失了，她们的谈资换了别的内容，比如哪个村里的猪婆子下了一个象崽，主人是懂的，拿了一把镰刀在背上划，划一道，皮就开了，见风长，一会就长成了一头象；又比如，哪个村里来了一个放菜刀的，留了话，三年后某某村会出个皇帝，出了，他来收菜刀钱，没出，一分钱不要，等等。

山里的野兔子又多了，栽什么吃什么，刚播下去的种红薯咬得只剩了一张壳，刚抽芽的青菜咬得只剩了一点根，男人们就怀念泥坨了：

"泥坨在就好了，叭一个，叭一个。"

怀念得最多的还是在吃寿面的时候。现在的寿面是由干树坪的一个堂客下的。这又是干树坪的一个风俗，寿面是一定要请人下的，否则，就没脸面了。但这堂客下的面一时间并没有得到干树坪人的认同。一个个说：

"不辣，不辣！看原来泥坨下的，辣得出一身汗。"

"咸成这样，开盐厂啊？泥坨下的就不咸不淡。"

"这是吃面？这是吃木头！泥坨下的多软。"

时间长了，男人们也习惯了只剩了一张壳的种红薯和只剩了一点根的青菜了。至于面，虽然不如意，也只能一边发牢骚一边吃了。

一年。两年。三年。四年。就这样，那个打得一手好野兔、下得一手好面、唱得一手好花鼓戏的泥坨在干树坪消失了，就像死去了。干树坪死去了的人全埋在后山上，虽近在咫尺其实却远隔天涯，只有在清明的时候，亲人才会在坟前祭扫一下，仪式上或许隆重如旧，哀思却是日渐稀微的。泥坨死去了却是不知埋在何处，仪式和哀思更无从表达，包括他的爹娘。刚开始，泥坨的爹娘对泥坨还是有点思念的，越到后来，恨就超过思念了。泥坨偷走了那笔要命的农药化肥钱，平时可以收十担的，那一季的水稻却只收了四担，泥坨爹气得吐了好几口黑血。如果泥坨混好了回了，那黑血没白吐，问题是，一走之后，泥坨没半点信，更别说寄半分钱，这就有足够的理由让泥坨爹把泥坨偷农药化肥钱的那件事细细反刍、无限扩大了，更何况还有那么几口冤枉吐了的黑血。

倒是泥坨的那条狗好像还记得泥坨似的，三年了，每天天一黑就朝篱笆口叫一阵子。泥坨的爹早就想把它打了吃了，它之所以留了一条命，是它能抓菜园里的野兔。说起来真怪，干树坪的野兔多得抓成把了，但它就是不管闲事，只管自家菜园的，这一来，倒让泥坨爹感慨了：

"狗还知道抓兔子守菜园，你呢？我在干树坪活得有什么脸面啊？"

狗没被泥坨爹打了吃，还受到了重用，吃得也不差，不知道是年岁老了，还是别的原因，原来的精气神没了，除了到菜园里抓野兔，其他的时间就耷着耳朵睡在阶基上，生人来了也懒得理。

泥坨家的左手边有棵枫，枝丫上总有鸟叫。鸟叫会影响人的生活，所以，就有"早喜鹊，夜老鸹"的说法，前者主吉，后者主凶。干树坪的人蛮信这个。泥坨娘早上开门的第一件事就是仰着头看枫，有喜鹊叫了，一天的欢喜。蛮灵的，或是闭了屁眼的母鸡会下颗蛋，或是放失了首尾的针线篓突然自己出来了。这天早上，喜鹊在枫树上叫个不停，喜鹊一叫，那条狗也叫，耳朵竖了，身上的毛也竖了，精神得很。泥坨娘笑着对泥坨爹说：

"你明天生日，今天喜鹊子就闹了，狗也闹了，给你拜寿呢。"

泥坨爹像块麻岗石似的蹲在阶基上抽烟，抽了三壶了，这时忽然跳了起来，把烟杆抵在膝盖狠狠一折，两断了。先扬起一脚把狗踢到屋前的鱼塘里去了，后肩了一根竹篙去戳枫树上的喜鹊。竹篙太短，戳不到，那喜鹊得了意，越发叫得带劲了。泥坨爹的脸都气青了，从屋里扛了开山大斧出来了，但只砍了一下，斧头把就断了。泥坨爹抱着枫树头在上面使劲撞：

"我今天就死了，我今天就死了！"

狗从鱼塘里爬起来了，变了落水狗，抖抖索索地蜷在阶基上哭。泥坨娘也哭。

泥坨爹明天六十岁的大寿。干树坪的人穷是穷点，但礼数不穷，结婚，嫁女，满月，做寿，样样都要摆酒的。但干树坪的规矩，结婚，嫁女，满月去吃酒，要送礼，唯做寿，除了子女能送，其他旁亲左戚，三邻四舍，不能送，做寿的更不能收，收了就失了脸面。所以，干树坪自古就流传下一句话，叫作"富怕嫁女，穷怕做寿"。个把月了，泥坨爹像个地老鼠一样地钻，到外借钱，乡里的上缴，村里的提留，往年的农药化肥钱，还有经销店欠的盐钱，酱油钱等等一大屁股还没还，谁会借给他？所以，眼看明天就是寿日了，泥坨爹今天的袋子里还布挨布，他不急？他不急他就真的是不讲脸面的人了。迄今为止，干树坪的人还没有谁闭门躲了做寿的，泥坨爹不能开了这个先河。

泥坨爹揩干了泪，去牛栏了。泥坨娘在后面喊：

"情愿不做这个寿，牛也卖不得啊。"

泥坨爹鼓着眼睛说："是牛金贵？还是这张脸面金贵？"

泥坨娘哭道："我们还有什么脸面？"

"号什么丧？脸面就是给那个小畜生丢尽了，不能再丢了！"

九十点来钟的样子，干树坪的人才刚刚吃完早饭。当然，是吃米饭。有些省米的人家还没起床呢，睡在床上肚子不饿，早饭跟中饭一块吃。农闲季节就这样，没事干，没事干就得找点事干。所以，这时节，夫妇，婆媳，妯娌，邻里之间吵架的特别多，吵的人热闹，看的人也热闹。这几天，有对婆媳吵架的事成了干树坪的重头戏。婆婆的一个鸡生了野蛋，怀疑生到儿媳妇的鸡窝里了，但儿媳妇不承认，就骂开了，骂了几天了。她们还挺讲究作息时间的，吃了早饭骂一段，骂累了吃中饭，吃了中饭再骂一段，骂累了吃晚饭。如果精力济的话，晚上还开会儿夜工。婆媳俩都是骂架的高手，骂了这久，居然骂的话没炒现饭。这天上午，也就是泥坨爹一黑早牵了牛去镇上卖的那天上午，几个堂客结伴着去看骂架，忽然一个堂客看着那边眼睛收不回来了：

"看看，那是什么？"

另几个的眼睛也收不回来了："抬轿子吧？"

还真是抬轿子的。进干树坪的村口，十几个男人合伙抬着一台轿子喂嗬喂嗬地进来了。是台红色的轿子。最早的那个堂客看出问题来了：

"不是轿子，是轿车。"

越来越近了，还真是台轿车。十几个男人合伙抬着那台轿车喂嗬喂嗬进来了。路窄车宽，两排的人全踩在稻田里。前面有一个人指挥，穿着黑西装，戴着黑眼镜。

一群人抬着一台红色的轿车进了干树坪，这是最大的新闻，是比那对骂架的婆媳的新闻大十倍甚至大百倍的新闻。那对婆媳莫说是骂架，就是打架，就是打死一个人也没意思了，大家潮水似的往这边来了，有些人为赶近，干脆从稻田里踩过来了。那对骂架的婆媳也赶过来了。

最近赶过去的是运憨坨。运憨坨盯着那戴墨镜的。戴黑眼镜的人笑着喊：

"运开。"

运憨坨嘿嘿地笑，不认识。戴黑眼镜的摘了眼镜：

"运憨坨，不认识我了？我是坨生啊。"

运开还是嘿嘿地笑。坨生大声地说：

"我是泥坨啊。"

运憨坨凑过去仔细看了看，这才咧了大嘴笑了：

"狗日的，真是泥坨。"

然后就跳起来，扯了破锣一样的嗓门大喊：

"泥坨回来了！泥坨回来了！"

"泥坨回来了！"一个背着细娃子的堂客扑通一声摔在水沟里，摔得满脸满身的水，她爬起来继续跑，听到了还在水沟里的细娃子的哭声才极不情愿地回转了身。

"泥坨回来了！"一个在红薯地边看牛的男人甩了牛绳往这边跑，牛大口大口地吃着红薯藤。

干树坪的老生产队长也过来了，他是干树坪最有威信的人，他跟泥坨说了几句话后，用威严的眼光看了看那抬轿车的十几个下村的男人，就大声地对干树坪的后生说：

"到了干树坪的地界，还叫下村的人抬？给不给干树坪留点脸面？"

干树坪的后生纷纷去抢了下村男人的档。泥坨走到下村那个为主的男人身边，从西装口袋里拿出了一沓钱，塞到了那男人的手里：

"每人一百，你们辛苦了！"

下村的那些男人笑笑哈哈地走了。干树坪的后生抬着轿车接着往泥坨家走，喂嗬喂嗬的，力气大得很。老生产队长皱了皱眉头对泥坨说：

"给乡里打了多少次报告要了多少次钱，这路就不修。你看，你这一回来，车也开不进去，叫人抬，我没脸面啊。"

泥坨说："还真不方便，这路是该修了。"

老生产队长马上站到一个高处对大家说："给我好好抬，泥生答应了，要给干树坪修路。泥生给干树坪长脸面了！长脸面了！"

说到最后，老泪汩了一脸。

泥坨爹这时到镇上卖了牛回来了，挑了一担货，一边是猪头、猪脚、猪下水，一边是面，一路走一路掉泪。进了干树坪，远远地看见家门口人挤了人，又听到了哭声，以为是老婆子喝了农药，哇的一声也哭出来了。有人看见了，大声地说：

"老太爷回来了……"

泥坨正抱了娘哭呢，听见爹回来了，拔腿跳下了阶基，跑了过去。那条狗箭似的跟在泥坨身后。那狗还认得泥坨，早一刻还蜷在阶基上半死不活的，泥坨进来了，它就跳起来了，爬在泥坨的身上舔泥坨的脸。狗流泪了，泥坨也流泪了。泥坨跑到了爹跟前，叫了一声爹。爹看着泥坨，愣愣的，肩上的扁担一滑，两头的货全掉到了地上。泥坨再叫了一声爹，爹就忽然操起了扁担，嗵的一声砸在泥坨的背上：

"我打死你这个丢十八代祖宗脸面的畜生！"

泥坨挺着背，让爹打。泥坨爹第二扁担举在半空，让气喘喘赶来的老生产队长拦在了半空：

"泥生赚了大钱回来了，给你赚大脸面了。他赶回来给你做生日的，做个盖干树坪的大生日，你老不死的就等着享福了！"

泥坨爹又哇的一声哭了："我的牛……"

老生产队长笑着说："泥生十头牛也给你买得回来！"

泥坨爹还是哭："跟我这么多年的牛……"

老生产队长把泥坨扯到一边，耳语了一阵，泥坨连连点头，然后点了一沓钱给老生产队长。老生产队长对泥坨爹说：

"我这就叫人去镇上把你的牛赎回来！"

老生产队长问清了泥坨爹买牛的主，就赶紧抽派了一个后生去镇上。然后，他就和泥坨商量明天做寿的事，泥坨笑着对老生产队长说：

"你安排吧，就一条，给我爹做个体面的寿。"

老生产队长好几年没主持过这样的大局面了，激动得额头上的青筋都鼓了。他召集干树坪所有的男人开会，调兵遣将：谁谁去羞女峰买面，谁谁去杀猪，谁谁去镇上打货，谁谁借桌椅板凳，等等。大家各自领令散了，他又忽然想起了什么，大声地喊：

"二根、二根——"

有人说："二根去镇上了。早上我碰了他，说是后天回。"

老生产队长鼓着眼睛说："到阎罗王那里今天晚上也喊回来，明早的面下扎实点。"

泥坨听到了那边喊二根，心里动了一下，但身边的人太多了，嘴巴太多了，根本应付不过来。过了一会，这事就忘了。泥坨根本就不知道了，他出去了几年，二根不是原来的二根了，二根在干树坪又有脸面了。

三年前，即泥坨出去的第二年，二根的堂客打不成工了，从深圳回来了，她打工的工具坏了，得了杨梅疮，下身烂得开了荷花，一朵两朵三朵无数朵。二根带着他的堂客看了一圈的病，整整看了一年，从这个城市看到那个城市。二根每一次回来就是卖东西，家庭影院卖了，彩电卖了，摩托车卖了，家里值钱的东西全卖了，连窗格子都拆下来卖了，但他堂客下身的荷花还是越开越艳。趁二根不注意，一天，二根堂客喝了一瓶甲胺磷药死了。二根卖了两间房的瓦，给堂客买了一副棺材，请人抬到山上葬了。

　　二根带他堂客看病的这个过程，使二根在干树坪又赚回了不少脸面，背后议论起二根，都竖了大拇指，夸二根有仁有义，那些没脸面的事情都是二根堂客干的，是堂客害了他。堂客们说得更有鼻子有眼，说其实二根一直就反对堂客打那个工的，她每次回来，二根都关起门打她。为什么二根要把家庭影院放那么大的声音？那是掩了他堂客哭叫的声音。是他堂客坏，她骚，是狐狸精转的胎，没人日就浑身不舒服，很多的时候，男人日了她，根本就不收钱，她反给男人钱，否则，这么多年，她何止给二根就赚这么多点家当？十个这么多也不止。最可恨的是，最后她居然得了杨梅疮，赚了的钱全吐出来了，落了二根一个穷，也落了二根一个没脸面。

　　二根的堂客死了，二根在干树坪又有了一些脸面了，喜忧二事，他又可以肩板凳了，身上不方便了，还可以去经销店赊个一包两包烟。令二根更赚脸面的是，他代替了那个堂客，谁家做寿，由他下面了。刚开始，也是有人说咸说淡，但时间一长，就一律说二根的面下得好，甚至比泥坨当年还下得好：

　　"泥坨就舍得放辣子酱。那不是吃面，那是吃辣子酱。"

　　"泥坨下的面太邋遢了，你看他尝面，左一根右一根，一锅面沾了他多少口水！"

　　"每次他都吃那么多，还脱了衣服耍癫。你看二根，就吃半碗。"

　　工艺上，较之原来泥坨的下法，二根确实做了一些改进，上面干树坪人所说的辣子酱放少了，不尝面了卫生了，这些都只是表面的，内在的改进是，面起锅的时候，二根添了一瓢两瓢鸡汤进去了。当然，整体的做法仍是原来的一锅煮法，这个是二根没办法改的，他压根没想到要改，否则，干树坪的人就不会吃了。干树坪的人就这样，稍微改一点点，没有意见，你想连锅都改，没门，否则，他们情愿不吃这个面。

其实，令二根最赚脸面的倒不是下面，而是拾破烂。二根的堂客死了，二根没了经济来源，二根就拖起了一个板车每家每户收破烂，然后送到镇上的收购站去。干树坪的人真有意思，二根原来吃堂客饭，整天游手好闲，即使他住了金銮殿一样的楼房，干树坪的人都觉得他没脸面；现在，二根住在破庙一样的房子里，整天弓着腰挨家挨户收破烂，干树坪的人却都觉得他有脸面。听到二根的小铃铛响了，干树坪的人就出来喊：

"来来，喝碗擂茶。"

擂茶喝完了，屋里的堂客自己把绑好的破烂送过来了。二根称了秤，给钱，堂客伸出了手，男人一巴掌把堂客的手打回去了，瞪着二根：

"要给钱，把那碗擂茶的钱也给了。"

泥坨让一阵鞭炮震醒来了。家里没床睡，昨天晚上，他睡在禾坪边的车里。等他起来时，家里早已经闹腾腾了，全干树坪男男女女全来了。昨晚临睡时，他对爹娘说了，说黑早就叫醒他，他来下寿面。泥坨娘本来要告诉泥坨规矩不能这样的，她正要说，泥坨爹暗地里碰了她一下，她就没说了。泥坨出去了，泥坨爹才笑着对泥坨娘说：

"出去几年了，他都忘了家里的风俗了。明天不叫他就行了！"

泥坨跑进了灶房，一进灶房，泥坨就感到浑身的血流得更快了。但泥坨看到了灶火映着的二根的脸，那么一会儿，泥坨凝了。二根看到泥坨进来了，跳过来要抓泥坨，想到满手的油，才停住了，咧着嘴嘿嘿地笑。泥坨说：

"怎么？你下面？"

二根说："这几年都是我下的。"

这更添了泥坨的疑惑，他认认真真地看了二根一眼，很多话要问，现在也不问了，只说：

"二根，你停手，我来下。"

这时，泥坨爹、泥坨娘拥着老生产队长进灶房了。老生产队长过来对泥坨说：

"叫二根下吧。这是规矩！"

泥坨笑着说："下个面哪有这规矩那规矩的？几年了，我没下面了，手都痒了。我死赶活赶赶回来，就赶着给爹做个寿面。我下的面比原来好吃多了！"

老生产队长想了想，回过身来笑着对泥坨爹、泥坨娘说：

"今天就破了这个规矩。泥生是个破规矩的人，不破规矩，他能做出这么多大的事来？好久没吃泥生下的面了，真想吃。"

二根要留下来给泥坨打下手，泥坨说：

"不用了，不用了，你们就在外面等着吧。包你们吃得掉舌头！"

老生产队长笑呵呵地把灶房里的请出去了。

本来，二根的前期工作都已经做好了，炸好了油，放好了盐，也加了调油品，还特地煮了肉进去了，一大锅杂烩，在那里翻滚着，冒着香喷喷的热气，只等下面进去了。但泥坨把它们全部舀进潲桶里了，剩了一口空锅。泥坨切了一大坨瘦肉，有两脸盆之多，切完了，放进锅里炒，油沥沥的，炒好了，用旁边的小锅盛了。然后，泥坨就把大锅洗干净了，洗了两三遍，半点油星也没沾上；再然后就舀满了水，大半锅水。泥坨爹什么都不多，就柴多，陈年的干柴，那火旺得很，不一会，那锅里的水就沸了。泥坨抓了一坨面扔进了煮沸的白水里，用那把长铲子熟练地搅拌着。没几分钟，那面就浮上来了。泥坨出去了这么多年，那尝面的功夫还没有废，只见他手一抖，那大铲就不多不少地只挑了一根面起来了，有半截露在外面。见自己的手艺仍不减当年，泥坨暗自笑了一声。他撮起嘴巴把面吸进了嘴里，嚼了一下，刚好熟，他又暗自笑了一声。

泥坨把饭桌搬到了灶前，摆了二十几只碗，每只碗底放了盐、味精、酱油等后，就用筷子从锅里捞面，每碗捞成七八分满。又不多不少，锅里的面正好捞完，泥坨第三次暗笑了一声。泥坨又给每碗里添了面汤，又添了半勺二根熬好的鸡汤，然后就把刚才炒的瘦肉每碗加了一筷子。泥坨出去喊：

"面好了，吃面吧。一批批来，接着下。"

人多面少，刚开始有那么一点乱，但老生产队长迅速稳住了场面，他挑了干树坪二十几个有头有脸的人吃头道面。每人一碗端在手里，却大眼瞪小眼，不知道怎么吃，老生产队长自己也端了一碗，大声说：

"吃呀吃，泥生下的，肯定很好吃。"

说着，他就夹了一筷子面上的瘦肉吃了。瘦肉太咸了，咸得他脸都有点变色了。其他人见状，也跟着他开始吃了，都夹了一筷子面上的瘦肉吃了，都咸得脸上有点变色了。老生产队长坚强地把那筷子咸肉吃下去了，还故意咂巴着嘴说：

"不错，不错，这么多年了，泥生的手艺还没有生！"

其他人也纷纷咂巴着嘴说："不错，不错。"

泥坨正在下第二批面，一抬头看见大家吃得不对，就过来说：

"不是这样吃。要搅匀了才能吃的，调料在下面。"

见大家还是不太懂，就端过老生产队长手里的面，给他们示范，一下一下地拌。这下大家都懂了，搅好了，就开始吃了，一个个吃得响溜溜的，纷纷说：

"吃了一辈子面，今天才知道吃了。"

"以后出去，干树坪的人就不丢脸面了！"

"泥生这孩子，给干树坪人修路，又教干树坪人吃面，是个角色啊！"

"这是我吃到的最好吃的面。"

"我能够吃五碗。"

第二批又好了。第一批吃了的成了师父，教第二批的人怎么搅；第二批的又教第三批的人怎么搅。最后一批的端上了面，第一批的又吃完了，又抢着去泥坨那里要面。泥坨忙得打脚打手的，浑身都汗湿了，但他不累，灶火映得他的黑像一轮太阳。后来，泥坨干脆又打了赤膊，几年了，泥坨的赤膊还是那样的黑，胸前那溜黑毛仍根根竖起，如一棵棵笔直的杉木。

吃完面后，就得准备中午的酒席了。老生产队长从隔几个村的地方请了一个最好的厨师来了，还特地交代了那个厨师：

"东家赚了大钱回来了，不要想着省东西，你就想着拿出手艺来。满意了，你在别的地方做十次也比不得这一次，下村的人抬了一脚车，每人得了一张百脑壳！"

泥坨下了面，如了这个愿，心情好得很，逢人就发烟，都是方盖白沙，接了烟的人舍不得抽，小心地收在荷包里。泥坨忽然想起了二根，就扯了老生产队长到了一个避眼的地方问。老生产队长一五一十把二根的事情说了。泥坨的脸就暗了。老生产队长问：

"你没事吧？"

泥坨笑了笑说："没事。我就奇怪了，二根家怎么不唱戏了？

还记得那年吧，我唱《小刘海》，二根也放《小刘海》，就硬把我的声音压下去了！"

老生产队长说："你要搭帮他啊，没有他那一压，能压出你的今天来？"

泥坨微微地叹了一口气，又笑了笑，轻轻地说：

"那是的，那是的。"

泥坨要走到那边去，老生产队长赶了上来，小声地说：

"泥生，修、修路的事，我都跟乡亲们说了……"

泥坨飞快地说："修啊，我爹的寿做完了，就修。不修条路，我的车就是坨废铁的。"

老生产队长眼里水水的，竖起了大拇指：

"泥生，你把这路修好了，你就是干树坪最有脸面的。"

趁大家不注意，泥坨一个人悄悄地来到了二根的楼前。四年了，二根的楼由金銮殿成了一座破庙，禾坪里全长了尺把两尺长的野草，阶基上鸡屎狗屎牛屎，一间堂屋的里半间围了一个猪栏，一条饿得瘦瘦的猪在里面啃水泥块，见泥坨过去，龇着牙嗷嗷地叫。泥坨一拳砸在墙壁上，砸得整个楼都嗡嗡响。

因为有点情绪，中午，泥坨喝了蛮多酒。不过，就算他没情绪，这酒也少不了喝的，每个人都跑来敬他酒。这也是干树坪的规矩，对谁尊敬和佩服全表现在敬酒上，对你越尊敬和越佩服，敬你的酒就越多，你还不能拒绝。人家越敬你的酒，说明你越有面子。应该这样说，如果没那点情绪，泥坨就可能不会醉得那么快。这刚喝了一轮呢，第二轮还没开壶，泥坨就醉了，只见他泼溜一下又把上衣全脱了，胸前黑毛有力地竖着，如一口口针、一根根刺。干树坪的人好久没看过这样的热闹了，一声声地嚷，快把泥坨家屋上的瓦揭了。这一下，泥坨越发逞了兴，又恢复了原来在家里吃完了面的样子，他抱拳转了一个圈说：

"好久没唱花鼓戏了，给大家唱个。"

说完就尖了嗓子唱《小刘海》：

小刘海呀，

在茅棚啰嗬，

别了娘亲啰嗬嗬，

肩扦担啦，

往山行啰，

……

唱完了，一眼瞅见了二根，就趔趄了一下过来揽住了二根的肩：

"二根，干树坪，我谁也不眼红，就眼红你。我们一样穷，一样会唱花鼓，你堂客就看得上你看不上我。她跟你过穷日子，我眼红少一点，她为了你去打工，打了工的钱给你买摩托、盖楼房，我心里就受不了，你什么东西啊？就值得她这样！"

二根眼泪出来了，但脸上仍是笑：

"泥生，你喝多了，喝多了。"

泥坨惨惨地笑了两声说："我没醉，你听我说。我当时就有个这样的念头，一把火烧了你的房子。但你的房子是砖的，烧不垮。你放《小刘海》，把我压下去了，我就想了，这辈子，不赚钱我不回干树坪，回干树坪就盖一栋比你更好的楼，比死你，我要让你后悔，你不该叫你堂客去打工。现在，我赚了钱回来了，盖十栋你这样的房子的钱我也有了，你却没屁眼了！你怎么就没屁眼了呢？二根。"

　　正在这时，牛栏那边忽然传来狗的叫声，哀得很，叫声越来越细。泥坨啊了一声，像长了翅膀，飞了过去。原来泥坨那条狗刚才跟昨天晚上赎回来的泥坨爹的那头牛打架，牛一脚踩在了狗的肚子上，肠子肚子都踩出来了，死了。泥坨抱起了狗，呜呀呀地长声短声地哭了起来。泥坨抹干了眼泪，不哭了，他对老生产队长说：

　　"今天帮了忙，明天继续请大家帮忙。"

　　"明天继续帮忙？"

　　泥坨说："是的。这条狗跟我吃了亏，它这样死得没面子，我要给它办个大丧，你帮我去买棺材、请道人，还帮我请泥瓦匠，砌个墓，花多少钱我也不怕。狗日的二根没屁眼了，我不盖楼了，我盖个狗墓，我盖个最漂亮的狗墓。还有，把这头牛杀了，我明天给大家下牛肉面吃。"

　　他看了一眼四周的人，扬声问：

　　"早上的面好不好吃啊？"

　　干树坪的人异口同声地说："好吃。"

　　泥坨哈哈大笑地说："牛肉炖得烂烂的，做臊子，更好吃。以后，这个面就叫泥坨面。"

　　干树坪的人被泥坨最后的那句话也弄得哈哈大笑，想象着明天牛肉面的好吃，不少人流下了口水。

　　忽然，有人大声地说：

　　"警察。"

　　大家转身一看，只见篱笆口跑来了大队的警察，一个个荷枪实弹。

　　泥坨让警察抓走了。

　　好久，干树坪的人还在说，泥坨爹生日那天早上吃的寿面是最难吃的面。从那以后，干树坪的人做寿又由二根下面了。当然，二根用的还是原来一锅煮的办法，而且，连鸡汤也不敢加了。

暖　味

先自我介绍一下，我是个作家。如果你在喝水，听到这话，你肯定喷了。你喷得对，这年头，作家不值钱了。通过对古今中外的作家进行科学的分析，我有个非常重要的发现：作家跟猪肉成反比。你看，现如今，猪肉一涨再涨，作家能不跌么？因为有了这个理论基础，早些年，我遇到了一串不顺心的事，我认为是正常的，相反，如果不这样，我倒觉得不正常了。我的那串不顺心的事其实就两个了字：下岗了、分手了。这样说恐怕大家云里雾里的，我还是按作家的套路办，弄个故事梗概：大学毕业后，我分配在县花鼓剧团做编剧，一共做了五年，共编了五十多个花鼓戏，一个都没演。这个倒没事，没演我照常拿工资，过年过节少我一两带鱼一筒卫生纸我就敢砸我们团长的办公桌。最后的一两年没事干，我们就常常砸团长的办公桌，团长的办公桌都让砸得东倒西歪、坑坑洼洼了，但就是不倒。那一年，团长的办公桌终于倒了，是让我们踩倒的，花鼓剧团倒了。我下岗了。下岗后，我摆了一段麻辣烫。顺便说一下，我出生在一个麻辣烫世家，我妈摆过三十年麻辣烫，人称麻辣西施。我接过了我妈的衣钵。我摆麻辣烫的第一天，我妈就半身不遂了。她是让我气的。我不听我妈的，我听小筠的，小筠支持我干这个。小筠在我的麻辣烫边上摆了个槟榔摊。我卖麻辣烫，小筠卖槟榔，生意很火。确切地说，是小筠的槟榔火才带动了我的麻辣烫火。小筠是我们花鼓剧团的当家红旦，她有艺名叫十五红，她十五岁那年登台唱《补锅》，演兰英，连唱六十场，场场爆满。说兰英大家可能不知道，说李谷一知道吧，李谷一就是演兰英出的名，唱到北京去了。有人说，小筠比当年的李谷一唱功行头都不差，但李谷一唱到北京去了，小筠长沙也没去成，只好卖槟榔，这也顺了一句古话，叫作各安天命。大家去小筠那里买槟榔是冲着为了看小筠，买了槟榔顺便到我这里吃一串两串麻辣烫是为了再看小筠，这个我知道，有时候心里也难受，但有人来买麻辣烫我再难受也不难受了。我和小筠很后悔没有早点干这行，这一个月的收入抵得上我们原来一年的，每天晚上收摊了点着厚厚的钞票，我和小筠都会忍不住来一段《补锅》："手拉风箱，呼呀呼呼地响。火炉烧得红彤彤啊。女婿来补锅，瞒了丈母娘。操作要留意啊，当心手烧伤……"我唱小聪，小筠唱兰英，唱声飘了大半条街，欢快激越，如了我们的爱情。我们商量好了，做个一年两载，我们就买个房，把婚结了。我那时又在构思一个花鼓戏，叫做《麻辣烫郎槟榔妹》，就写我和小筠的事，失业不失志，事业爱情双丰收，大团圆的结局。现实的结局却是槟榔妹没嫁给麻辣烫郎，却嫁了个芝麻客。芝麻客小学毕业了挖煤，挖完煤后挖金，挖完金后贩金，发了，后来就转行贩芝麻。我们那地方的人最喜欢喝擂茶，除了饭，就是擂茶，擂茶少不了芝麻，但芝麻产在湖北，这就产生了一个芝麻贩子的行当。别人贩芝麻是汽车拖，芝麻客贩金赚了钱，本钱足，是火车皮拖。这一下，把别人压下去了，成了芝麻大王，他要不高兴，整个县城都没得擂茶喝。我当然竞争不过他，我甘拜下风了，我跑深圳去。

以上算是楔子，有点啰嗦，大家可以跳过去不看，但我却不可以不写。这是小说的套路。你看出来了是不，我是个蛮讲套路的人。这年头，讲套路的人不多了。

接着说。很多人说深圳找不到北，我却一下子找到了，我的北还是麻辣烫。我摆了个麻辣烫摊，在一个叫喜来春的酒店边儿上。一长溜全是这样的摊，卖臭豆腐的，卖鸭脖子的，卖烧烤的，等等。那摊子只花了一百块钱转来的。转给我摊子的是个眼镜，他狠狠地把钱抓在手里，好像跟钱有仇似的：

"知道不？你捡了个天大的便宜，我是花了一百五十元转过来的。我转行了。"

"转哪行了？"我问。

"捡垃圾。"

他都走远了，然后又扑通扑通跑过来：

"你在老家做什么的？"

"摆麻辣烫。"

他白了我一眼说："看你白白净净的，以为你也写诗的呢。我是个诗人。"

几天后，我才知道，这一溜摆摊的全是搞文学的。卖臭豆腐的阿古是写小说的，卖鸭脖子的老杜是写散文的，卖烧烤的小李是写古典诗词的。小李很看不起转行去捡垃圾了的眼镜，他一边拿把破蒲扇扇着炭火，熏得眼泪直流，一边嚯嚯地笑，像磨刀似的：

"他还到处捡垃圾干什么喏？他的诗就是垃圾！"

老杜却又背着小李对我说小李："哼，他还好意思笑？他那叫古典诗词？叫古典狗屎，平仄韵脚全不对。"

倒是卖臭豆腐的阿古一副与世无争的样子，有半点空，就看书，看的是《金瓶梅》。说起来也真怪，到处脏分分、油腻腻的，阿古的《金瓶梅》却没沾半点儿脏半点儿油，洁净如雪，半个儿角也没褶。有些人看书看入迷了会误正事，阿古不，比方说，他夹了几块豆腐扔进油锅里了，这中间有点空，他看书，合了书起身，正好翻面了，翻完了，再看书，又起身时，臭豆腐已炸好了，夹了一摞儿搁在油锅上面的小铁网栏上，沥沥地滴着油，臭气四溢，吸引着喜来春的小姐们来吃。小说写到这里，引出小姐来了，好像有点意思了。没错，更有意思还在后头，别错过了。

喜来春酒店是个四星级酒店，小李有一阕词单赞这喜来春酒店的好：

鹏城艳地，南国香城。鹏城艳地奔驰去，南国香城宝马来。妖娆粉色如仙境，妩媚团团赛蓬莱。笙歌音美，弦管声谐。一片春情冲碧汉，无边喜气出灵台。此地当然富贵地，今宵靓女配英才。浪吟销得魂魄散，男儿抽剑好豪哉。

小李把诗写在撕开了的好日子的烟盒上，拿给老杜看，老杜却故意扭过脸去，拖着长腔嚷嚷：

"鸭脖子哟，正经的祖传秘方武汉鸭脖子咧，美容养颜，青春永驻！"

小李讨了个没趣，看了阿古一眼，阿古窝在那里看《金瓶梅》，就跑到我跟前，摇头晃脑的：

"老麻，你看看，浪吟销得魂魄散，男儿抽剑好豪哉。是不是有苏东坡的味道？"

"东坡肘子的味道？"

小李以比老杜更大的声音嚷："烧烤啊，热乎乎、香喷喷的烧烤，烧鸡翅、烧鱿鱼、烧茄子、烧韭菜……"

我这是装傻。我跟眼镜小李老杜阿古他们最大的区别是，我是随遇而安，他们是随遇而不安。一朵梅花，都零落成泥碾作尘了，就没必要再念念叨叨自己还是一朵梅花了。比如眼镜，非得声明自己还是个诗人。阿古呢，整天捧着《金瓶梅》，玩高深。老杜和小李则还文人相轻的。这都叫作不安。我就彻底安了。到深圳了，我就不拿花鼓戏编剧说事了，就个摆麻辣烫的，不跟他们扯那个鸟淡。我把聪明才智放在麻辣烫上，别出心裁地先后推出了买一送一、套餐等促销活动。所谓买一送一，就是买一荤的送一素的，如你买了一串火腿肠就送你一串青菜。套餐则是二十块钱吃个饱。这一来，我的生意糍粑烤火喷喷起，芝麻开花节节高，一下子把小李、老杜和阿古比下去了。其实，我这也是变相地抢了他们的生意，比如，有些小姐本来是要吃小李的烧烤或老杜的鸭脖子或阿古的臭豆腐的，我这里搞促销活动，她们自然就少吃或者不吃烧烤不吃鸭脖子不吃臭豆腐了。阿古和小李倒无所谓，他们是单身汉，一个吃饱全家不饿，老杜则不同了，他要养家。老杜在家里的时候是高中语文老师，还是他们县作家协会散文分会的副会长兼副秘书长，本来是铁打的饭碗，但因为违反了计划生育政策，铁饭碗砸了，开除了。老杜的老婆是苗族，他老婆已经生了两胎，非得再生一胎，谁知道仍是女儿。如果第三胎生的是儿子，铁饭碗砸了，老杜也无所谓，问题是，这最后生的仍是女儿，老杜就砍掉脑壳出气不赢了。老杜的老婆带了三个女儿在家里，老婆没上班，一切全靠了老杜的这个烧烤摊，所以，我这一促销，他生意不行了，他就最反对了。他先是想联合阿古和小李一起压我，阿古和小李没理他。阿古呢，买臭豆腐的小姐少了，他可以多看几页《金瓶梅》；小李呢，买烧烤的小姐少了，他可以多推敲几下韵脚。既然没人跟他联合，老杜就单独跟我干了：

"小麻，你不仁我就不义了，你信不信？我今天晚上开始，全白送，咱们鱼死网破。"

"要白送你白送，我拦不着，我反正人一个卵一条！"

"你是成心让老子活不成不是？小狗日的。"

说着一甩拖到鼻子尖上的长头发，冲到了我鼻子尖下，一副要干一仗的样子。说实在的，从小筠跟那个芝麻客走了，我就憋着一肚子的气，早想跟人好好干一仗了。更何况，我已瞒了我编花鼓戏的事儿，就一纯卖麻辣烫的，我怕谁？我的拳头都握紧了，但我最后还是把握紧的拳头松开了。为什么？因为我是一个讲套路的人。虽然我早看出来了，深圳这鬼地方不太讲套路，但我得固守点什么。所以，我笑着拍了拍老杜的肩说：

"老杜，恕我直言，你的脾气没有你的散文好。"

见说到自己的散文，老杜腾起来的那绺长发又奔到鼻子尖上了，举了举大拇指：

"兄弟，有眼光！我就脾气不好，吃了大亏。你说说，我的散文好在哪里？"

老杜出了一本散文集，我摆摊的第一个晚上，他就送了一本给我，还签了名。我当时是装着看不懂的样子，回到租房躺到床上还是翻了翻。翻后的结论是，除了他那龙飞凤舞的签名，其他的，比阿古的臭豆腐还臭。老杜问我好在哪里，我还一时愣住了。老杜恳切的目光从长头发的缝隙里探出来比他的鸭脖子更热辣辣地望着我，看他那样子，如果我不说出他的散文到底好在哪里，惹毛了他，他也会把我当鸭脖子卤了卖。我支吾了半天才说：

"好像什么都写了，好像什么都没写……"

老杜打断了我："你是说形散神不散是不？"

我连连说："对对对，形散神不散！"

老杜的眼中仿佛有泪光闪动，用力地抓住了我的手，使劲摇，还不够，最后抱住了我：

"知音！知音！小麻，谁说你不懂文学？你懂着呢，你是个大懂家。比他强多了！"

说着眼睛瞟向了小李。我就这样跟老杜化干戈为玉帛了。此为玉帛之一。玉帛之二，老杜又听了我的建议，也开始进行促销，且一步到位，直接搞二十元一次吃饱套餐方案。小李跟老杜是死对头，我搞二十元一次吃饱套餐方案，他无动于衷，埋了头推敲他的韵脚。老杜一搞，他就沉不住气了，老杜前五分钟搞，他后五分钟就搞起来了，大声嚷嚷：

"烧烤跳楼价，二十包吃饱。吃饱又吃好，还要数烧烤。"

你们看，小李还是真有点水平的，把嚷嚷都嚷成了诗一样的句子，韵押得一摞熟的。相较而言，阿古保持了高贵的独立性，他没有掺和到我们的套餐上来，一如既往地固守着他的臭豆腐摊看《金瓶梅》，宠辱不惊。不得不说，我开始敬重阿古了。他是我到深圳后第一个敬重的。阿古从来不主动搭理人，如果你不跟他说话，他是绝对不会跟你说话的。刚开始，我是主动搭讪跟他说过几句话，他都是不冷不热的，我见搭不上架，也就懒得理他了，井水不犯河水了。现在则不同了，既然开始敬重他了，哪怕掉了脸也得向他身上靠。这天晚上，我特地买了一包芙蓉王，一见他摆好了摊，就凑过去递了一支烟给他，低眉诌脸的：

"古哥。"

阿古接了我的烟，偏过脸仔细看了看我烟盒，鼻子哼了一声，然后上上下下看了我个遍，直看得我浑身起鸡皮疙瘩，我连忙给他点了火，又叫了一声：

"古哥。"

阿古狠吸了一口烟，昂了脸缓缓吐出来，青青的烟里就腾了一只鹤。他忽然咧着嘴笑了，露着两排参差不齐的黑黑的牙，如两排黑栅栏，猛地敛了笑，看着我：

"鸟毛，你水很深啊！"

我大窘，想变成他烟里的那只鹤，掠了翅膀飞走。我刚要飞，他却一把拿住了我：

"如果在宋朝，你肯定是西门庆一类的人。"

"呵呵，古哥，有人买麻辣烫了，我得去。来了！来了！"

我远远地看见阿鹂从那边过来了，赶紧借机溜了。小说的女主人公登场了，有好瞧的了。阿鹂，我们暂时叫她阿鹂吧，鹂字只是个音，有一回，我听到一个女孩子叫她阿li，就记住了，也许是阿丽、阿莉、阿梨、阿力、阿荔、阿俐、阿栗或者阿俪，都很难说，因为她的声音像黄鹂儿那样清脆甜美，我就叫她阿鹂。阿鹂是我到深圳的第一个客户。那天晚上，我刚摆好了摊，正躬了腰从塑料袋里拿东西往汤锅里放呢，忽然听到一个好听的声音，对，就是上面说的黄鹂的那样的声音：

"喂。"

我像触电一样地直起了腰，一看，一个女菩萨站在了我的跟前，盈盈地朝我笑着。有一阕旧词单赞这菩萨的好看：

> 眉如翠羽，肌似羊脂。脸衬桃花瓣，发垂金凤丝。秋波湛湛妖娆态，春笋纤纤妩媚姿。斜鬈红绡飘彩艳，高簪珠翠显光辉。说什么昭君美貌，果然是赛过西施。柳腰微展鸣金佩，莲步轻移动玉肢。月里嫦娥难到此，九天仙子怎如斯？宫妆巧样非凡类，诚然王母降瑶池。

　　大家猜到了，我的心有点乱，但如果说我乱了方寸，那就小瞧我了。乱了方寸的是眼镜，是后来老杜告诉我的，眼镜之所以转了麻辣烫摊去捡垃圾，并不是因为他喜欢捡垃圾，而是因为他喜欢阿鹂。阿鹂第一次到眼镜这里来买麻辣烫，眼镜的眼镜掉到了地上，他摸起了眼镜，却又把眼镜放到了汤锅里。阿鹂走了，眼镜捶胸大哭，一个劲儿地对阿古、老杜和小李说：

　　"她怎么就做了这个？她怎么就做了这个？"

　　第二天晚上，阿鹂再来买麻辣烫的时候，眼镜给了阿鹂一沓纸，纸上全是诗，一共二十首，总标题叫做《暖昧的惆怅》。眼镜单膝跪地，把诗递给了阿鹂。阿鹂笑笑地看着眼镜，然后又笑笑地从眼镜手里接过了诗。看诗的时候，她的眉头蹙了蹙，马上舒了，又是笑笑的：

　　"暖昧的周长？什么东东？"

　　第二天晚上，大家都摆好了摊，但眼镜迟迟未到，正不知道怎么回事呢，住眼镜隔壁的一个卖菜的人上气不接下气地来喊了，说眼镜病得很厉害。那天晚上，阿古、老杜和小李都没做生意，抬着眼镜去了医院。看到没？人在一起待久了，还是会产生阶级感情的。眼镜得的是疟疾，俗称打摆子，一时冷一时热，冷的时候要盖五床被子，热的时候脱得精光还要用冰块在身上擦。病好后，眼镜就把麻辣烫转给我了。怪不得我一抬起头，阿鹂脸上的笑就僵了一下，就一下，立刻又笑了：

　　"呵呵，怎么换人了？"

　　"那个人有点惆怅。"

　　"呵呵？惆怅？什么惆怅？"

　　她的眉头往上挑了挑。这里不得不插一句，她挑眉头的样子真好看，我估计，当年的西施就是这样挑的，把个吴国都挑没了。我没吴国，我也不像眼镜那样没出息，所以，她即使挑得最好看，我也咬牙忍着，也笑了笑对她说：

"就是想改行了的意思。你要点什么？"

那时候我还没有推出买一送一和二十元一次吃饱套餐。她的指头在嘴里嚼了嚼。我看到，她的指头全画了蓝莹莹的图案，在灯光下闪闪发亮。她的眼睛扑闪闪地看着我的沸沸地煮着的汤锅，然后伸出了右手的食指一样样地点：

"鱿鱼，肉丸，火腿，生菜，多放点辣！"

她在旁边看着我烫，脸上一直挂着盈盈的笑。我装着心无旁骛，以一个麻辣烫世家的老到功夫按部就班地完成一道道工序，完全按套路来，烫、翻、夹、拌，每一道工序都足斤足两，天衣无缝，而且动作娴熟，不徐不疾，就像个太极高手在表演的舞台上，把一套麻辣烫功夫发挥得淋漓尽致、几至炉火纯青之境。饶是如此，我仍是错误地理解了她"多放点辣"这四个字的含义，我以为"多放点辣"就是比一般人的多放一点就行了，谁知道她的"多放点辣"要放很多很多的辣。具体的做法是这样的：她要另外拿只小碗，盛半碗辣椒油，吃一下就先在碗里严严实实地蘸一下甚至几下。那辣椒是我特地买的一种朝天椒，最辣的一种，用烧滚了的油淋了，既辣且香。这招儿是我从老家带来的。我老家是有名的吃辣椒特别厉害的地方，但他们只能少少地蘸一点，稍蘸多了，就辣得在那里呵气。我正等着看阿鹏的戏呢，可她半点反应也没有，蘸了一下不够，再蘸第二下，直蘸得整个儿都让辣椒裹了，这才吃，半点气也不呵。这让我惊呆了，在旁边看着的老杜和小李也看呆了。阿鹏吃麻辣烫的样子真好看，她右手的拇指和食指捏着麻辣烫的竹签子，后面的三个指头如蝴蝶张翅一样的张开，对，没错，就是兰花指；头微低着，嘴就着碗，然后双唇张开，露着雪白的牙齿，把麻辣烫伸进了嘴里，并不碰着双唇，牙齿咬住了一坨，那唇仍张着，再然后闭了嘴，两片唇欲合未合，嚼几下，就吞了。整个吃的过程优雅高贵，对了，就像莫泊桑短篇小说《我的叔叔于勒》里姐姐吃牡蛎那样，透着一种贵族的气息。

吃完了我的麻辣烫，阿鹏走了。两个小时后，她又来了，这次吃的是老杜的鸭脖子。四根鸭脖子，也是蘸了辣椒吃。再两个小时，她又出来吃小李的烧烤，也是四样。再过两个小时，她就吃阿古的臭豆腐了，八片。从此，每天晚上，阿鹏都来轮流吃一遍。后来我、小李、老杜分别推出二十元一次吃饱套餐之后，她就每天晚上依次吃个套餐。当然，最后仍少不了吃阿古八片臭豆腐。对于这样一个值得尊敬的客户，我们得对她有所回报，有天晚上，我受老杜和小李的委托，对阿鹏说：

"美女，从今天晚上开始，我们给你打八折吧。"

"哦，不用。真的不用。"

她说话的时候，她正在吃生菜，生菜叶子多，肥大，这就使得她的唇上沾了一些汁。她赶紧停了不吃，从随身携带的小包里拿出了镜子和湿纸巾，对着镜子用湿纸巾细细地揩起嘴唇来，然后，她补上了口红。我觉得非常不好意思。我看了老杜和小李一眼，他们也非常不好意思。阿鹏走了后，我、老杜和小李三个人凑在一起说着这事。小李说：

"呵呵，她大把赚钱呢，这点小钱没在她的眼睛角里。"

老杜说："是啊是啊。她一个晚上赚的比我们一个月还多，这算什么？不过——"

自从有了阿鹏这样一个客户后，老杜和小李不唱对台戏了，他们联合起来对付阿古。老杜还没说完，小李就飞快地说：

"不过，我们得有感激之心。不能像有些人那样，一坨狗屎！"

　　小李说一坨狗屎的时候，用眼角的余光瞄了阿古一眼，老杜也瞄了阿古一眼，他们两个人哈哈大笑起来。老杜和小李哈哈大笑的时候，阿古转过脸来看了我们一眼，眉峰上鼓了很大的一个结。我的心里很有点虚，阿古是不是把我也划入了老杜和小李一类里去了呢？要不要抽个时间给他解释一下？其实，我跟老杜和小李他们还是有差别的。

　　那天晚上我们讨论的结果是，散文家老杜要为阿鹂写篇散文，诗词家小李要为阿鹂写首诗。我因为就是个摆麻辣烫的，就不写了。一个星期后，他们的作品出来了。老杜散文的题目叫《背影》，一共有八千六百三十七个字，由于小说的篇幅有限，恕在此不予抄摘，只说下大意，一共是四段，分别是阿鹂吃完我的麻辣烫后的背影、吃完老杜的鸭脖子后的背影、吃完小李的烧烤后的背影及吃完阿古的臭豆腐后的背影。当然，吃完鸭脖子后的背影字数最多，有四千个字，吃烧烤后的背影是三千个字，吃麻辣烫后的背影是一千个字，吃臭豆腐后的背影是六百三十七个字。每一段的最后是一摞排比句："你的美丽的背影，你的漂亮的背影，你的秀气的背影，你的玲珑的背影，你的婀娜的背影，你的健康的背影，你的雪白的背影，你的单薄的背影……"小李对老杜的这篇散文评价非常高：

　　"老杜，你的《背影》跟朱自清的《背影》各有千秋，平分秋色啊，文坛两背影啊！"

　　老杜客气地说："不，比你的'鸡翅鱿鱼火腿肠，轻嚼慢咬齿留香'差多了！"

　　小李说："杜哥，你的好。"

　　老杜说："李弟，你的好。"

　　小李说："我们请老麻评评。"

　　我说："你们一样的好！"

　　我在喜来春酒店前摆麻辣烫摊大约两个月后的一天晚上，眼镜来了。眼镜背了个很大的蛇皮袋，鼓鼓囊囊的，有他的身体两个那么大。眼镜背着蛇皮袋，是弯着腰的；他放了蛇皮袋，那腰就直了，挺得笔直笔直的，像个将军。老杜和小李远远地就看见眼镜来了，却装着没看见似的，继续在那里推让着"你的好""你的好"。我赶紧对眼镜打招呼：

　　"眼镜兄。"

　　"叫我孤舟蓑笠翁。"

　　说着，从袋子里拿出了一张报纸，塞到我手里：

　　"看，诗发表了。我的笔名叫孤舟蓑笠翁。"

　　我装着哇哇大叫："哇塞，快来看啊，诗发表了！诗发表了！"

　　老杜和小李却仍是理也不理，继续在那里"你的好""你的好"。我仔细地看了眼镜的诗，题目叫《暖味的周长》，诗六句：

　　　　我送了一首诗给你
　　　　叫作《暖昧的惆怅》
　　　　你念成了暖味的周长

　　　　暖味　暖味
　　　　温暖的味道
　　　　我用脚步量着世界的周长

　　我说："好诗。"

　　眼镜抓了一串鸡肾放进了嘴里，狠狠地嚼，嚼完了对我说：

　　"我马上要成为深圳人了。知道不？"

老杜和小李同时往这边看过来了，紧紧地盯着眼镜，眼镜却不说话了，摸了摸嘴，背了那个蛇皮袋，走了。

一晃又是一个月过去了，一天晚上，小李突然没来了。我们担心他出了啥事，想去找找看，但又不知道他住在哪里。我们住得很散。尤其是小李，只听说他住在两公里外的一个村子里。第二天上午，虽然困得要死，我和老杜还是去那村子里找了一个大圈，没找着。我们心里责怨着小李，就算你要走，也要跟我们打声招呼啊，兄弟一场呢。从此，小李的位置就落落地空在那里，我们心里很难过，一有空，我就和老杜谈谈小李，更觉得他是一个好人，老杜都落下泪来了：

"眼镜走了，我巴不得他走。另有些人走了，我也巴不得他走。小李走了，我就舍不得。有空了，我要写篇散文怀念怀念他。这种感情，老麻啊，你不搞文学，你不懂。"

倒是阿古像什么也没有发生似的，照常卖他的臭豆腐看他的《金瓶梅》，有时候，我真觉得他是一个冷酷无情的人。阿鹂也仍是每天晚上来，小李和他的烧烤摊没了，她也没事似的，唯一的改变是，她改成了每天晚上吃两次阿古的臭豆腐。老杜对此愤愤不平，他恨恨地对我说：

"她凭什么就吃两次臭豆腐？为什么就不能吃两次麻辣烫？"

我赶紧说："不，吃两次鸭脖子。"

"不，吃两次麻辣烫。"

我忽然觉得老杜有点烦。不，什么事都让我烦。我和老杜说着话的时候，阿鹂正在吃阿古的臭豆腐，她穿着短短的裙，露了两截白生生的大腿，一阵风吹来，揭了她的裙，把她大半个屁股也吹得露出来了。我猛然一股冲动，尘根戳戳地硬起来，如一柄钢锉。我想干阿鹂。这想法叫我头昏脑涨，我冲到一个黑暗处，在一棵树下躲了起来，对着喜来春的背影开始手淫。手淫完了，我哭了起来，像狼一样地嗥，幽远凄厉。我生出了一个想法，我要回家。

我返回摊子，远远地看见一个和尚正跟老杜说话。走近了，才发现那和尚正是小李。我连忙大叫了一声小李，跑了过去。小李稽首向我说：

"麻施主。我不叫小李了，我叫默了。"

我拍了他的肩膀一下哈哈笑道："小李，你搞什么鬼？"

小李肃然地说："麻施主，请叫我默了。"

"你真的做了和尚了？"

"出家人不打诳语。"

我心里一酸，眼泪几乎掉下来了：

"你好端端的，怎么就要做和尚呢？"

默了和尚双手合十念了声佛说："你好端端的，怎么就要卖麻辣烫呢？"

这个机锋打得好，我哑口无言。默了和尚笑了笑，念道：

"默了默了，了默了默。默默了了，了了默默。"

说着飘然而逝。好一会，我才醒过神来，问老杜：

"他怎么就做了和尚呢？"

老杜说："鬼摸了脑壳吧。"

"他跟你说了些什么？"

"我借了他一百块钱，他来讨的。"

又朝阿古努了努嘴接着说："小李把诗稿托付他保管。他怎么就托付给这种人呢？他怎么就不托付给你？"

我赶紧说："不，托付给你。"

"不，托付给你。"

我又开始烦了。我的尘根又有点硬了。我把手插进口袋里使

劲地掐着尘根，感觉到都快掐断了。我摘了挂在摊子上的那块写着
"优惠大酬宾 新推二十元吃饱套餐"的牌子，噼啪一声用脚踩了。
阿古转过头来朝我笑了笑，我也朝他笑了笑。老杜一脸惊悸：

"老麻，你要干什么？"

我笑了笑说："破破了了，了了破破。破了破了，了破了
破。"

老杜拉尿去了，阿古过来对我说：

"老麻，你是不是很想搞那个女孩子？"

"哪个女孩子？"

"阿鹂啊。鸟人，你瞒不了我的！"

我正要说话，老杜过来了，阿古赶紧闭了嘴过去了，又捧起了
《金瓶梅》。老杜脸上阴阴的，看了阿古又看我：

"你们是不是背后说我什么？"

"他说小李的诗很臭。他要烧了。"

老杜嘿嘿地笑了两声，然后一个晚上都不说话了，坐在那里啃
鸭脖子，把剩下的全啃完了，然后歇了摊回去了。

老杜走了，我本想过去跟阿古聊几句，忽然也觉得意思不大。
前面说过，我对阿古是敬重的，我把他排到了我到深圳后敬重的
第一号人物。但他的两次故作高深、阴阳怪气的话语令我对他的敬
重大大地打了折扣。直说了吧，我有点讨厌他了。一个聪明的人是
令人敬重的，但一个自作聪明的人却令人讨厌。我的心情很有点不
好。我的心情不好一方面固然来自于老杜和阿古，另一方面却来自
于生意不好。如果喜来春的生意不好，我们跟着不好，这还好点，
问题是，喜来春生意越来越好，我们却越来越不好，这叫我的心情
如何好？喜来春新添了很多女孩子，可添得再多又有什么用？她们
不来吃我的麻辣烫，当然，也不来吃烧烤、不来吃鸭脖子、不来吃

臭豆腐。不吃烧烤，小李可以去当和尚；不吃鸭脖子，老杜自个儿吃；不吃臭豆腐，阿古更有空看他的《金瓶梅》。我呢，我能干什么呢？我就剩了手淫了。阿鹂吃完了阿古的臭豆腐，今天晚上是不会再出来了，但她不出来了我还是想起了她的露出来的大半个雪白的屁股，一想起她的雪白的屁股，我的尘根又戳戳地硬起来了，我又跑去喜来春后面空地的树影下去手淫，一边手淫一边骂，深圳，深圳，我操你娘。手淫完后，我觉得全身的骨头都快散架了，走路像在飘，眼前金星四冒，我摸了一下额头，像火似的发烫，看来，我病了。我强打精神回到了摆摊的地方，看见阿古在向我招手。我走了过去，他呵呵地笑着，把我拖到了他臭豆腐前，那里刚换了一块牌子，牌子上墨迹未干呢。牌子上写着："哇！臭上加臭！买两块臭豆腐送和尚诗人诗一首，每人每晚限送一首！"他偏着脸看着我，笑着说：

"这点子好吧？"

我腿肚子打鼓了，快支持不住了，但我仍笑了笑说：

"你真他妈的逗！"

阿古扶住了我，从兜里掏出了五百元放到了我掌心里：

"老麻，别撑了。今天晚上就去搞了吧，她是38号。"

大家猜猜，那天晚上我有没有去搞？呵呵，你答搞了是吗？恭喜你，你答对了。不过，又答错了。我接了阿古的钱，进了喜来春酒店，直接点了阿鹂。阿鹂进来了，看见了我，眉头蹙了蹙，又舒了，展了那好看的笑，然后说：

"大哥，你比那几个家伙痛快！"

我也笑了笑。可还没笑完，我就晕倒了。等我醒过来的时候，已经到钟了，阿鹂正在看电视，看的是《朗诵者》，她满脸的眼泪。阿鹂抱住我说：

"大哥，明天，我同你去卖麻辣烫。"

走出酒店，我看见几个城管正在把我和阿古的摊子往车上搬。阿古则坐在路灯下看书。我瞄了一眼，觉得他这次看的书很薄，不像《金瓶梅》，就走过去看了一下封面，是王默然写的《文具大王邱文钦》。我笑了笑，径直走了。

几天后，我和阿鹏在另一家叫喜来秋的酒店前又摆了一个麻辣烫摊。哦，得更正一下，阿鹏不叫阿鹏，叫阿罟。这是个怪名字。她说是她爸给她取的，她爸是搞古典文学的，她妈常骂他，他气不过，就取了这个名字，有报复的意思。她妈是卖猪下水的，她赚的钱比他多。我和阿罟配合得很好，我负责做，她负责卖，也就是负责吆喝和收钱。她吆喝很有一套，比老杜和小李的水平高：

"麻辣烫哦麻辣烫，又麻又辣它又烫。男人吃了麻辣烫，升官发财补肾脏。女人吃了麻辣烫，美容养颜不发胖……"

大家猜得没错，我和阿罟同居了。有天晚上，生意稍停了点，我正坐着，忽然风吹起一张报纸。我捡了起来看，一看就看到了一条有趣的新闻，《流浪诗人凭〈暧昧〉折桂 垃圾佬一转身成深圳人》，说的是深圳某单位搞了个全国诗歌大奖赛，前50名解决深圳户口，流浪诗人眼镜凭着一首《暧昧》获得了冠军。报纸上还登了眼镜的照片，他正背着一个硕大的蛇皮袋子在捡垃圾。我拿了报纸给阿罟看，阿罟看清楚了，眉头蹙了蹙，立马笑了说：

"是他呀。"

"你五个字念错了四个字呢，你知道吗？"

阿罟翘了翘鼻子说："我故意逗他的。"

小说本来到这里就算完了，篇幅够长了，但有个小细节不得不补上。有天晚上，我忽然听到一个熟悉的声音对阿罟说：

"帮我来个套餐，多放点辣。"

我连忙抬头一看，是小筠。

树

树生在一个园林公司上班，工作是种树。说种树，其实也挖树。确切地说，是种了又挖，挖了又种。所以，别怕没活干，干不赢的活。有时候，刚刚种了，树还没落根呢，又得挖了重种，小叶榕换了大叶榕，当然，不久，也许又换了木瓜榕。刚去那会，树生很不解，向老李发牢骚说：

"妈那个B，这是种树？这不纯粹是折腾人！"

老李干得久，熟这个经，他打了两声哈哈说：

"不这样折腾，我们喝西北风？老板喝西北风？"

树生敲了几下头，敲得嘣嘣响，嘿嘿地笑了。

在这种没完没了的种了又挖、挖了又种的过程中，时间很快过去了，每发一次工资，给黑妮寄四百块后，树生就去银行把钱存了，然后回来拍着屁股兜里的存折对老李说：

"半垛子墙有了。"

"两栓窗有了。"

"瓦有了。"

"石灰有了。"

"沙有了。"

这些年，树生的心思全花在这上面，种树的时候算，挖树的时候算，吃饭的时候算，甚至连睡觉的时间也在算。当然，随着存款数字的不断攀升，树生的方案也进行了好几次调整，比如在原来的方案里，粉刷墙是要用石灰的，窗子是用薄膜蒙的，结婚用的床是木架床，喜烟用一块五一包的湘南烟，等等，后来都改了，粉刷墙改用涂料，窗子改装玻璃，结婚用的床改席梦思，喜烟改用三块五一包的长沙烟。也有些项目是重新添加的，如给娘和奶奶的坟前各立一块石碑，在槐树蔸的四周砌一道花坛，买一面三尺径的牛皮大鼓。对于花坛和牛皮大鼓这两项，树生特别得意，他对老李说：

"砌个花坛，那树就更气派了，比城里的树还气派。"

老李打断他说："你还要竖个牌子，上面写着，谁敢踏入，罚款十块。你以后不用干活就发财了，猫在那里，看到谁进去就逮着罚款。我说你狗日的，到城里才几天啊，别的没学到，就学了城里人的奸！"

树生让老李逗得嘿嘿地笑："我可没想到竖牌子，那是你想的，是你奸，你才城里人！"

树生微眯了眼睛，继续说：

"每天吃了晚饭，我就在槐树下架了鼓，使劲地敲一通。我敲给黑妮听，敲给娘听，敲给奶奶听，也敲给槐树听。"

老李被树生的样子吓坏了，他摸了摸树生的额头说：

"你没发烧吧？"

树生说："老李，树真的能听的。在家里的时候，我就经常打鼓给树听，树听得懂。黑妮给树说话，树也听得懂。但城里的树听不懂，我试过很多次，给它们打鼓，给它们说话，它们都听不懂。"

老李撇了撇嘴说："它们讲白话的，哪里听得懂？"

树生像弹簧一样蹦了起来说："对对对，它们是讲白话的，听不懂。"

说着向一棵树走去，老李朝树生的背影啐了一口痰，轻声骂道：

"树脑壳，树脑壳！"

老李骂树生是树脑壳，还真骂对了。

树生老家禾坪右手边有棵老槐，有箩筐那么粗的干，举着伞一样的枝枝叶叶。他娘生他的那天，坐在槐树下洗一大脚盆衣服，刚洗半脚盆，就发作了。奶奶抱着孙子笑呵呵地说：

"槐树下生的，就叫树生吧。"

树生在槐树下学会了爬、学会了走，后来又学会了爬树，爬到枝尖上抓蝉摘荚果。每到仲夏，蝴蝶一样的槐花开了，黄中夹白，香气飘得远远的。在槐树下，奶奶教会了树生唱《槐花调》：

> 屋前一棵槐花树，
> 脚踏槐树枝，手抓槐树丫。
> 爹妈问我望什么？
> 我答槐花几时开，
> 险些漏出望郎来。

娘也很喜欢唱这个调。夏天的晚上，娘儿俩躺在槐树下的竹床上乘凉，她会和树生一起唱。娘唱得比奶奶好听，奶奶掉牙了，漏风，嘶嘶的。娘就不，她唱得水水甜甜的，像槐叶缝里的钩钩月，又像后山里的泉水。但后来，娘却不让他唱了，只要他唱，她就握了栗凿过来了，愤怒地盯着他：

"打死你这个下流坯子！"

树生知道娘不会真打自己，但他还是装着很怕的样子躲到了奶奶的怀里。奶奶张了手臂像老鸟张了翅膀似的拦住了娘，嘴巴里却说：

"你打你打，打死了算了，又不是我身上屙的血！看他爹回来怎么找你！"

爹在一百几十里远的一个煤矿上班。他不是常常回来，有时候两个月一次，有时候三个月一次。每一次爹回来，家里就像过年一样的，娘把被子浆得硬硬的，被子里有太阳的味道。但这一次，爹有半年没回家了。

娘赶紧回头朝槐树下的篱笆口张望，轻轻地理了理额前的头发，回过头来时，眼睛就有些红了。她从奶奶怀里接过树生，她的手由硬硬的栗凿变成了软软的棉花，一边轻轻地擦着儿子脸上的脏污，一边就问：

"你想爹不？"

"想。"

娘的眼泪就下来了："你想是白想了，他从来不想你的。"

奶奶就在那边说："秀英，不要说这样的话，他爹工作忙。"

娘的眼睛眨了眨，咬了一下嘴唇说：

"是的，他忙，忙得老娘、堂客和崽都不要了！"

说完了，娘就走开了，又去忙去了。娘永远也忙不完，田里土里的事。奶奶张了嘴要喊娘，没喊出来，她久久地看着娘的背影，最后，也落了一颗泪，忽然紧紧地抱了树生，说：

"那个畜生野了。"

"哪个畜生？"

奶奶说："你爹。"

树生快五岁那年，娘在槐树上吊了颈。娘是黄昏时吊的颈，刚放了牛回来，手里提着牛绳。奶奶在伙房里弄饭，树生在槐树下捡槐荚。娘说：

"你去关了鸡笼门。"

树生关了鸡笼门回来，娘已经直直地挂在槐树上，吐出了长长的舌头。树生喊奶奶：

"娘上树了。"

奶奶大声说："这么晚了不怕摔下来？树生爹搭信来了，明天回，叫他摘吧。"

半年后，爹又娶了一个女人进门了。

奶奶教了树生另一首《槐花调》：

> 亲娘杀鸡留鸡腿，
> 后娘杀鸡留鸡肠。
> 我把鸡肠挂在槐树上，
> 抱着槐树哭亲娘。

那一天，树生正在槐树下唱着，后娘过来了，眼睛里有两把刀：

"唱得真好，再唱一遍！"

奶奶正挑了一担水上码头，一急，摔了一跤，两桶水全泼在身上，落汤鸡一样的，骨碌着爬起来，大声喊：

"树伢崽，树伢崽……"

后娘舞着一把大扫把挡住了奶奶："都是你这个老不死的教坏的！你敢过来，老娘今天先打死你这个老不死的，再打死这个小不死的！"

说着，就把树生用一根绳子绑在槐树上。绑绳就是树生亲娘上吊的那根牛绳。绑好了，然后她拿了一柄赶鸡的楠竹丫，没头没脑地朝树生乱打，直打得那柄楠竹丫剩了光杆杆。奶奶几次要扑过来，都被后娘推到了地上。当天晚上，奶奶就喝农药死了。死的时候，背靠槐树，七窍流血。

树生读四年级的那年，爹上班的煤矿突然就倒了，灰溜溜地回了老家，每个月只能拿一百五十块钱的生活费。因为落了一身病，又干不得体力活，家计一下子穷了，就叫树生停了学。一天早上，树生正要去上学，爹把他喊住了：

"你反正是猪脑子，不是读书的料，今天起，你不读了。"

树生本来就不喜欢读书，听了这话，高兴地把书包一扔，扔到槐树梢头里了，一路跑出去了。后娘看见了，眉头紧了紧，鼻子里哼了一声，爹就大声地把树生喊回去了，厉声叫他跪下，反举着扫把说：

"你张狂什么？不叫你读书，是叫你赚钱，好好供弟弟读。不听话，老子打断你的腿！"

一眨眼，十几年就过去了，弟弟也大学毕业了。这十几年里，只要是能赚钱的事，树生什么都干过。虽然长得黑黑实实的，其实树生的心窍蛮通的，手也特别巧，瓦工木工活，他没参师，却比参了师的还做得好。但他最有名的却是两样：一是篾工；二是打鼓。

做篾活，树生不仅会破，能把一根三丈长、碗口粗的楠竹破成绸带一样的细篾。而且还会打，箩筐、撮箕、晒垫、菜箩，样样皆通。他做的东西经用，能用好几年。更绝的是，他还能打睡席，比女人还里手，只见他双手哗哗哗的，雪一样白的席子就打成了。女人一天打一床，他两天能打三床，还能在席子中间打"万、福、喜"字。

在很长一段时间里，如果说做篾活是树生的工作的话，那么，打鼓就是他的兴趣爱好了。村里有个乐器班子，锣鼓钹铙四样，谁家喜忧二事，都会请过去敲敲打打。好些年，树生就像乐器班子的尾巴似的跟在后面。有次，中间停会，打鼓的上茅厕了，打锣的对树生说：

"光看有鬼用？试一板！"

树生心痒痒的，但手不敢动，打钹的说：

"好角色让个后来娘耽误了！不怕，树生，试一板。"

树生不怕了，接了鼓，鼓槌往鼓边敲了一下，微闭了眼，然后就敲开了，打的是"三星"，踩了花的。打鼓的只屙了半截屎，提了裤子出来了，看清是谁后说：

"树生打的鼓比破的篾还好！"

一手好篾、一手好鼓使树生在家里赢得了一个好名声，有人开始给他说媒了，后娘却拦了：

"不急，不急，家里还有千斤重的担子呢！"

等家里千斤重的担子快卸了，树生的年纪却一天天大了。村里的黄脚后生一个个结婚了，每一次婚礼，他都要去打鼓，鼓点很有点沉郁，细心人听见了说：

"树生想堂客了呢。"

想堂客了的树生在破篾，打鼓之余就多了一门事，种树。屋前屋后，全种满了，屋前种的是果树，如桃树、李树、橘树、板栗树等等。屋后种的则是杂木，如杉树、松树、梓树、楮树等等。刚开始有点种着玩的意思，成活率不高，种下去不久就死了。他要的就是这个，手头有活做，不闲了，树死了，身子却活了。后来，他就会种了，树不死了。

原来，树生是抽时间种树的，也就是说，那时候，他破篾，打鼓的事挺多的，挺忙。但越到后来，树生的时间就不用抽了，他有大把的时间种树了。原因是，不知道哪一天开始，破篾的活闲了，打鼓的活也闲了。破篾的活闲了是村里人出去打工了，不种田不种土了，竹器用不着了，要命的是，也不睡睡席了，睡一种叫作麻将席的席子，重要的程序都是机器代劳了。打鼓的活闲了不是村里不办喜忧二事了，而是办喜忧二事的时候不请乐器班子了，也不是不请乐器班子了，而是不请原来那个乐器班子了，而是请洋乐队。

在从挺忙到挺闲的这个过程中，眼看奔三十岁了的树生又像回到了母亲吊颈，奶奶喝农药死了的那段岁月，孤独而绝望，唯有在种树的过程中，他能得到快乐。在清晨的露水里，在落日的余晖里，他守着他的树，像一个将军守着一列列士兵，骄傲而满足。有时候，他就坐在树底下用手指作槌用膝盖作鼓为他的树打鼓，打到忘情处，他听到了树的叫好。

其实，还有一个人为树生的鼓声叫好，那就是同村的寡妇黑妮。

黑妮名字黑，其实长得挺俊俏的，但长得俊俏，命却不好。她男人家本是好家当，一根独苗，在镇上开了一个批发店，生意挺好的。她嫁入的第二年，批发店遭了火，公公烧死了。第二年，婆婆打猪草让毒蛇咬了又死了。后来几年刚把这两个窟窿补上，日子稍顺畅了点，男人却得了肝癌，还是晚期，到处治了一通，治不好，就蹬腿了。人死了，欠的账却是要还的，房子让人拆了，家具让人抬了，五畜让人抱了。黑妮也是勇敢的，偏偏不回娘家，搭了两间茅棚和十岁的儿子住了，她横了心，谁也不嫁了。

原来也有人对树生说过跟黑妮合了房的话，他堵了，自从上了三十岁的坎，那想堂客的工夫他花在种树上了。

那一天黄昏，树生正在屋后种树，更确切地说，树生正坐在树下以指作槌以膝作鼓给树打鼓。打完了，树生看见了黑妮，不知道她什么时候来的。树生有点慌。黑妮笑了，说：

"树生，在打鼓啊？"

树生搔了搔头，眼睛看着远方，对岸的山上头有火烧云，灿灿地烧着。

黑妮说："你好久没打鼓了。你在我家打了三次，哦，不，应该是四次，我结婚的那次你也去打了。你打得很好。"

树生收回了目光，笑了笑说：

"是的，好久没打了。现在都不兴这个了，只好打给树听了。"

黑妮说："树听得懂的。我就常常给树说话，树也听得懂。"

树生看了黑妮一眼，黑妮正转过脸在看那片火烧云。

黑妮是来请树生帮她织箩筐、撮箕和晒垫等的。现在，很多人举家举户外出打工了，田都没人种了，荒了，她拣了十几亩种。她笑着对树生说：

"我问过了，你也好几年没做篾活了。手没生吧？"

树生赶紧说："没生，没生。"

树生帮黑妮做了三天篾活，他用了最好的手艺。那三天，黑妮一直帮他打下手。那三天，他们说了很多话，比两个人加起来说的三年还多。那三天，树生觉得很幸福。活做完了，最后那顿晚饭，黑妮杀了一只鸡，又买了一壶酒。树生平时蛮能喝的，但那天喝了几杯就觉得头有点晕了。头有点晕了的树生本来有蛮多话要说，但碍着黑妮的儿子在边上，话就不能多说，只能多喝酒，这一来，就越发多了。吃完了，树生要走了，黑妮说：

"我送你一下。"

树生没阻拦。刚走出篱笆口，树生觉得再也憋不住了，就说：

"黑妮，你这日子不能这样过，我得为你分担点。"

黑妮低了头，笑着说：

"树生，你喝多了。"

树生说："我没喝多。别人说话吐的是口水，我树生说话吐的是铁钉！"

黑妮说："我有千斤重的担子。"

"万斤重的担子我也不怕！"

树生他们种树的这条路是本市花重金打造的第一条林阴大道。很多年前，这个城的马路边本来有很多大树的，全砍了，光秃秃的全剩了楼房。凭着这一点，这个城市获得了活力城市的称号。现在，绿化城市的评比又开始了，所以，它又开始种树了，这条林阴大道是个代表作。根据市里头的规划，在五年内，本市要建成五条这样的林阴大道，纵贯整座城的东南西北中，报纸、电视上早已经铺天盖地地说了，词贼美：让我们的城市在树阴下呼吸。

听说，为了采购古树，市里专门成立了一个办公室负责这件事，到处搜。搁在路边的那些合抱粗甚至更粗的大古树，就是采购回来的，都是几十上百年的东西，品种很多，榕树、椿树、桂树、蜡树，还有很多树生叫不出名字的树。

有一次，老李对树生说：

"你家里不是有棵槐树吗？卖这里来嘛，听说一棵能卖几千呢，多的上万。反正一棵烂树，长在你们那里也不值钱。"

"十万块钱也不卖！"树生生气地说。

老李无意中的这句话让树生心惊肉跳，只要有树运来了，就跑去看。还好，没有他家的槐树。因为黑妮的事，树生跟爹彻底地闹翻了，出来后没给爹写过信，但为了树的事，树生决定给爹写信了。写了好几个晚上，信才写完，挺严厉的，说就是卖屋也不能卖了那棵树，否则，你是知道我的脾气的。

之所以这样写，树生是话里头有话的。树生十四岁那年，后娘要砍那槐树，说树挡了晒谷子。爹答应了，就请了人来砍。树生拿了一斧头守在树下说：

"谁敢砍树，我就砍他！"

爹气得跳起来了，用扁担打树生，打断了一根扁担，但树生仍是那句话。

信发出去了，爹没有回信。树生晚上睡不着了，一闭上眼睛，就看见别人挖那棵槐树，挖得鲜血淋淋的。没办法，树生只好辞工了，老李气得大骂：

"你发什么神经？不是说好了年底回的吗？就差两个月了，就等不及了？怕大风会吹了你的那个什么黑妮白妮去了？两千块钱年终奖呢，也不要了？你盖花坛还买牛皮大鼓的钱呢？"

树生说："我都不要了。我要回去守了那棵树。"

坐了两天的车，头都坐晕了，一早，树生到了镇上。天气很有点冷了，屋顶上，树枝上，枯草上蒙了白飒飒的一层厚霜。镇上却是热的，闹嚷嚷的市声，像煮了一锅粥。树生跺了几下脚，走到一个卖白粒丸的摊子上，要了一大碗。几年没吃这东西了，真好吃，从嗓子眼到屁眼，全暖乎了。想到一时三刻就可以看到黑妮了，从屁眼到嗓子眼，就再重新暖乎了一遍。

不用一时三刻，就在眼下，树生就看到了黑妮。

树生忽然听到一个熟悉的声音，转头一看，是黑妮。树生几乎喊出声来了。但他看到黑妮和一个男人手挽着手，那声音就随着一颗白粒丸滑下喉咙了。一会，那颗白粒丸又从喉咙下哽上来了，钻到了地上，滴溜溜地转。

黑妮和一个熟人在说话。熟人说：

"哇，黑妮，明天就要做新娘子了，今天还在这里逛什么呢？"

黑妮用肘撞了一下旁边的男人说："他啊，毛毛糙糙的，不会买东西。"

黑妮和那个男人笑笑嘻嘻走到那边去了。树生嘴里哽出来的那颗白粒丸终于不转了。树生揉了揉眼睛，觉得这一切是真的。那么一会儿，树生有点想哭。但树生没哭，他又要了一大碗白粒丸。

树生的第二碗白粒丸使那个卖白粒丸的大婶觉得如果不跟树生说几句话就太对不起树生了，她低下身子在树生的耳边说：

"那个女人原来克死了丈夫一家人的，知道不？现在，她又要结婚了，知道不？她跟一个篾匠好过。那篾匠出去打工了，给她寄了几年钱，说好今年回家结婚的，知道不？"

树生说："我知道。"

"你知道？"

树生笑着说："你说了我就知道了。"

大婶也笑着说："小伙子说话真有趣。"

有人来买白粒丸了，大婶走过去了，利索地帮那人煮好了白粒丸。那人是大婶的一个老顾客，大婶把刚才跟树生说的黑妮的事又对他说了，他听完了，索性放下了筷子说：

　　"这有什么奇怪的？最奇怪的是龚家湾那棵槐树。现在不是有人来这里买古树吗？看中了那棵槐树。前天说好了，放了订钱，说昨天来挖。你说怪不怪？昨天来挖，那树却死了。"

　　树生走过去对大婶和那人说："一点也不怪，因为那棵槐树听不懂白话。"

退　保

从出租屋到社保站门口，是八分钟的路，老唐不知道走了多少次了。今天，老唐也走了八分钟，他看了看表，不多不少，他咬了咬嘴唇，不禁苦苦地笑了一下。原来的那么多次，老唐大多在大门口掉转头走了，甚至还有几次，他都迈进了大厅，但最后，他都跟逃跑似的，一溜烟跑了。唯有这次，老唐径直进了大厅，然后贴在了排得最短的那条长龙后面。大厅里的人满满的，排了四条队，但出奇的静，或低头，或张望，脸上的表情如泥塑一般。老唐前后左右看了一圈，没见到一张熟脸；老唐再前后左右看了一圈，仍没见到一张熟脸。"看来，他们都退掉了。"老唐想。老唐说的他们，是指他的工友。当然，是指原来的工友。厂让金融海啸给啸没了，大家作了鸟兽散。

一个月前的一天早上，老唐像往常一样起了床，漱了口，刷了牙，然后用漱口的塑料杯子端了一杯水浇了那棵玉竹。浇完水后，老唐还用手指轻轻地抠掉了一片叶子上沾着的灰尘，又近一步仔仔细细地看了一遍，纤尘不染，一晚上的时间好像又长高了不少似的，老唐就笑了。玉竹绿莹莹的，老唐的心情也绿莹莹的。老唐抬起手腕看了一下表，七点三十五分了，他把漱口杯子放进卫生间，又对着挂在窗户风钩上的一面圆镜梳了梳头发，这才出来把自行车搬到了外面。做完这些，五分钟就过去了，老唐再看了看表，就关门了。门有些旧了，不太好关，老唐费了很大的劲才把门关严实了，之后，又叮叮当当地在外面加了一把链子锁。这里人住得杂，三教九流的，撬窗撬门的事常有，提防点总没有错，里面的东西虽不值几个钱，但样样都派上用场的，缺一样都不方便。

七点四十五分，老唐终于骑上了单车。他骑得不快也不慢。老唐是个讲时间观念的人，一分一秒都掐得严丝合缝。工厂就十二分钟路程，三分钟锁自行车，两分钟排队打卡，八点钟上班，一分钟也不会迟到。当然，他也一分钟也不会早到。

老唐的心情不错，所以，一边骑车他还一边哼起了《流浪歌》："走呀走呀走呀走，走过了多少年华……"老唐的好心情不能说跟玉竹长得好没有一点关系，但更大的关系还是他昨天晚上又中了码。两块钱，中了特码，变成了八十块。码是在小卖部买的，老板是个潮州婆。小卖部除了卖南北二货外，还兼卖码。附近的人都在那买。

老唐买码不像其他人，他纯粹是小赌怡情，每期买两块钱，买特码，中了固然好，不中也不伤筋伤骨。老唐中的少，不中的多，但总的来说还是打了个平局，没亏。这一段，老唐的手气蛮好，每次去兑钱，潮州婆都扯着大嗓门跟老唐打招呼，笑哈哈的："阿唐，你再中，我就只能关门了。"昨天晚上，老唐又去兑钱，潮州婆嚷着要老唐请客，老唐真的买了个甜筒给她。她装着吃的样子，等老唐走了，她又搁进冰箱了。老唐还请了自己的客，买了一瓶五滴香、一包红泥花生，关了门一边看电视一边喝，喝了个大半瓶。这不，现在，老唐唱《流浪歌》的时候，唱着唱着，冷不丁地就蹦出来了个酒嗝。

这一嗝把老唐打了一个激灵，一摸胸口，没戴厂牌。进厂八年了，这是头一次，老唐觉得昨晚的酒喝冤了。厂里的规矩，没戴厂牌是进不了厂的，回去拿，就要迟到了，罚款一百。昨晚赚了八十，这下去了一百，老唐气得扇了自己一个耳光。老唐掉回去拿了厂牌，蹬得像风一样快，还差点把个过路的人撞了，老唐的好心情没了，乱糟糟的。

但等老唐拿了厂牌，赶到厂里，他才知道，这趟厂牌也是冤拿了。厂垮了，工友们像野鸭子似的散在空坪里，叽叽喳喳。老唐打听了好一会，才弄明白了，昨天晚上，也许就是老唐喝五滴香、剥红泥花生的当儿吧，台湾老板把值钱的东西卷了跑掉了。

手续办得很慢，好一会才办了一个，老唐向前移了一步。老唐小心翼翼地从钱包的夹层里拿出了社保卡。社保卡轻轻盈盈的，有着柠檬色的底，很漂亮，老唐认认真真地看着，看了背面看正面。看着看着，老唐的手越攥越紧了，好像生怕有谁会从自己的手中把它给抢走了似的。三年零两个月，隔一段，老唐都要翻来覆去地攥着这张卡看好一会，卡上有他的身份证号码、有他的家庭住址、有他的社保电脑号，还有他的照片，当然，更有他的希望。虽然老唐的钱包破破烂烂、油油腻腻的，虽然老唐那双沾着油污的手无数次地触摸它，但社保卡还是崭崭新新的，跟刚发来的时候一般无异。这都是老唐妥善保管的结果。每一次看完了，他都会拿热毛巾细细地擦掉沾在上面的油污，热毛巾擦不掉的，他还会用纸巾沾了酒擦，直擦得干干净净为止。老唐的目光最后停在自己的照片上，那是八年前老唐刚到深圳进厂时照的，那一年，他三十四岁，刚刚经历完人生一溜子打结的事。想起三十四岁前的事，老唐的眼睛湿了。

　　三十四岁前的老唐是干过大事的，也是个干大事的角色。老唐的家乡在洞庭湖边上，说边上，是顺嘴的话，其实离湖有十几二十里，离湖这么远，湖的益得的不多，湖的害却遭的不少。隔几年，洞庭湖就旱一次，一旱，湖洲上的田鼠就爬到老唐他们村里来了，遇了什么咬什么，庄稼咬完了，咬五禽六畜，还咬人。所以，很多年，老唐他们那地方就在老鼠的嘴巴里讨日子，好田好土却常常落得打饥荒。后来，政府想了办法，修了高高的墙，老鼠爬不过来了，村里人这才在土地里下功夫了，种稻种菜，还种苎麻，浑身的劲。苎麻是政府鼓励种的，但别人没胆，老鼠出洞，左看右看，老唐不，他有抓鸡的鹞一样的目光，第一个种了，十好几亩的田，全种了。在别人疑惑的目光里，老唐在火烧一样的太阳底下浇水施肥，看着鹅黄的苗变成了青绿的棵，延漫如林，老唐独个笑如风涛。第一年，老唐获利三万。老唐成了种植能手，到县里开了会，还安排他发了言，县长亲自给他戴了红花。那一年，老唐二十六岁。

　　老唐盖了村里的第一栋楼，两层，请县里的施工队来盖的，当年最时新的款，外墙贴马赛克，内墙涂八八八涂料，不锈钢窗架装茶色玻璃。筑了巢，自然就引来了凤，老唐娶了小月。小月是百里挑一的姑娘，不仅人长得漂亮，还是高中生，在村小学做代课老师，弹得一手好风琴，琴声一起，稠稠地漫了全村，惹得天上的飞鸟不飞了，水里的游鱼不游了。这样的姑娘自然只有老唐才配得了她。娶了美女的老唐精气神更足了，丢了苎麻种蘑菇。把自家的几亩责任田全平了，盖了个偌大的蘑菇棚，还请了几个工。费了好几个月工夫，累得脱了几身皮，也把所有的家底全投进去了，蘑菇也种出来了，但老唐把一个重要的事儿搞忘了，那就是销售，农村里的人根本就不喜欢吃蘑菇，也不是不喜欢，是太贵了，几块钱一斤的蘑菇人家还不如吃肉呢。城里喜欢吃也不嫌贵，问题是，请车运过去，赚的钱还不够来回的车费。一发狠，老唐贷款买了台江西五十铃的货车，自己不会开，请了一个人。热热闹闹地折腾了几个月，每天黑早出黑夜归，可最后一算账，不赚反亏。老唐再想转回去种苎麻，那玩意儿已成了潲水了，二十几块钱一斤降到了三四块钱一斤，蛮多人割了当柴烧。种蘑菇亏了后，老唐又到镇上去开了两年批发部，挺好的，隔几天就去汉正街拉一次货，鞋子服装南货北货，几天就卖个罄空。生意好了，老唐的胆子就更大了，有人在新疆那边淘金发了大财回来了，他要转了批发部去淘金。

老唐种蘑菇也好，开批发部也好，赚也好，亏也好，小月是没句反对的词的，现在，老唐要转了批发部还要抵了房子贷款去淘金，小月说什么也不同意了。还真看不出小月有那么犟的一面，老唐磨破了嘴皮，小月就是不同意。眼看一拨拨的人全跑去新疆了，老唐还每天跟小月打着嘴巴仗，他耗不起，牛脾气顶上来了，抓了小月的头发，噼噼啪啪地响了几个耳光。小月让老唐给打懵了，刀一样的目光看着老唐。老唐也不顾，第二天，拉了几个人，远走了新疆。

一年后，老唐没发大财，但发了小财回来了。老唐用自己淘的金给小月打了戒指、耳环和项链，还给女儿打了一柄长命锁。他要给小月负荆请罪，却没用了。小月是个眼睛里容不得沙子的人，那几耳光把她的一切都打碎了。她对老唐说："你就是打了金山回来了，我们也只有离婚了。"磨了个把月，什么办法都想尽了，小月就是油盐不进，新疆那边的生意又耽搁不得，老唐就跟小月协议离了婚，女儿给了小月。老唐砍掉脑壳也出气不赢，总算明白了一个道理，农村里虽然打老婆成风，但小月这样的老婆是打不得的。赚了钱却亏了家，坚强的老唐还是横了心去了新疆，在几天几夜的火车上，他也想通了，赚了钱，也不愁再找不到好老婆了，当年不就是种了苎麻把小月娶了的吗？但想起小月点点滴滴的好，又想起歌唱得像黄鹂那样的女儿，老唐还是掉了一次眼泪又掉了一次眼泪。

此次，老唐在新疆待了两年，第一年，老唐又赚了，第二年，老唐却把前两年连本带赚的全亏了，灰溜溜地回了家。回家的第二天，正是小月跟一个离婚多年的副乡长结婚的日子，鞭炮放得煮粥似的。那一年，老唐三十四岁。

队伍继续缓缓地向前移，走了几个人，后面接上的人却更多，都排到大厅外面的马路上去了，乱嗡嗡的，还有人就在两个戴红袖章的保安跟前大声地骂着娘。保安手里拿着胶棍，也装着没听见。好端端的厂垮了，好端端的路断了，退个鸟社保又要排这么久的队办那么多的手续，正想找点事出口气呢，你保安搭茬了，今个就不退社保先跟你干上了。不说别人，现在，小心得放一个屁就要绷紧屁眼的老唐就有这样的想法，谁个今天招惹了他，他也想放个冲天炮。这时候，不知道谁放了一个屁，嗞嗞噗噗的一咏三叹，倒使有点紧张的气氛一下子松弛了，嘻嘻哈哈的一阵笑浪，荡了过来又漾了过去。老唐没有加入笑的行列，他的目光仍落在社保卡上，看着卡上自己的照片，他摸了摸密密匝匝的胡茬，最后摸到了嘴角的那粒肉痣，眼睛里起了雾。

社保卡的照片是三十四岁的老唐，也就是刚到深圳打工的老唐。三十四岁的老唐虽然刚刚经历完一溜子打结的事情，但毕竟还只有三十四岁，虎倒了威还在，老唐是蛮注意形象的，脖子下的白衬衣领干净利索。有人打趣他说，很有点报纸上公示的领导人的标准照的风范呢。这张相是在工厂旁边的照相馆照的，为了办厂证，证上的职务一栏写着："杂工"。老唐有点喜欢这张照片，后来五年前厂证坏了重新换，再后来两年前买社保，均是用的这张照片。

其实五年前换厂证的时候，人事部的小姑娘就不太相信照片上的老唐就是老唐了，她举着照片对着胡子拉碴的老唐看了半天，噘着嘴巴说："这是不是你啊？"要是转过去若干年，比如种苎麻的时候，哪怕种蘑菇的时候，老唐也肯定跟小姑娘急了，但那时的老唐早没脾气了，他笑着解释："是我，是我！你看嘴角这粒痣。"

是因为没脾气了老唐才跑到深圳的，到了深圳做了五年杂工，老唐就更没有脾气了。深圳的太阳好毒，脾气是一丝痰沫，那剩了不多的脾气一会就晒没了，晒不掉的只是嘴角的那粒痣，在幽深的岁月里愈来愈黑，坚屹起老唐最生动的标志性建筑。

老唐刚进去的那四年，是厂里最红火的时候，订单多得不得了，每天都加班，通宵达旦的，每个月就出粮的那天休息半天。但四年前，厂却不大行了，原来有二百多人，走得只剩了七八十人。问原因，是两个股东吵架。一个股东拿了钱包二奶，还安排那个二奶做了行政经理。另一个股东不高兴了，就退回去了。工厂规模缩小了，订单也锐减，没班加了，工资降了差不多一半，人家选择走有他们的去处。老唐除了种苎麻、种蘑菇、淘金外，没其他的技术，但深圳的工厂基本上没有种苎麻、种蘑菇及淘金的工种。所以，老唐不能挪窝，只能候在那里，工资少了有少了的过法，三块五一包的烟换成了两块钱一包的，两天一瓶酒换成四天一瓶酒，原来喝酒的时候还弄碟花生米，现在花生米就免了。日子还是过得下去，咸咸淡淡的，只在喝得稍多了一点的时候会影影绰绰地回忆一下过去的岁月，包括已做了副乡长夫人的小月以及上了初中的女儿。刚到深圳的时候，他给女儿写过几封信，还汇过一次钱，但都原封不动地退回来了。酒一醒，他就活回来了，是深圳一个工厂的一个老杂工。有时候，他会开自己的玩笑，不该叫杂工，应该叫杂种。

　　来深圳的前五年，可以这样说，老唐不知道社保为何物。有一天，厂里忽然有人在嚷了，全深圳的人全买社保了，就我们厂没买，不行，要去劳动站告状。说到做到，还真的有一帮人上班时间不上班了去了劳动站告状。老唐等一小半的人一开始就成了局外人，没参与这件事，那些人告状去了，老唐很害怕，他想，这下完了，没得做了。老板的二奶行政经理倒给没去告状的老唐他们吃了一颗定心丸，她的脸都气绿了，脸上的白粉噗噗往下掉："哼，敢罢工！一个个杀了！"

　　老唐一边庆幸自己没有混进那蹚浑水，一边冷眼观察着事态的进展。出乎他的意料的是，几天后，厂里居然先软了，答应了给每个工人买社保，还当着劳动站工作人员的面作了承诺，绝对保证不秋后算账，否则，员工再告了，就有瞧的了。这件事上，阅历丰富的老唐又抱了走着瞧的心理，不秋后算账才怪呢？但这次又出乎了他的意料，厂里还真的兑现了自己的承诺，事情过了，一切照旧，没有炒一个告了状的人，相反的，倒炒了几个没告状的人。这事倒让老唐明白了这狗日的深圳倒是个吃软不吃硬的货色。尽管看穿了这一点，已经没有脾气了的老唐仍愿意做一个软人，四十来岁的人了低头笑脸地做着杂种似的杂工，对着谁都晴着一副笑呵呵的脸。这些年，他不过是刚刚还清了一些该还的旧债，下一步，他赚的每一个才是属于自己的了。

老唐记得，他第一次持了社保卡在手，他还心痛了半天呢，一个月工资少了七十块钱，钻进这卡里了。后来听说这钱通退的，一个人默着脸算了多次，知道工资不是降而是升了，他才高兴了。没事的时候，老唐就捏着社保卡算计着里面有多少钱，那卡越来越沉甸了，他就觉得日子越来越踏实了。

很多人辞工了的第一件事就是去社保站退保，老唐刚开始也是这样想的，但越到后来，对社保的了解越多了之后，他的想法就改变了，熬个十五年就可以在深圳养老了，能拿退休金，退个啥？也就是从这时候起，年近四十的老唐有了一个理想，那就在深圳熬过十五年，在深圳养老。在做这个决定之前，有时候，老唐还愁着将来回家了怎么办呢，因为老唐来深圳之前，是什么都没有了，房子、山、土、田全给了债主。现在，突然有了在深圳养老的可能，他仿佛又活出了精神头，如果可能，他甚至还想娶个媳妇。来深圳这么多年，上班下班，除了工厂所在的关外的这个镇，老唐哪里也没有去过。他早就听说了，深圳的关内美着呢，有高耸入云的地王大厦、有像花园一样美的深圳大道，还可以看碧蓝碧蓝的海，海的那边就是香港。对这些，他也是挺神往的。为此，老唐还买了一张地图，没事的时候就细细地看，记在脑子里，有一天，离开深圳之前，他会去走一圈的。现在，他的想法又变了，等熬满了十五年，退休了，不上班都有退休金了，他就在深圳玩个够，香蜜湖、红树林、大梅沙……

前面只有十来个人了，老唐长长地叹了一口气，从社保卡上收回了目光，仍是瓷瓷的。对面那条长龙最前面的一个女人跟窗口里的社保站工作人员忽然争吵了起来，不知道缺一个什么资料，叫她去补齐。那女人大声地说："我都跑了四趟了，你要让我跑断腿啊？"里面的回答是："下一个。"女人却不走，仍争辩着。后面的人不耐烦了，纷纷嚷："后面还等着人呢。""叫人补就去补嘛。"那女人涨红了脸，不跟窗口里的工作人员吵了，倒跟后面的人吵起来了。老唐让女人的声音吸引了，女人说话的腔调跟玉秀差不多，肯定跟玉秀是一个地方的，江西波阳的。但玉秀没这么泼辣的，玉秀是一个温柔贤淑的女人。想起玉秀，老唐的心里像让针扎了几下，痛痛的。

　　两年前，也就是老唐买了社保一年后，树立了在深圳养老的理想后，他在离工厂骑自行车约十来分钟的地方租了个房。那是深圳土著居民建于二十世纪七八十年代的旧房子，一大块全是，全是两层三层的。看得出来，在当年，这也是非常好的房子，厚厚的墙、结实的窗，檐挑出来，角上坐了兽。而现在，这里成了贫民窟了，凋敝幽暗，电线乱穿，污水横流，原来的主人早搬进了深宅大院，留给了外来的底层谋生者，补鞋的、卖菜的、踩三轮车的、开摩托车的，还有一些就是在工厂里打工的，而且，还专限于像老唐这种工资收入的。老唐租的房在一楼，估计是由原来的卧室还是什么房间改装的，一间改成了三间，原来是从里面开门的，也改成了从外面开门，就在路边上。房间很小，架一张床后就所剩无几，但另辟了一个单独的卫生间，倒也挺方便的。每个月房租加水电费一百元左右，每到星期天，老唐就从床底下拖出煤油炉，弄个豆腐煮鱼，喝几盅二锅头，香飘远近，惹得潮州婆店里的狗汪汪叫。

　　其实租房是为了爱情，老唐跟厨房里煮饭的玉秀好上了。刚开始是隔三岔五去小旅舍里开房，老唐觉得不划算，就提议租了这个房。玉秀很贤惠，她把小小的出租房弄得像抹了一层油，也弄得老唐的日子像抹了一层油。每天下班后，老唐就用单车驮了那个玉秀回到出租房，两个人挤在床上看《大长今》。十四寸的电视是一百块钱买来的，还特意接了闭路天线，但因为接的人多，效果不佳，时不时飘满雪花，要跑到楼上去弄天线接口，但老唐仍觉得幸福。有了一点存款的老唐多少恢复了一点当年做老板时的豪气，他没叫玉秀出一分钱，吃的住的穿的全是他的。老唐认为，做男人就该如此。当年，对小月他也是这样的。虽然凭空地多了这么多开支，但老唐的存折上的数字还是慢慢攀升了，而且还有社保卡的钱兜底，所以，老唐喝二锅头的时候就会多喝一盅两盅。

四个月后，玉秀却走了，她丈夫找来了，她是跟丈夫吵架一气之下跑出来的。老唐觉得对不起她，就把存折上的钱全给了她。

女人走了，老唐却没有退房子，住习惯了，每天晚上，他像只猫似的蜷在床上看电视，以这个方式反刍着往昔的温馨。还有一个方式，他养了一株玉竹。玉竹养在一个剪掉了颈的大只可乐塑胶瓶里，置在电视机旁边。是女人走了的第二个月养的。玉竹长得很快，原来跟电视一样高的，后来都两个电视高了。每天下班回来，老唐都要盯着碧翠的玉竹看好一会，心里也一片碧翠。也许，玉竹长到天花板一样高的时候，十五年就过去了，老唐有时候想，那么，那时候，自己就可以拿养老金了。

如果没有金融海啸，如果厂不垮，或者，老唐就会一直在这个小房子住下去，做着那个在深圳养老的梦，盼望着玉竹快快地长，又或者，一些时日过去，又有一个四川还是湖南的女人搬进来一起住也难说。但突然的，如天上掉下来一个惊雷，厂说没了就没了。记得厂垮了的第一天晚上，老唐摸黑躺在床上，手里攥着那张社保卡，睁大眼睛看着天花板思考了大半夜。思考的结果是，自己不能像那些同事一样去退保，得再找一个地方待下来，把保续上去。

现实很快地击碎了老唐的梦想，他穿行在大街小巷，找了将近一个月的工作，他没有如愿，听到最多的是这样的话："我们这里都要裁员了，还招个鬼？"其实，老唐的要求很低，几百块就够了，就一个条件，那就是一定得续上社保，但这年头，这个条件对于四十多岁且身无一技的老唐来说，仍是奢侈了点。一天，老唐无意间捡了一张报纸看了，说农村现在政策好，鼓励打工返乡的人创业。看完报纸，老唐就做了决定，还是回老家种蘑菇吧，当年，他就是在这事儿摔倒的，看能不能再从这事儿上爬起来。

轮到老唐了，他把社保卡及相关资料递进了窗口，一只白皙漂亮的姑娘的手把老唐的社保卡收过去了。在递过去的那当儿，老唐的手还是有点抖，鼻孔里一酸，差点落下泪来。办好了退保手续，老唐又去银行开了户，从卡上取出了钱，在回出租房的路上，经过潮州婆的店，潮州婆跟老唐打招呼："阿唐，今天买哪个数字啊？"老唐说："我晚上回家了。"潮州婆的笑凝在脸上："你们都回家了，看来，我也得回家了。"

回到出租房，老唐才想起电视未处理，想了一下，送给潮州婆算了。搬电视的时候，老唐不小心把玉竹打翻了，玉竹横躺在桌上，瓶子里的水溢出来，汤汤地从桌沿往下泻。老唐看了玉竹一眼，站住了，放了电视，去卫生间灌了一瓶水，然后连瓶带玉竹放在门口边。阳光下，玉竹一片碧翠。

斩断黄河水不流

去年腊月，我接到老家的一个电话，是个男的，声音有点熟，但我实在记不起了。他叫我猜，我仍猜不出，他就说：

"斩断黄河水不流。"

我脱口而出："炳锋。"

炳锋说："好样的，你忘了我，还没忘记这词。"

我问他："这三年，你都跑哪里去了？以为你死了呢，不是说来深圳讨钱了吗？"

他说："讨钱的事我是不会干的。我在新疆摘棉花，赚了五万块钱。我昨天给黄鸡公送过去了。"

我默了一会说："你爹给你的那十万块钱你该不会不要吧？"

炳锋飞快地说："要啊。怎么不要？"

"这是你应该得的。炳锋啊，你苦了这么多年，就拿了这点钱好好过日子吧，盖个房，娶个媳妇，也够了。"

"我发过誓的，那只老狗的钱我是一分不花的。现在他死了，我就拿了他的钱帮他做个好事吧，把村里的学校整一整，学校都破成什么样子了？"

我好一会说不出话来，炳锋以为断了线，喂喂喂的。我说我在呢。他又说：

"你知道现在谁在我们学校吗？"

我说不知道。他笑了一下说：

"白老师。原来那个白老师的女儿。"

炳锋是我的远房堂兄。说堂兄，其实也兄不了多大，就比我大三个月，所以，打小，我对他就直呼其名，有时候搞毛了，还叫他的外号：炳塌鼻。他的鼻子是塌的，肉乎乎地塌在脸上，像个大蒜头，丑得很。他并不生气，他大不了也叫我的外号：鸣结巴。没错，我小时候是有点结巴，一句话要憋了老大的劲才能说完。结巴是学来的，村里有个我叫叔公的老光棍是结巴，我学了几次，就惹上了，想改都改不过来，不知道让母亲打过多少次。

搞毛了就直呼外号，那"毛"只是小毛，无非是我想玩他的铁环他不给我玩，或者，他想摘我家菜园里的黄瓜我不让他摘。互相叫了几声外号后，都不痛不痒，最后，他把他的铁环给我玩了，我也让他摘了我家菜园里的黄瓜，皆大欢喜的结局。也有大毛的时候，比如说打耍架打成真架了。打耍架嘛，也就打个玩玩，他手里拿个篾条，我手里拿根棍子，你来我往地捣腾一阵，就嘴巴里嚷得欢，学了武打片里的配音。但结果往往是越打越真了，他的篾条一不小心刮着了我的脸，或者，我的棍子一不小心打着了他的脑壳，还出血了。不管谁打着谁，那被打的必然就要哭了，一边哭一边骂。我父亲叫云桥，他骂我的话就围绕着这两个字：

"云，天上的云，白云，黑云，青云，紫云，绿云……桥，拱桥，木桥，石桥，长江大桥……"

只见他的嘴巴一张一合，像弹棉花似的，一溜儿不可收拾。他父亲是个单名，叫初，那时候，我的组词本领没有现在这样厉害，就光知道说：

"初一，初二……初十……"

再加上我本来就有点结巴，声音也不够他大，所以，每次总是我输。如果刚开始是我哭的，那接下来我肯定会哭得更厉害；如果刚开始是他哭，那后来肯定也是我哭。因为这个原因，在不短的时间里，我主动示弱，即使他的篾条刮破了我的脸，我也不哭。如果我的棍子打着了他的脑壳，要么就任他"天上的云"一阵，要么就干脆跑。那么小点点起，我就懂得了惹不起咱还躲不起的道理，可见我是早慧的。

有一次，炳锋追在我背后喊"天上的云"，我姐看见了。我姐是有名的洋辣椒嘴巴，只见她像一个雌豹子一样的一把扯住我，双脚一跺，双手叉腰，我就感到一阵风萧萧地起了。然后我姐伸出右手，指着炳锋的鼻子，嘴里像机关枪似的放出一串串子弹：

"豆腐糊了脑壳，痰糊了心，粑粑糊了眼睛，棉花糊了耳朵的混账鬼，乌龟王八蛋，兔崽子，扁毛畜生，敢欺负我家子呜！你祖宗十八代全是不得好死，死了下油锅，熬汤锅，下十八层地狱的吊颈鬼，你这个小野种……"

一下子，炳锋就像被点了穴似的站在那里一动不动，双眼直勾勾地看着我姐，脸煞白煞白。好一阵，才哇的一声哭出了声，捧了脸绝尘而出，远远地还传来狼嗥一样的哭声。

我真是太佩服我姐了，就这样三下五除二就把炳锋打败了。炳锋走了，我问姐：

"吊颈鬼是什么东西？"

姐说："上吊死了，变成了鬼。就像这样。"

说着双手卡了自己的脖子，眼睛往上翻，只见白眼珠，不见黑眼珠，舌头长长地吐出来，吓得我哇哇地叫。我又问：

"炳锋怕吊颈鬼？"

"他娘是上吊死的。"

"小野种是什么？"

姐失了色，扯着我的耳朵说：

"别问这问那的！你记住了，以后跟他骂架，骂他吊颈鬼就行了，不要骂小野种。"

当天晚上，炳锋的爹到我家告状了。等他走了，母亲把门关了，拿纳鞋底的针把姐的嘴巴戳出了血。又准备戳我时，让父亲扯住了。

好几年之后我才知道，原来炳锋娘跟民兵营长有一腿，事发了，上吊死了。那一年，炳锋两岁。

炳锋娘是离我村四十几里远一个村的，长得很漂亮，17岁那年到镇上学理发，那个镇一下子炸开了锅。为看一眼那个眼睛会说话的美人，理发店的玻璃都挤碎了好几回，年轻小伙子不知道为她打过多少争风仗。最后，炳锋娘还是让一个唱花鼓戏的睡了。那个唱花鼓的是有老婆的，被老婆告了，作流氓犯被抓了。炳锋娘就腆着七个月大的肚子回了村。

炳锋爹那年三十大几了，又丑又黑又不作声，像个榆木疙瘩，都没存娶媳妇过日子的想法了。那一段，他正好在炳锋娘家做木匠。

炳锋娘回来了，她爹黑着脸在那里搓棕绳，搓好了绳要给她上吊用去，她娘抢过了绳，跪了说：

"就当她死了，跟了那个木匠去！"

因为有了姐传给我的那手杀手锏，一直到上学前，炳锋都在我跟前低眉顺眼的，不敢说半个不字。红薯刚下种，我想吃烤红薯，炳锋就从他家的地里偷了两个种红薯喊我去后山上烧火烤了吃。在窖里放了一年的红薯烤熟了真甜真香，正吃着，炳锋爹却拿着一把楠竹丫过来了，朝炳锋没头没脑地一阵乱打。炳锋一边哭叫一边喊着：

"是我想吃，不关子鸣的事。"

炳锋家的屋后有棵良种桃，桃子刚熟，他就摘了两颗用衣角卷了到我家篱笆口喊我，看着我搭口搭嘴地吃完了，他含着一嘴的口水说：

"酸不？我自己还没吃呢。"

当然，我们也还是有搞毛的时候，但不管搞得多毛，哪怕他一急起来，仍然"天上的云"追着我喊，我却没有骂过他一句吊颈鬼，更不用说小野种了，因为我怕我母亲的鞋底针。

从小学一年级起，炳锋的成绩一直是班上的最后一名，老师和同学都很看不起他，就剩了我这个朋友。其实，就我看起来，炳锋是非常聪明的，比方说，每年正月初一至十五，我们村里都会唱花鼓戏，大人小孩都去看。别人看了也就看了，这边耳朵进那边耳朵出，但炳锋看一遍就能把词儿从头到尾背下来。一有空，他就拖着长腔在那里唱，还拐着弯儿。

有一个唱花鼓的老师傅听到了，说他唱得好，想认了他做徒弟。于是，就跑去对他爹说。炳锋爹一听就拍了桌子，说：

"那么下作的东西，学什么？"

炳锋回去了，他爹叫他跪了，拿了碗口粗的一把楠竹丫抽他，叫他答应，以后再也不能唱花鼓戏了。

又比如说，炳锋摸泥鳅就特别厉害。我们那里谁都会摸泥鳅，男的女的，老的少的，一到夏天，中午的时候，顶着烤盆一样的太阳，腰上背一个竹篓，浩浩荡荡出发了。但每次摸得最多的总是炳锋。别人摸泥鳅是一路摸过去，炳锋不，看准了才下去，从不落空。再有，别人摸，免不了会跑掉一些，只要是炳锋看准了的地方，一条也不会落掉，他的手到了泥里，就像一块吸泥鳅的磁铁，乖乖地全到了他的手掌心。暑假的时候，我常和他一起去摸泥鳅，就穿着条卷到大腿根儿的短裤，往往是我才摸了几条，他却有大半篓了。他每一次都会分一些给我。

摸得差不多了，就去坝里游水，我们黑黑的脊背在水里游着，就像两条大泥鳅。游得累了，我们起来坐在坝上，夕阳西下，几片火烧云灿灿地燃着，给天地镀上了一层金色。田畴间有碧绿的稻田，田垄上有撒着尾巴吃草的牛，到处升起像奶一样白的炊烟。我们会痴痴地看着那一切，有一点少年的忧郁在心头淌着。

小学四年级的时候，炳锋的腰杆子突然硬了。他的腰杆子第一次这样硬，连我都好像没在他的眼里了。原来他有了法术。

有一天，他到家里的阁楼上翻东西，翻出了一个小木箱，小木箱上了锁的。他把锁撬开了，原来里面是一本法书。炳锋的爹是木匠，是他的师父传给他的。好一段时间，炳锋就躲在阁楼上背咒语，他记忆好，背了两样，一样是五雷火，一样是止血咒，然后依样锁了木箱，神不知鬼不觉的。

有一天放学，炳锋邀了我去操场上打地老鼠。打地老鼠，是相互间要碰架的，谁把对方的碰停了，就输了。炳锋是个打地老鼠的高手，他的地老鼠虽不高也不大，但有战斗力，棕叶鞭子一抽，呼呼地生着风，像坦克。他最厉害，除了我之外，别人都懒得跟他碰，我也不可能光跟他一个人碰，所以，很多的时候，他就一个人在那里打，一个人大呼小叫，别人正眼也不瞧他一眼，显得十分的落寞。他是不敢主动去碰别人的，否则，别人就会连他带地老鼠扔到操场外面去。

现如今，有了法术的炳锋却今非昔比了。只见他把书包一扔，大吼了一声来到操场正中央，半猫了腰，拿棕叶鞭子紧紧地将地老鼠缠了，然后右手猛地一扬，地老鼠就飞出去了，打着旋儿地转着，上面又涂了蓝墨水、红墨水，蓝蓝红红的红圈儿舞起来，像一朵艳艳的花。他吹了一声口哨，右手扬了鞭，整个身子像鹞子似的翻了个半转，定格在那儿，那样子分明是个驾骏马的将军。噼的一声，他的鞭子落在了地老鼠身上，那脆脆的鞭响如一记惊雷。

炳锋的地老鼠像一个鱼雷向邻近的一个地老鼠冲去了，只听得呼的一声，对方的那个比他高出一头的地老鼠应声慢下来了，像个醉汉趔趄了几下，终于无力地倒下了。那个地老鼠的主人是我们村会计的儿子，他好半天才愣过神来，脸白了一刹，立即就紫了，突然跳起来，扬起了鞭子，朝炳锋抽过来了。炳锋却不避，扬了右掌，右掌上用红墨水画着一个符，脸上笑笑的：

"有种的你就打，我五雷火烧死你！"

会计儿子的鞭子在半道上收了回去，收势太猛，摔了个狗啃泥。

炳锋就用这招五雷火打出了名声，从此，谁也不敢小瞧他了。打地老鼠的时候，都围着他转，他的叫声最响，他飞似的影子在操场上挪腾跳跃，活泼得像个小马驹。在学校也没人敢欺负他了，倒是他开始有点欺负人了。他带了三个徒弟，答应教他们法术。那三个徒弟对他鞍前马后的，放学了帮他背书包，撕了书给他叠纸板，有时候，还帮他做作业。

我不是他的徒弟，但他还是把止血咒教给了我，挺长的一溜儿话，我背得滚瓜烂熟，至今仍记得。前面的我不说，只在这里记一句，叫作：

"斩断黄河水不流。"

不久，我上山砍柴，柴刀砍了手，血流不止，我念了止血咒，还是血流不止。第二天，我找他：

"你那止血法不灵。"

炳锋狠狠地白了我一眼，问：

"你今年吃了狗肉没有？"

"吃了。"

"你蹲茅厕的时候背过咒语没有？"

"背过。"

"你背后讲过我的坏话没有？"

"讲过。"

炳锋重重地吐了一口痰在地上，右手用力地抹了一下嘴巴：

"那还灵个卵？"

小学五年级的第一学期，炳锋爹给人盖新屋。起梁的那天，他在下面指挥，捆梁的绳子突然断了，梁砸下来，砸在了他的天灵盖，他哼都没哼一声就死了。爹死了，他就辍了学。

辍了学的炳锋就两个事，一个事是看他爹留下来的那本法书。我上学要经过他家门口，每天早上，路过那里，他都坐在禾坪边的老槐树下大声地读着，他原来读书的时候也没有这样认真过。碰上不认识的字，他就会叫我上去，帮他认。有些字，我也不认识，他的脸上就有了鄙夷：

"你读的什么书？都熏了牛屁眼了。"

有一次，他举了那本厚厚的法书对我说：

"子鸣，我看这书你也别读了，跟了我学法。全学懂了，我包你吃香的喝辣的，比读个大学出来还有用呢。"

这时候，炳锋学的法术越来越多了，毛虫灰，雪霜水，和合水，阴阳剪等等。炳锋的梦想是，学好了这些，等几年，再去峨眉山学法，练成一个大法师。

"到那时候，"炳锋的眼睛穿过槐树杈，槐树杈那边是黝黑的山影、深远的天空，好一会，才收回了目光，咬了牙，双手重重地在空气里一抓，说：

"谁也不敢欺负我了！"

另一个事就是摸泥鳅。前面说过了，炳锋是摸泥鳅的行家里手，出去了都不会空着手回。黄昏的时候，到供销社卖了，炳锋的袋子里就有钱了。如果他懒得做饭，他就会把卖不了的死泥鳅提到那家去，能蹭过晚饭的。他中饭晚饭一块吃，吃得特多，所以，后来，别人就不收他的死泥鳅了。当然，他死泥鳅送得最多的还是我家，但他把死泥鳅送到我家并不是为了蹭饭。那时，我已经上初中了，中午也在学校里吃饭，根本就没有多少时间跟他见面。

见了我，炳锋有满肚子的话说，翻来倒去地说着摸泥鳅路上听到的一些新鲜事。比如哪个村子里的女人一胎怀了三年零六个月，生了，却生了个毛猴。再比如哪个村子里一个男人跟一个女人晚上干那事，进去了却出不来了，像狗一样，拉在那里，只好用板车拉了去医院动手术。

说得太久了，我母亲就在外面拿着竹篾片使劲地赶着鸡，炳锋的脸上就挂不住了，讪讪地笑着，站起来，要走了。他要走了，母亲却又留他吃饭，炳锋不吃，母亲就说：

"不吃饭，那你把泥鳅提回去。"

炳锋的脸上流下许多汗，搔了半天头，认真地说：

"婶，我送泥鳅给你们家，要是为了吃饭，我不得好死。子鸣学习苦，用脑子，吃点泥鳅补补脑子。"

一个星期天的下午，我正关起门在家做作业，炳锋像个猫似的进来了，神神秘秘的，扯了我的手就跑，跑到了后山上，藏在了一棵油茶树下。我问他干什么，他竖起指头放在唇边，叫我别吱声，然后又猫着腰出去了，前后左右望了一圈，才又进来。他从口袋里摸出了一包烟，是常德烟，没带过滤嘴的，三毛五分钱一包。不过，那时这已经是好烟了，只有干部才抽得起。他小心地撕开烟盒，掏了半天才好不容易掏出了两支，他自己衔了一支在嘴上，又递给了我一支。他劝了好几回，我仍是不接，他就火了：

"你说站起来屙尿的哪个不抽烟？你是站起来屙尿的还是蹲了屙尿的？你承认你是蹲了屙尿的，你就不抽。我摸了三天的泥鳅才买了这包烟，就想让你尝尝，你不抽，我也不抽了！"

说着就从嘴边摘了烟，甩在地上。见他这样，我就不好意思再拒绝了。他帮我点了火，我不知深浅，猛地吸了一口，一下子，我就像个点着了的火药桶，爆炸了，口水、鼻涕、眼泪全出来了。炳锋却笑笑地看着我，一个劲地说：

"没事的，没事的。第二口就好了。你看我。"

他的烟嘴在嘴的左边动了一下，像魔术似的，烟移到右边去了，然后他点着了。他昂着头，也深深地吸了一口，然后微舒了嘴，一缕青烟像一条青龙从他的嘴里吐出来，上腾，旋舞，最后形成了一个圈圈。他在油茶树蔸下半躺了下去，脚摊开去，脸上的表情也摊开了，像个活神仙。

在他的鼓励下，我把熄灭了的烟又重新点上了，最后，我们把那包常德全抽完了，我也学会了吐烟圈圈。那天下午，我和炳锋坐在那棵油茶树下聊了很多，聊到了将来有钱了就盖一个宫殿一样的房子，除村主任家、会计家外，把其他人全接进去住，每天都吃鱼吃肉。还聊到了娶女人的事，他问我：

"子鸣，长大了，你想娶个什么样的女人？"

我想了想说："我娶个白老师那样的。"

白老师是我们的小学老师。姓白，长得更白，白脸白胳膊白腿白牙齿。我们读三年级，她刚从师范毕业出来教我们，就住在学校里面。黄昏的时候，她弹风琴，琴声像雾似的漫了村庄，牛也不吃草了，鸡也不啄食了，男人在田里土里拴了锄头把。炳锋却飞快地说：

"你不能娶白老师那样的女人。她是个白虎。"

"白虎？"

"是的，她下面没长毛，克夫的。"

炳锋说急了，说完了使劲扇自己的脸，把脸都扇红了。这还不够，他又拉着我的手，叫我扇他：

"你扇我吧，我是个流氓，我偷看白老师洗澡了。"

那么一会儿，我的脸涨得很厉害，我是有点想扇炳锋的耳光，但我没有扇他，我愣愣地望着山对面的学校，学校里空荡荡的，白老师回家去了，只有旗杆上的那面旗在那儿被风吹得一晃一晃的。我的心就像那面旗。

那天晚上，我做了一个梦，梦里的白老师一个人在坝里洗澡，通身的白。我躲在那里看。白老师看见我了，笑着招手叫我过去。我过去了，白老师就抱住了我。我幸福得快死了。在最幸福的时候，我醒了，我遗了精。那是我第一次遗精。我长大了。

因为炳锋是个流氓，流氓是要被枪毙的，所以，从那以后，我主动疏远了他。几天后，他又送死泥鳅来了，我母亲正要收，我就出来对母亲说：

"我吃腻了，吃了都想吐。"

炳锋摸了一下鼻子，又擤了擤，惊恐地望着我。好一会，他挤出了笑，走拢到我身边，把泥鳅篓要递给我，说：

"子鸣，吃吧，吃了补脑子的。"

我冷冷地说："我说了，我都吃腻了。"

炳锋手里的泥鳅篓掉到了地上，死泥鳅从篓子里翻了出来，一群鸡看见了，飞着扑了过来，争了抢了啄。我看见炳锋的眼泪流了出来。我的心软了那么一下，但又马上硬了，转了身，进房了，重重地关了门。

第二天晚上放学的时候，炳锋在他家门口堵住了我，手里拿着一本书，是《西游记》。他晃着书对我说：

"子鸣，我今天特地到镇里给你买的。"

从小学开始，我就想买本《西游记》，梦里头都想，就是一直凑不起那个钱。我几乎就要冲上去接了书，但我没有这样做，我说：

"我不要。"

炳锋咬了咬嘴唇，看了一下我的脸，然后把书举过了头顶，说：

"你不要，我就扔到塘里去了。"

"你扔吧。"

炳锋真的把书扔到池塘里了，噼的一声，像放了个响炮。池塘里有一群鸭子，受了惊吓，呼啦啦乱窜，溅起白花花的浪花。这白花花的浪花就这样淹掉了我的童年，也淹掉了我跟炳锋的友谊。

不久，一个戴眼镜的中年人到村里来找炳锋了。他是炳锋的亲爹，也就是原来跟炳锋的娘好过的那个唱花鼓戏的。他早刑满释放了，离婚了，又再婚了，不唱花鼓戏了，开了一个猪鬃厂，大大小小也是个企业家。他这些年一直在找炳锋娘的消息，才知道原来早死了。眼镜带着炳锋来到了炳锋娘的坟前，哭得眼泪吧咻的，又拉着炳锋的手对躺在土里的炳锋娘说：

"你放心吧，我保证带好儿子。"

谁知道炳锋却不愿跟他的亲爹走，他鼓着牛眼睛吼道：

"亲爹，亲爹，你哪条卵的亲爹？我的亲爹只有一个，那就是龚初！"

没办法，眼镜只好请了村里的干部和我们龚家的长辈出面做工作，我父亲也被请去了。最后，炳锋还是答应了，但提了一个条件，住不惯就回来。

住了不到两个月，炳锋真的就回来了。原来这一过去，眼镜重新把他送到学校了，他的心野了，根本就读不进去，又不能不读，于是就使劲淘气，把屎屙到老师的暖壶里，又偷看女老师上厕所。学校开除了他，眼镜气不过，狠狠地揍了他一顿。于是，他就跑回来了。

后来，眼镜还过来找过炳锋几次，又请了村里的干部和龚家的长辈出面，炳锋的条件就一个，除非眼镜跟现在的妻子离婚。这个条件眼镜当然不能答应。每次过来，眼镜都会塞钱给炳锋，但炳锋都不要，逼得急了，他就划燃了火柴：

"你再不收回去，我就烧了它。"

眼镜是明白了，这个儿子是没法认了，于是，他到炳锋娘的坟前痛哭了一场后，再也没有来过了。后来，眼镜成了我们县有名的企业家，炳锋落魄的时候，曾有人劝他去找找亲爹，炳锋没去。

我们那地方，田里除了泥鳅之外，其实还有鳝鱼，但因为城里人不喜欢吃鳝鱼，所以，在很长一段时间里，鳝鱼成了厌物，即使摸着了，也是随手一扬，放生了。不知是泥鳅摸光了，还是城里人的口味变了，我跟炳锋交恶后不久，鳝鱼突然金贵了，价钱猛涨，刚开始是跟泥鳅一样的价，后来居然涨到了泥鳅的十倍。这一来，就掀起了一场轰轰烈烈的摸鳝鱼运动，男女老少齐上阵，每丘田里都是摸鳝鱼的人。摸鳝鱼跟摸泥鳅没有技术含量上的高下之分，炳锋自然又是最厉害的，一下子成了风云人物。我母亲不时在饭桌上传播着炳锋最新的战果：

"炳锋今天摸了十斤，赚了五十多块钱。"

"炳锋今天摸了十五斤……"

不过，即使他能上天，我还是不理他的。我就是这个臭脾气。那么小的村子，免不了低头不见抬头见，但我有办法，看到他从路的那边来了，我掉头就走，实在躲不过了，我就把头偏过去。刚开始，在路上遇见了，炳锋是主动叫过我几次的，见我冰一样的，后来也就不叫了，黄牛角，水牛角，各走各，井水不犯河水。

成了风云人物的炳锋在村里飙起来了，他大摇大摆地抽起了烟，是有过滤嘴的，故意在人多的时候拿出来抽，也不用火柴而用打火机了，上汽油的那种，刮得叮当当响。他又买了一部凤凰牌的自行车，他人也就比自行车高个一点点，但他能骑了自行车在坑坑洼洼的村道上飞跑。看样子，他是很珍爱他的自行车的，龙头上扎了红红的塑料花，钢圈上扎了红的绿的塑料圈，骑动了，花花绿绿的，很漂亮。

近处的鳝鱼都摸完了，炳锋骑了他的自行车打远乡，龙头上挂了竹篓，每天的天是让他吵醒的，尖着声音作女声唱花鼓：

风和日暖好呀春光呀哟嗬

桃红呀柳绿呀百草香伊吱呀嗬呀嗬

百呀百草香伊吱呀嗬

……

黄昏的时候，炳锋照例又唱着花鼓骑着自行车回来了。一路上，不断地有人叫他停了车要看他的竹篓，又打听他是在哪里摸的。他停下车把竹篓取下来叫人看，又告诉人家那条大的在哪里摸的、另一条大的又是在哪里摸的，还笑人家：

"你那手，去了卵毛也摸不到一根的。走啦，黄鸡公在等我呢。"

黄鸡公是鳝鱼贩子，是的，是我们村的能人，最开始的时候收鸡菌子、鸭菌子，后来改收泥鳅，现在又改收鳝鱼，鳝鱼不行了，他后来又改收蛇。就靠着收这些东西，他盖起了我们村的第一个小二楼。他等炳锋他们不仅仅是等他们的鳝鱼，还等他们打牌。不知从什么时候起，我们村开始有人赌博了，就聚在黄鸡公家，诈金花，三张牌，比大小，谁大谁赢。炳锋好这一口，他是里头年纪最小的，又是喊声最大的。最后的结果往往是炳锋从黄鸡公家接来的鳝鱼钱又原封不动地交到了黄鸡公的手里。当然，也有赢的时候。正是这时不时的赢，激发了炳锋无穷的赌兴，才有力气早出晚归去摸鳝鱼。

后来我就上高中了，再后来就去当兵了，远离了故乡，很少听到炳锋的消息了，但知道他还活着，且一直在村子里活着，没搅出什么大事来，否则，父亲会写信告诉我的。这是父亲的好习惯，他会在信上不厌其烦地告诉我村里发生的一切大事，如谁娶了媳妇，谁生了儿子或女儿，谁盖了房子，谁发了财，谁外出了，谁病了，谁死了，等等。既然炳锋没有进入我父亲的笔下，我就估计他还是过着原来的生活，摸泥鳅，摸鳝鱼，捉蛇，打牌，或者打零工，喜忧二事的时候帮人擦擦桌子什么的。

说实在话，那几年，我几乎没有想起他，唯一的一次，父亲写信告诉我，白老师的丈夫，我们乡的副乡长出了车祸，成了植物人，我才顺带想起了炳锋，想起了他偷看过白老师洗澡，说过白老师是白虎克夫的话。

二年兵时，我探亲了，家里特意安排这个时间姐出嫁。出嫁是要摆出嫁酒的，杀猪宰羊，请客吃饭，家里的男男女女都在我家帮忙，忙得不亦乐乎。但我东看西看，就没有看见炳锋。他是我家的本家，按照规矩，即使有再大的矛盾，他也要来帮忙的。我就去问母亲炳锋怎么没来，母亲说：

"你爸没在信上告诉你？哦，信肯定在路上。他让抓走了，出大事了！"

炳锋真的出大事了。因为打牌输了钱，几天前的一个晚上，那是黄鸡公去镇上送蛇的日子，炳锋脸涂了锅灰、持了一根扁担在断魂坳等，那是黄鸡公回家的必经之道。黄鸡公骑着自行车过来了，炳锋一扁担打在了黄鸡公的后腰上，黄鸡公啊了一声就倒下了。炳锋从黄鸡公的裤腰上勒了腰包跑，跑了几步又折回来了，他骑上了黄鸡公的自行车，因为他原来的那辆自行车打牌的时候折价二十元输掉了。事情就出在自行车上，第二天，办案人员循着自行车的车迹直接找到了炳锋的家。炳锋昨晚已经把自行车洗干净藏到阁楼上了，此时，他还在睡大觉，见到办案人员，长长地伸了一个懒腰，还自作聪明地说：

"什么事呀？昨天在黄鸡公那里打了一个晚上的牌。"

炳锋被判了十四年。这个消息是我回部队后父亲写信告诉我的。我照着父亲给我的地址给炳锋去过一封信，我在信上劝他重新做人，我还引用了止血咒里"斩断黄河水不流"的句子，说黄河可以斩断，人也可以改的。也许是地址弄错了，也许是其他什么原因，反正炳锋没有给我回信，我也就再也没给他写信了。

一晃几年过去了，我退伍了，到了深圳，为生活四处奔波，很少回家，跟父母的联系也少之极少，更甭提去关心监狱里的那个兄弟了。只有极偶尔的时候，会想起炳锋告诉我的那句斩断黄河水不流的豪迈的话，在漂泊的途中倒会平添几分前进的动力。

大约三年前的一天，母亲打我电话，叫我留意一下，看能不能碰到炳锋，如果碰到了，就叫他赶快回家，他那个眼镜亲爹死了，给他留了十万块钱的遗产。

炳锋在监狱里立功了，减了刑，十四年的刑只坐了八年就回家了。同一个监牢里的两个狱友要拉了炳锋一起越狱，炳锋答应了，三个人定了日期，等外劳的时候从下水道里钻出去。前一天，炳锋却去管教那里报了告。管教叫炳锋别吱声，明天仍按原计划跟那两个人越狱。第二天，三个人刚行动，就被抓了个正着。

炳锋回了村，却没房子住了，房子早让黄鸡公的儿子拔了。当年，炳锋一扁担打坏了黄鸡公的后脊梁，黄鸡公从此就瘫在了床上。黄鸡公的儿子不争气，吃喝嫖赌，炳锋坐牢的这几年，黄鸡公的儿子早把黄鸡公当年赚下的一个铁桶似的家业给败光了。

没地方住，炳锋就住进了水雪庵。水雪庵是个破庵，没供菩萨没住尼，没窗没门的，就天顶上有几块破瓦。炳锋简单地收拾了一下，就住了。炳锋离开了几年，田里的泥鳅、鳝鱼又多起来了，他就重操了旧业，黄鸡公家不收了，就几天一汇总送到十几里的镇上去。一段时间过后，水雪庵变了样，周围的野草砍光了，松了土，种了菜，一早一晚有了炊烟。炳锋到我家送过几次泥鳅，还对我母亲说了我在部队里给他写信的事，又问了我的情况，都是简简单单的，没有多话。母亲留他吃饭，他总是不吃。母亲上庵帮他洗过一回被子，还送过几次菜。炳锋在监狱里学会了拉二胡，每天晚上，他都会拉上一曲二曲，水水地在夜空里飘，引得狗訇訇地叫。

有一天夜里，村里人听到水雪庵那边撕心裂肺的叫声，连忙跑上去，一看，炳锋蜷曲成一团躺在血泊里。他的右脚让人抽筋了。是那两个想越狱没越成的狱友派人来报的仇，他们知道了是炳锋打了报告使他们的越狱行动败了北。

母亲把炳锋接到我家养伤，伤是养好了，一条腿却废了，拄了拐杖。一天，他对母亲说，要去镇上办点事，就这样没回来了。炳锋走的前几天跟我母亲说过在深圳讨钱也蛮赚钱的话，所以，母亲分析，他估计到深圳了。

那一段，走到街上，一看到讨钱的我就立马上去看，后来，甚至一看到拄拐杖的也盯上去，看是不是炳锋，都不是。就算他真的到了深圳，深圳这么多人，怎么可能找到他呢？而且，何况他也未必真的来了深圳。一转眼又是三年过去了，我每次打电话回家也总是会顺便问句炳锋回去了没有，回答是没有。怕是再也不会回去了吧，倒是可惜了那十万块钱，有时候，我会这样想。

今年三月份，我准备回老家一趟，因为炳锋盖的学校就要竣工了。

饥饿时代

女儿卢雪三岁，我才带着第二任妻子雪婷母女回了一趟我的老家。早上，从县城坐上了回镇上的车，车里寂寂的，我看着窗外，很有点物是人非的感觉，心中揪得越来越紧，也许这就叫做近乡情更怯吧。不久，上来了两个人，四五十岁的样子，一上车，他们就开始说话，声音很大，说着农村里的奇闻逸事，倒把我吸引了。一个说，哪个村子里的年轻女子全跑去卖淫了，哪家的楼房最漂亮，肯定这家的女儿最漂亮。那个说，哪个村的一个疯子，有人问他，今天晚上的码出哪个数，他说了，晚上真的出了那个码，后来，出码的那天，他家里排成了队，他都不说，一个人跑去对他说，你说给我听，说对了我把闺女嫁你，结果真说对了，就把十八岁的黄花闺女给他。一个说，谁家有三个儿子，大儿子是副县长，二儿子是公安局长，三儿子是老板，老头子死了没人哭，只好雇人，五百元一天一夜。那个说，谁卖房子卖血供了一个儿子读大学，大学读出来了，找不到工作，在补鞋。每说一个事，都引得车里哈哈地笑，我也笑。幸喜雪婷和卢雪都睡着了。不过，醒了也没关系，她们也听不懂我的家乡话。

后来，那两个人就开始说一个叫卢老板的。这个问：

"你知道卢老板怎么发财的？"

"说是在深圳打工，偷渡去了香港，帮一个有钱的女人喂狗。女人死了丈夫的，就养了一条大公狗，有小牛那么大，呵呵，晚上就抱了狗睡。卢老板比狗还厉害，女人就不要狗，要他了。搞了那女人的钱，他就抽身跑回来了。"

"不会吧，说是卖毒品发的财，金三角……"

旁边一个人插嘴了："不是吧？他在深圳买彩票中了奖。"

很多人加入了卢老板发财的争论，有人说是他做鸡头发的，有人说是干黑社会发的，版本增至十几个。一个戴眼镜的六十多岁的男人最后压低了声音说：

"你们都错了，我女儿就是槐树村的，最清楚了，他是在山东发了一笔横财回来的。他有个同学是当兵的，那年他到部队里躲难，连长爱喝酒，跟他交了朋友。那同学去了深圳，他也跑去了，混不下去了，就去山东找连长。连长把他介绍进了一个板材厂，连长做官的，有面子，厂里让他做业务，他能吃能喝，业务做起来了，还能够收钱。他就收了几十万跑回来了。跑业务跑上路了呀，他就开了这个厂，越做越好。那连长是够意思，卖了自己的房子帮他还了债。去年他去山东还清了连长的钱，跪在连长的跟前，拿出一把刀，叫连长砍他。连长没砍他，只说了一句，我知道你小子会回来的。"

这一说，我明白了，说了半天的卢老板，原来竟是卢一新，这倒挺符合他的做事风格的，我禁不住心里笑起来。那边又有人在说卢一新的事了：

"冯黑心到卢老板的厂里做门卫了？"

"嘿嘿，他原来做过副乡长的，怎么就放得下面子？真是人到矮檐下啊。"

"买了原来的乡政府做厂房，请了原来的副乡长做门卫，他这里头有玄机呢。"

"他做事还是有一套的，说是下个月要办个赌吃节吧，比喝啤酒吃肉，一二三名都有钱奖，一名三千，二名两千，三名一千。县里镇里的领导都参加呢，电视台也要去。"

"他啊，就喜欢吃，不嫖不赌，岁数这么大了，也不结个婚，这几年，听说他全国各地好吃的吃了个遍，还到城里请了个厨师给他炒菜。他的外号叫饿狼，真是个狼转的世。"

车到镇上了，大家作鸟兽散。我一家三口租了辆三轮摩托车回家，路过乡政府前时，我叫摩托车停了一下。门口挂了块牌子，写着一新国际板材厂。装了大门，正是我原来做行政经理那个厂的格局，不锈钢电控门，右侧有个保安室，保安室坐了一个四十五岁的男人，我想，那也许就是冯副乡长吧。最打眼的是大门口的两石狮子，撒蹄欲腾。我去保安室问了一下冯副乡长：

"卢老板在吗？"

"他去县里了，去谈买旧县政府大院的事了。"

趁着卢一新去买旧县政府没回来，我且认认真真地捋一遍我与他的前尘往事吧。

卢一新外号饿狼，比我大三岁，因留了级，五年级开始跟我同学，同到初三。 饿狼这个外号是我给他取的。在有饿狼这个外号前，卢一新还有个外号，叫响屁王。

初中一年级开始，我们就寄学了，吃喝拉撒睡全在学校。家境好的同学，是在学校的食堂里买菜吃。菜是三样，一荤一素一汤。荤变来变去就两样，要么香干子炒肉，要么辣椒炒肉，汤则没变化，就是腌菜汤，素的变化就多了，大白菜，小白菜，苋菜，豆角，丝瓜，苦瓜，南瓜，冬瓜，等等。荤是一毛五分钱一份，素是一毛钱，汤是二分钱。家境不好的，自己带，星期天放两个小时假，回家拿，瓶瓶罐罐的，全是干菜，辣椒萝卜，剁辣椒，腌干菜。自己带菜的占绝大多数，家境好的就那么几个，弯一下指头数得清，干部或者双职工家庭的。

吃多了干菜，不消化，屁多。刚开始不好意思，憋着，憋得脸红红的，实在憋不住了，才化整为零。不响的屁最臭，教室像个粪缸，或者是入鲍鱼之肆，久居不闻其臭，或者大家都在放，谁也不好跳出来指责谁，也就见惯不怪了。再或者，都是农村孩子，粪臭里长大，人屎、猪屎、牛屎、鸡屎，拌了灰，手抓了淤红薯，是上好的肥，这点臭屁又算什么？本来这样相安无事的挺好，一群青春期的孩子，坐在宁静的臭屁里，学子曰学而时习之，学ABCD，学等腰三角形，渴望知识的小脸绷得铁紧，个个都是祖国的花朵。但这种宁静突然被卢一新一个响屁打破了。

那天，上语文课，老师讲流沙河的诗，《理想》。诗写得好极了：理想是石，敲出星星之火；理想是火，点燃熄灭的灯；理想是灯，照亮夜行的路；理想是路，引你走到黎明。老师带我们读，他读一句，我们跟一句，声音很响，飞出窗外，响遏了行云。一个段完了，中间要停顿，就在这时候，响起了一个声音。先是唧，短促激越，如石头开了裂。然后是噗，低沉嘶哑，如月琴上的一记低音。最后是嘛，戛然而止。大约有一分钟，或者有五分钟也难说，像个巨手，把声音全抓走了，都瞪着眼、瘪着腮、张着嘴望着卢一新。那个巨手从半空把声音摔下来了，敲桌的，打椅的，拍掌的，跺脚的，嘻嘻，哈哈，嘿嘿，呀呀，嗬嗬。老师笑得眼镜掉到了地上，摸了半天，才摸着了。戴上了眼镜，老师就不笑了，手在半空用力地抓，把声音抓息了。老师走到卢一新跟前，半弯了腰：

"卢一新同学，你的理想是什么？我看，你的理想是放响屁，扰乱我们的课堂。"

卢一新站起来："老师，我的理想是吃餐饱饭。"

卢一新开了一个头，大家放屁就不忸怩了，有了屁就放，所以，到后来，响屁溜溜，这边发了那边发，如一个响器班子，锣鼓钹琴笛箫。这时候，老师就干脆不讲了，眼珠子滴溜溜转，等到确实完了，才说：

"既然同学们没意见了，我就接下去讲了。"

大家开始叫卢一新响屁大王。一下了课，响屁大王长响屁大王短地围着他喊。一天，他火了，瞪着一双比牛卵子还大的眼睛，抓了块尖石头，高举过头顶，冲到那喊他的同学的鼻子面前：

"猪嬲的，有种的你再喊一声！"

卢一新的娘早吃水蟒藤死了，就个边瞎子爹，谁也不怕他。那同学眼睛也没眨一下，字正腔圆又喊了一声。卢一新丢了石头，哭了，跑到远一点的地方，大声地骂：

"你爹是响屁大王，你爷爷是响屁大王，你祖宗十八代是响屁大王……"

这回轮到对方捡了那块尖石头冲过去了，却不是做样子，是真打，打在他的额头上，裂了一道口子，蚯蚓似的爬下一道血，半张脸全浇了。班主任"文化大革命"期间喂了五年的猪，积了一肚子的冤气，那天，他把讲课桌拍烂了，说：

"再喊，我就撕烂你的嘴，我就嬲你的娘！"

我的家境是介乎于好与不好之间的，说好，我老爸老妈一不是干部二不是职工，说不好，我奶奶会剪窗花，谁家结婚生子做生日，都少不了要请她剪。她能剪鲤鱼跳龙门、麒麟送子、百寿图、腊梅闹春，等等，活真真的。办喜事少了奶奶的窗花，就不叫喜事了。剪不能白剪，得有点礼，红糖、白糖、雪枣、梨、桃，奶奶全拿去供销社的代销店换了钱，不时给我个一块两块，所以，我也不时可以去学校的食堂买个菜，且一买就是买荤的，香干子炒肉或辣椒炒肉。说起来也奇怪，其实，在自己家里，虽不是常常，但也总是可以吃到这两样菜的，为什么一到了学校的食堂里就成了仙味呢，我至今仍是弄不懂。

学校没有公共食堂，加上绝大部分的人菜都放在寝室里，我们是大寝室，所以，大寝室就成了大食堂。八个人分成一席，每餐由值班的把饭端到寝室。饭是方铝盒蒸的，一盒划成八块，每块四两，每人叨一块，再自弄自的菜，要么去食堂买，要么从瓶里罐里挖。那些一直在食堂里买菜的人是不在寝室里吃的，打了饭，匆匆去了，一圈人坐在草地里慢悠悠地吃。那情况有点像现在的富人，住在别墅里，遛狗遛小孩，穷人看一眼，就叫保安轰走了。我的情况有点尴尬，去食堂里买了菜的那回，想同了他们去草地里吃呢，有点胆怯，回寝室里吃呢，又有点不甘。最后的结果当然是迫于胆怯而委于不甘，端了热腾腾的香干子炒肉或辣椒炒肉回了寝室。一回了寝室，不甘倒没影了，只剩了荣光，香气氤氲了满地，引得人吞口水，我也就故意地大嚼，一如现在的暴发户，敞了衣襟露了脖子上狗链那样粗的金项链。

口水流得最多的当然是卢一新，有一次，他从我后肩上斜插里横了一筷子过来，夹了一块。在鼻子前嗅了一会，才小心地放在嘴里，不嚼，鼓着腮，微闭着眼，幸福的样子。我很生气，冲上去给了他胸口一拳。他咽了肉，啧着说：

"好吃，好吃。值得！"

说着朝我的碗里又伸来了筷子："呜坨，你再打一拳。"

睡觉前，寝室里常开开床委会。几乎每次床委会都是卢一新当主持，主题就一个，吃，比如昨天晚上做了一个梦，吃了四块饭，又比如昨天晚上做了一个梦，吃了一大碗辣椒炒肉。说得大家肚子里响响的，骂他是饿死鬼投的胎。他不怕骂：

"饿死鬼投的胎怎么啦？我就饭量大嘛。这一餐四两饭不知道放在肚子哪个角落？要我吃个饱，我死了也值得，是个饱死鬼嘛。"

让卢一新弄烦了，一天，一个同学找我商量：

"呜坨，要不堵一下卢一新的嘴，撑死他，看他能吃多少。我出饭，你出菜。"

我觉得这个有意思，答应了，答应了之后又有些后悔。当天晚上睡觉前，我激卢一新：

"你整天吹能吃能吃，明天中午赌你一下，看你能不能吃完一盒饭？要是能吃，再加你两个香干子炒肉。要是吃不完，以后就闭了你的臭嘴，不要老是吃吃吃的。"

"反悔的是猪嬲的？"

"反悔的是猪嬲的！"

第二天中午，卢一新添口搭嘴地吃完了一铝盒八块饭和两份香干子炒肉。那时候，已经很有点文学细胞了的我就给他取了饿狼的外号。他对这个外号倒不反感，逢喊必答，有时候一高兴，还张舞了双手要扑过来，嗷嗷地作狼叫，大声地说：

"我这个饿狼，吃掉你这只小绵羊。"

初中毕业，我考上了县里的高中，卢一新没考上。第一学期放假，我去找他玩，他不在家，他爹坐在阶基上一条破竹椅上晒太阳，穿的棉衣到处露了棉花，扣子也全掉了，拿根棕绳捆了腰。问他，说是十几里远的村子里殁了个老人，做法事去了。原来卢一新跟了一个师父学道士，吹唢呐。我稍微瞄了一下他家，真个家徒四壁，屋子里像个垃圾场，不能开步，脚脚能踩了鸡屎。就三间房，有两间盖的是稻草，还是陈年的稻草，黑扑扑的，风吹得有一块没一块。两天后，卢一新来找我了，在篱笆口就粗了嗓门叫我，我出去，远远地就闻到他一身的酒气，说几句话就打一声嗝，很响的嗝，像鹅叫一样，我就骂他：

"你放屁也响，打嗝也响。"

他说："放屁放的是饿屁，打嗝打的是饱嗝。"

我问他为什么不去学点别的，比如泥水匠、木匠什么的，那个才是技术活，学做道士、吹唢呐，有什么出息。他打断我的话说：

"鸣坨，我看你是读书读迂了。学泥水匠、木匠，一身泥、一身土、一身灰，哪有吹唢呐松活？就闭着眼睛鬼画葫芦吹一吹。再说，做泥水匠做木匠没得吃的，东家买块肉、杀个鸡，得讲江湖，只能尖着筷子夹一点。这死了人，大鱼大肉，只怕你的肚子不是箩筐。你都知道啦，我饿狼嘛。"

我那时已经喜欢文学了，又刚读了鲁迅的《阿Q正传》，觉得卢一新正是阿Q一样的哀其不幸、怒其不争的人，由他，生出了许多对中国农民的隐忧甚至愤怒，也觉得我跟他是两个世界的人了。

快到年关时，邻村又殁了个人，卢一新又出去了几天。除了那几个晚上，整个寒假，卢一新都在练唢呐，翻来覆去就一个，《大海航行靠舵手》，嘟嘟嘟、嗞嗞嗞、呜呜呜、啊啊啊，像铁片刮在玻璃上，把人的肠子肚子都吹出来了。

我高一第二学期放假时，卢一新改行了，不吹唢呐，卖猪肉。回家的那天，我刚在乡政府前下车，听见卢一新叫我。他在柳树下，黑着个大赤膊，扬着把明晃晃的刀向我招手，吓了我一大跳。他守着个肉摊，还剩半脚，爬满了绿头苍蝇，他拿根柳条一赶，苍蝇轰炸机似的散开，柳条一放，又轰炸机似的拢来。他抽喇叭烟，抽一口，全吸进肚子里，嘴一张，黑烟从嘴里鼻子里喷出来，弥漫了脸。黑烟散尽，他张了嘴笑，牙齿比刚才的黑烟还黑。我问：

"怎么卖起肉来了？"

正好有个买肉的女人来了，他操起厚背大刀，举过头，一刀下去，砍了块肉，然后拿另一把小刀，极熟练地剔骨头。抓了肉扔在秤盘里，拿抹布抹了抹油乎乎的右手，拨秤绳，女人偏了头去看，他又削了一块瘪的扔在秤盘里，皱了眉头恶恶地说：

"老主顾了，少你一钱我买棺材去！"

女人走远了，卢一新瞅着女人的背影，嘿嘿地笑了两声说：

"我买了棺材埋你爹！"

这才偏过脸跟我说话："那老猪㞎的嫌我只会吹一个《大海航行靠舵手》，我还嫌人死少了呢，十天半月死一个人，饱一日饿一七，以为我是青蛙变的？冬天来了，找个洞躲起来，只吃一点气。卖这个，不图别的，我至少可以图个天天吃肉。"

说着拍了拍肚子，又朝乡政府努了努嘴："你看这肚子，穿了中山装，不会比这些猪㞎的形象差吧，人家不会认作乡长，是县长，是省长。"

我不想跟他多说，要走，他叫我等等，从放刀的竹篮子里翻了一阵，翻出了块猪肝，拿几根稻草拦腰系了，递给我：

"自己晚上留了下酒吃的，给你，放点辣椒炒了，补血的。你看你的脸，白得雪一样，缺血，学校伙食差。"

我不要，他就像打架一样地塞到我的手里，还说：

"你是村里的文曲星，将来考了大学当了大官，槐树村还靠你照应呢。"

我只好接了。这时，乡政府里面出来了部吉普车，拐了一个弯，急驶而去，扬起漫天的尘，灌到了我们的身上。卢一新朝吉普车吐了一口痰，骂道：

"呜坨，你做官就做包公那样的官，首先就把这帮猪嬲的贪官拿到狗头铡上铡了！"

高中毕业，我没考上大学，万念俱灰，所有人的劝我全当作耳边风，横了一条心，一把火把所有的书烧了，然后肩了一把锄头上山，要把我家的责任山全挖转来，栽板栗树。虽然我是农村长大的，由于自小成绩不俗，谁都认为我将来不是种田挖土的命运，所以，家里从来不让我干农活。只一天，我的双掌就被锄头把打满密密麻麻的血泡，晚上，我用针刺穿了，辣辣的痛。但第二天，我用布条缠了手掌，照常上山了。突然，我的锄头被一双有力的手抢走了，转头一看，是卢一新，冲着我说：

"告诉你，不是你那样挖的，应该这样挖。"

说着，他举起锄头，越过头顶，挖下来，看似没什么劲，那锄头却没至了锄柄，老大的一块土全松动了。再一提，那块土翻了过来。又举起锄头，锄尖朝上，锄柄打下来，硬土就散了。这挖、提、打三个动作一气呵成，看上去不费吹灰之力，却顶得上我至少十下甚至二十下。接着，他又埋头挖，只一会，床铺那么大一块地就挖转了。是我小半天的功夫。他放下锄头，脸不红，气不喘，似笑非笑地看着我。我冲过去要抢锄头，他一把拉住了我的手：

"天生干什么就干什么，我这双手天生就是抓锄头把的，你那双手天生就是抓笔的。用我的手去抓笔，是下错了种插错了秧；用你的手来抓锄头把，也是下错了种插错了秧。"

我哭了，大叫道：

"可是我的命只能拿锄头把不能拿笔啊。"

他把锄头重重地摔在地上，说：

"错了。学校这条路黑了，你还可以去当兵，部队除了拿枪的兵，还有拿笔的兵。我帮你报名了，武装部长的老婆欠了我五十斤的肉账，我免了，我答应了事成之后再送两条烟。"

我咬了咬嘴唇，一时不知道说什么，他露着黑牙齿嘿嘿地笑着：

"呜坨，别看我是饿狼，做这些事情我有一套的。我就不愿意看到你读了一肚子书白读了。你做了军官，槐树村也跟着沾光，我杀个猪卖个肉也没人找我收这个费那个费了，搞毛了，就拿枪毙了这帮猪孵的。"

卢一新的肉和烟没有白送，到部队，我真的成了一个拿笔的兵。第二年兵时，我做了连队的文书，指导员对我倚之甚重，他在读一个函大，叫我帮他做作业、写论文。趁这个机会，我交了入党申请书。交了不久，指导员跟我谈话了，说党支部正式开始考察我了，希望我加强学习，不断进步，并给我报了考军校的名。我原来是跟连队通信员一起睡的，为了让我专心搞好复习，指导员又给我安排了一个单人宿舍。这样，我就不用按时熄灯睡觉了，我常常挑灯夜战，复习到深夜，我看到了命运女郎的微笑。

一天深夜，我正在灯下复习，站晚哨的新兵过来向我报告：

"班长，一个叫卢一新的来找你。"

我连忙下去，卢一新一身脏脏的，蹲在地上啃冷馒头，没有水，咽得像吞了青蛙的鸭子梗脖子，喉咙里发出怪怪的声音。看见我来了，呼的一下站起，却说不出话，只指着喉咙啊啊啊。我叫新兵端了一搪瓷缸水给他喝，只听见叭嗵一声，他的喉咙才通了，逗得新兵嘿嘿地笑。我向新兵眙了一眼，新兵不敢笑了。新兵帮卢一新提了卢一新那个像猪婆子胞衣一样的包送到了我宿舍。新兵要走了，卢一新喊住了他，嗞的一声拉开了包，从里面捧了一捧花生，递给新兵。新兵不敢要，卢一新就对我说：

"鸣坨，下命令，叫他接了。"

我叫新兵接了。卢一新过去拍了拍新兵的肩膀，拖着长腔说：

"小鬼，辛苦你了。"

我哭笑不得，但又不好意思说他。新兵走了，卢一新前后左右地看我，一边看，一边嘴巴里不停地啧啧着：

"混出来了！鸣坨真的混出来了！"

说着双脚靠拢，啪的向我行了一个礼，是电影里吊儿郎当的国民党兵敬的那种，低腰诡肩，弯着个罗圈腿，右掌向上，大声说：

"报告鸣坨长官，小的饿狼前来报到。"

闹完了，他这才向我说起为什么来。原来，他在家里闯祸了。因为收上缴的事情，他把一个姓冯的副乡长给打了。

那时候，正是农民负担最重的时候，这个费、那个费，这个款、那个款，名目多得不得了。我们那地方本来就穷，一年到头辛辛苦苦干下来，除了吃饱，什么都落不下，全上缴了，农民意见大得很。所以，每年乡里派人下来催上缴，总是波波折折。今年，又遭了旱灾，收成差，但乡里不管你，照常收。我们村由一个姓冯的副乡长带队。这个冯副乡长最二球，带了十来个人，谁敢说半个不字，他就啪的一声把手铐砸在桌子上：

120

"想造反了不是? 妈妈的, 老子铐你!"

明天冯副乡长就来了, 一群人愁着脸在那里嘀咕, 不知道怎么办, 有人忽然说:

"饿狼在乡政府前卖了几年肉, 肯定熟人, 叫他出个面吧。"

大家一听有道理, 就去找卢一新。卢一新半锅猪肠子在藕煤炉子上沸沸地煮着, 正一筷子猪肠子一口酒地喝着。他爹一年前过世了, 一个人过, 其他的没变, 就添了两样, 一只藕煤炉子和一口不锈钢的锅。找他的几个人要说话, 卢一新筷子在空中一划说:

"先吃, 边吃边说。"

说着给每人发了筷子倒了酒。锅里的猪肠子碗里的酒快完了, 大家也就你一言我一语把事情讲完了, 卢一新把酒碗砸了:

"猪嬲的, 这不翻了天? 老子明天不杀猪了, 先杀了这个猪。"

一边说一边还真的往竹篮里拿刀, 好歹才让人扯住, 说:

"我们不是叫你杀他, 是叫你出面说说, 你跟他熟。"

卢一新摸了一把脸, 打了一个哈哈:

"你们找对人了。老子在那里卖了这么久肉, 乡长见了我还打招呼递烟呢, 他是哪根葱? 他小舅子在食堂做嘛, 天天在我那里赊肉, 八斤肉说十斤, 这事说出去, 他还副乡长一根毛?"

第二天, 卢一新和一群人坐在槐树下抽烟, 下根烟在上根烟的屁股上点了, 没断过, 全是别人递过来的。早上等到晌午, 晌午再等到中午, 没人来。卢一新摸摸肚子, 看那边有一群鸡, 就拿扫把过来, 猛地一击, 把那只金甲红冠的种鸡公打翻了, 倒提了鸡脚。那鸡扇着翅膀, 扬起满地的尘, 他哈哈大笑:

"知道老子在等他, 吓得不敢来了。有事没事, 搞餐好吃, 先填饱肚子再说。"

卢一新他们五个人一直吃到下午三点，一只六斤重的大鸡公、一坨八斤重的五花肉、一桶十斤重的苞谷酒，还有一花篮青菜，全进了肚子里，都挺了个箩筐大的肚子，在那里扬了声音乱弹琴。弹的都是吃的，有卢一新在场，不能有别的。这个说，那年我老婆落月，我吃了三十二个煮鸡蛋。那个说，你这算个卵？我老婆落月，我一餐吃了两只老母鸡。再一个说，吃寿面，我跟谁打赌，他吃五海碗，我吃六海碗。又一个说，六海碗面算什么？那吃回山宴，我跟谁赌，二十碗红烧肉摆在桌子上，一口一坨，我吃了十二碗。这时，到村口探消息的人跑过来了，大声喊：

"来了，来了。"

冯副乡长带人过来了，杀气腾腾的。别人的脚发软，卢一新却昂了胸走上去：

"冯副乡长。"

舌头有点打哆，那不是怕，是喝多了酒。没跟乡长在一起，冯副乡长最烦别人叫他冯副乡长，扫了眼前的这泥鳅一样黑的醉汉一眼：

"你是谁？"

"我是饿狼。"

"我看你是死狗，滚一边去！"

卢一新举了一根烟："我在政府前面卖肉，你不认识我？"

冯副乡长一掌把烟打在地上："我认识你条卵。滚一边去！"

卢一新打了一个趔趄，凑到了冯副乡长的耳边：

"我跟老戴是朋友，他在我那里拿肉……"

"老戴是谁？"

"乡政府食堂做饭的，他不是你的小舅子？"

冯副乡长打了一个哈哈，指着卢一新，回过头对跟了他的那帮人说：

"他妈妈的跟我攀亲戚呢。你告诉他。"

那帮人跟着打哈哈，一个人过来对卢一新说：

"冯乡长的小舅子是副县长。叫你滚不滚，还啰里啰嗦的，你是活厌了。来，铐了他。"

话音刚落，后面的两个毛头小伙像两头豹子冲了出来，每人揪了卢一新一条胳膊往背后挽。另有个人掏出了手铐，响叮当的。

卢一新的酒全吓醒了，挣了出来，大声地朝村民喊：

"快来帮忙，快来帮忙！"

看了这阵势，那帮人早吓傻了，傻一醒，就一窝蜂散了。好个卢一新，只见他一矮身，就地一滚，来了个满地滚南瓜，再起来时，手里多了根晒衣的竹篙，两丈多长，抖了抖，是一杆加强版的红缨枪，枪头如蛇头，寒光闪闪。俗话说，一寸长，一寸强，那两毛头小伙急坏了，瞪了眼干着急。冯副乡长脸都气绿了，让个农民猖狂成这样，这在他的从政史上，是大姑娘上轿头一遭。当下，他像个战场上的指挥员，你你你，在这个位置，你你你，到那边，一激动，还蹦了句电影台词：

"妈妈的，给我捉活的！"

十几个人从四面八方包抄了过去。卢一新越战越勇，这边有人近了，用竹篙戳一下，退了，那边有人近了，又戳一下，又退了，近不了他的边。见不能速胜，冯副乡长迅速调整战术，亲自从邻家拿了一根更长的竹篙来了，又叫另外一个人跟他齐握了篙头，一步一步逼近。卢一新真是艺高人胆大，他向右跳了几步，吼了一声，如平地里响了一声焦雷，吼声未落，他人跳起来，奋起神威，举了篙，砸在了冯副乡长的篙上。那是挟了风带了雨的一篙，冯副乡长和另一个人的虎口都震麻了，篙掉到了地上。卢一新抽了篙，又吼一声，篙抽在了冯副乡长的后背上。冯副乡长一个狗啃泥栽倒在地上。说时迟，那时快，卢一新瞅了个空当，一溜烟跑出了重围，上了槐树峰。

当天黑夜，我爸摸黑到了槐树峰豺狗洞里。卢一新果然躺在那里。那是个溶洞，只有我们村的人才知道。我爸把换洗的衣服和大家凑起来的钱给了他：

"先到鸣坨那里躲一躲。天一亮就赶紧走，姓冯的说明天搜山。"

卢一新到的第二天，按照纪律，我向指导员汇报了情况，但谎称卢一新是我表哥，家里遭了火灾，没活路了，需要在我这里待一段。

人跟人之间是有缘分的，连长竟跟卢一新一见如故。主要的原因连长是山东人，性格豪爽，而且，喜欢喝一杯。但喝酒是需要人陪着喝的，指导员是滴酒不沾的，又不好意思叫下属陪，怕影响不好。卢一新呢，他就一老百姓，两人都喜欢喝，往好里说了，也叫军民鱼水情。从此，每隔几个晚上，连长就叫通信员来叫卢一新，什么话也不用说，就做个捏酒杯的样子在嘴边磕了磕。菜是炊事班早弄好了的，几大盆，吃完了，再叫炊事班弄。我最初还有点担心卢一新喝了酒嘴无遮掩的，惹毛了连长。山东人就这脾性，你顺他的眼，投他的缘，他可以卸了脑袋给你当夜壶；你不顺他的眼，不投他的缘，你卸了你的脑袋给他当夜壶他还嫌。我的担心挺多余，连长就拿了卢一新当个宝。一段时间过去，卢一新皮白了，胸挺了，小肚子又圆了，穿了套没肩章领花的军服，乍一看，还认为是个谁也管不了的老兵。

除了让连长添了乐子，卢一新还给战士们添了乐子。比如，新兵训练，练正步，连长来心情了，说：

"叫小卢来一个。"

卢一新扑通扑通跑过来，歪歪地给连长敬个礼，然后就腆了肚子踢，脚尖翘得高高的，像个唐老鸭，大家从头笑到尾，笑得肚子痛。

又比如，单杠上练臂力，很多新兵都娇生惯养的，拉不了几个就痛得歪了嘴，像根麻绳摊在地上揉胳膊。卢一新在旁边看得手痒，等他们一休息，他就去了。他天生的臂力，骨碌一下骨碌一下，能一口气拉一百两百下，但圆肚子凸在外面，露着一绺长长的黑毛，又引得大家哈哈笑。

日子一天天过，看着卢一新一天天的乐不思蜀，我不祥的预感也一天天深。我很想开口赶他走，但我知道我不能。我经常失眠，有时候半夜醒来，就那么愣愣地看着睡得像个死猪的卢一新，头脑里既散乱如麻，又一空如洗。

不祥的预感终于变成现实，一天，在团副参谋长的陪同下，我们县公安局的两个民警来到连队，向卢一新出示了拘捕证，戴上了手铐。我则被纠察班的战士押上了吉普车，关了一个星期的禁闭，回来后，我入党的事黄了，考军校的资格也被取消了，文书也没得当了，重新回了战斗班，每天站岗放哨，从拿笔的兵又变成了拿枪的兵。

退伍了，我没回老家，直接坐火车来了深圳，进了一个台资厂做保安。做保安是看门狗，再加上部队里那个事情的阴影在心上，有个小半年吧，我的心情非常郁闷，连自杀的念头都有了。上晚班无所谓，上白班就惨了，晚上睡不着，失眠。我失眠的根就是那时落下来，现在还没好。晚上睡不好，我就去买了几大本管理的书籍来啃。极偶尔的时候，也会想想卢一新，他被判了两年，会想起他那么大的肚量，监狱里伙食差，他是怎么过的，也许早饿成皮包骨了吧。

没多久，我的好运气来了。一天，我和一个姓李的保安上晚班，听见写字楼上响了一声。我提了铁棍跳出去，财会室外面的窗子上挂了一个黑影，正在撬防盗窗。我大喊了一声，黑影跳下来，李也闻声拿了条铁棍出来。我们追那个黑影，没追几步，围墙的黑暗处钻出来了四个人，每个人拿了比我们更长的铁棍。李啊了一声掉头跑了，我想跑，但跑不掉了，接上火了。表面上，我不温不火，其实，我身上是有股二球劲的，二球劲上来了，我也是个不怕死的主，不比卢一新差。就凭了这股二球劲，我以一敌四，铁棍噼里啪啦地响，像铁匠铺，好一会，那四个人居然赢不了我。他们是求速胜的，不敢恋战，其中一个说了声撤，全扯呼了，猿似的攀了围墙逃了。我也不敢追。这时我才知道我受了伤，头上身上腿上都让铁棍打了，最厉害的是头上，耳根后面破了块皮，血把衣服都洇湿了。同事把我送到了医院，缝了几针，叫我住院，我不肯，就开了一瓶正红花油，自己拿回宿舍擦。

第二天下午，老板回来了。他在台湾参加一个订货会，听到情况后，马上飞回来了。他到宿舍来看我，看了我的工牌一眼，拉了我手说：

"鸣桦兄弟，你受苦了。"

我笑了笑说："老板，我叫鸣晔。"

老板也笑了。他坐在我的床沿，看见了我枕头边的那叠书，伸手拿了一本，是一本企业管理方面的书，他认真地翻了翻，不停地点头。书里面我随手写了一些心得。老板跟我聊了很久，聊得挺入港的。最后，他起身了，说：

"好好养伤。伤好了，去行政部上班。"

两年的时间，我从行政部的文员做到行政部的经理，工资涨了几十倍。当经理那年的年底，我带着小月回老家结了婚。小月是城里人，名牌大学的大学生，给老板做英语翻译的，长腰长腿，像匹啸立的马。到深圳后，这是我第一次回老家，真正的衣锦归乡，又带回了如此美眷，整个槐树村全轰动了。我处在巨大的荣光中，再加筹备婚事，忙得打脚打手，半点子也没想起卢一新，直到婚礼完了，亲友们像潮水般的散了，我才想起他，问父亲：

"新坨呢？怎么没看到他？"

"也去深圳了，一年多了。他来要过你的地址，我怕他又给你添乱子，没告诉他。"

原来，卢一新一年多前就刑满回来了，在村里晃荡了一段时间，没什么事做，就走了。

父亲还告诉了我一个事，卢一新刚走不久，冯副乡长的小舅子贪污让查了，情况很恶劣，贪的是救灾款，判了无期。冯副乡长也让连带查了，也是贪污，但数目不大，只判了两年。冯副乡长被抓的消息传来，槐树村杀猪宰羊放鞭炮，像过年似的。父亲有点遗憾地说：

"可是新坨不在家，他要在家，不知道高兴成什么样。"

当天，我去卢一新家看了一下。还是那三间房，还是两间盖的稻草，但只剩了一半，露了狰狞的椽片。禾坪里满是匍匐了的狗尾草，一片凄凉。我痴站了会，眼前浮现了不同时期的卢一新，初中放响屁、吃八坨饭的他，赤着胳膊在乡政府前卖肉的他，抢了我的锄头劝我去当兵的他，在部队踢正步、玩单杠的他，我的鼻孔酸酸的，竟淌下了泪。

临走的时候，我对父亲交代了，如果卢一新回来，告诉他我的地址，叫他去找我。

直到两年后，卢一新才找我了。那时，我刚买了房，又买了车。当然，都是按揭的。房子临海，推开窗，是碧莹莹的海，我感到深圳真他妈好。那天是下午下班的时间，我载着小月回家，走到大门口，保安跑过来对我说：

"卢经理，有人找你。"

顺着保安所指的方向望去，我看见了卢一新。他靠着墙坐在地上，耷拉了脑袋，睡着了。小月的脸上有些不悦，但我不管她。我下了车，过去踢了他一脚，大声地喊了声饿狼。卢一新像触了电一样弹起来，双脚使劲地靠在一起，双手笔直地垂着，低了头，身子虾弓。我又喊了他一声饿狼，他这才抬起了头，看清了是我，咧了嘴笑了一下。但那笑凝在脸上，变成了痛苦，又坐下了，捂着肚子：

"鸣坨，赶紧弄点吃的来。"

"这就去饭店吃饭。"

"没到饭店，我就饿死了，我一天没吃东西了。"

我赶紧跑回厂里的福利社，我知道卢一新的肚量，所以，拿了十五个大面包，四瓶矿泉水，鼓鼓囊囊地提了跑出来。卢一新几乎是从我的手里抢了面包和水过去。他先喝了一瓶水，昂了脖子，咕噜咕噜的几声响，瓶就空了。他扔了瓶，瓶还没落地，他就啃了半个面包。那是真正的风卷残云！只见他一口半只面包、一口半只面包，没几下，就只剩两个面包了。他根本就没嚼，直接吞的，喉结转一下就一口，喉结转一下又一口，极有韵律。这时正是下班时间，很多员工出厂门，全停下来看着卢一新吃，一个个驻足不前、目瞪口呆。我感到脸上火辣辣的，扬着手把他们赶走了。卢一新把最后的面包和水解决了，伸出又黑又大的舌头舔了一圈嘴唇，长长地舒了一口气，然后咧了大嘴，嘿嘿地笑了两声说：

"现在死了也划得来了！"

那边还有人伸长了脖子往这边看，我赶紧对他说：

"什么死啊活的？赶快上车。"

上了车，我正要跟小月介绍卢一新，小月哇的一声捧了嘴巴，兔子似的窜了，蹲在那里哇呀呀地吐。这时，我也闻到了卢一新身上浓臭的汗味，连我也差不多要吐了，我苦笑了一下对他说：

"她怀孕了。"

卢一新好像没听到我的话，只顾看着车里的这个那个，啧啧连声：

"你真的发了大财了。多少钱买的？"

"二十万多点。"

"哇。这得卖多少头猪？"

说着，他就弯着指头算起来。趁他算多少头猪，我下车去拉小月，她吐了一大堆，没得吐了，在那里吐清水，抬起脸，眼泪鼻涕一大把，挺可怜的样子。我低声说：

"给点面子行不行？一起长大的。"

小月掐了我的大腿："你带了你一起长大的先回吧，我打的走。"

我回头看了卢一新一眼，他没往这边看，仍低着头在算他的猪。我就拉着小月的手，施展媚功：

"求求你好不好？给个面子。你这样，传回家去了，就都笑话我了。宝贝，求求你。"

小月答应了。擦了眼泪鼻涕，又掏出化妆盒补了妆，微笑着站在车门前跟卢一新打招呼。卢一新刚把猪算出来，大声地对我说：

"五十头猪呢，啧啧，猪嬲的。"

我指着小月对他说："小月，弟媳妇。"

又指着卢一新对小月说："这就是我经常对你说的饿狼。叫饿狼哥。"

卢一新看了小月一眼，又咧着嘴嘿嘿地笑了两声，却回过头来对我说：

"村里都说你媳妇漂亮，这比他们说的还漂亮呢。不好意思，鸣坨，我这做大伯子的要给红包的，现在身上不方便，以后一定补上。"

又对小月说："女人刚怀孩子都这样，忍着点。"

我笑着对小月说："饿狼哥都说要忍着点。上车吧。"

小月弯了腰正要上车，刚伸了一个头又缩回去了，喉咙抽搐了一下，这次她倒真忍着了，她拍了一下脑袋说：

"哎呀，我忘了一个文件在办公室。要不，你们先回去吧，我打个车回来。"

我哼了一下鼻子对卢一新说："她就丢三落四的。不管她了，我们走。"

我发动了车，这时，我才问起卢一新的原委。原来他在深圳混了几年，早几天刚回槐树村，我父亲对他说了我要他来找我的话，他就动身来了。谁知道刚下车，就让查暂住证的治安员逮了。治安员问他：

"是交罚款还是去樟木头修铁路？"

"我没钱，又不想修铁路。"

"那你有什么值钱的？"

"半只烧鸡。"

说着就从包里掏出了那吃剩的半只烧鸡，油淋淋地举了，有一股潲味。一个治安员飞起一脚把烧鸡踢飞了。卢一新拔腿跑，被治安员追了按在地上，一边揍一边骂：

"丢你老母，还想跑。"

"我不是跑，是捡烧鸡。"

卢一新被送到了收容所。两天后，真的被送到樟木头修铁路了。卢一新对我说：

"修铁路我是不怕，就是伙食太差了，餐餐萝卜白菜，餐餐萝卜白菜，吃得我放臭屁。没办法想了，我就装病，装羊角风，四肢抽筋吐白沫。槐树村老单身不是羊角风吗？好学。他们还真信了，就放了我。我就从樟木头一直走到这，一天没吃没喝。"

我说："你就不能一路上讨点东西吃？饿成这样。"

"可以偷可以抢，就是不能讨，情愿饿死，我就这脾气！"

我心里咯噔了一声，不由得眼角瞟了他一眼，他说这话的时候，云淡风轻的，但我感到訇訇如雷。从我见到他的那一刻起，我就知道了他这些年没吃好，黑瘦瘦的，尤其是脸，两颊都凹了进去，翘了那双大嘴巴，像个北京猿人。进我住的花园了，我暗暗下了一个决心，这次他来找我了，无论如何，不说吃好，我得让他吃饱，为了他当年送了50斤猪肉和两条烟给武装部长打通了我当兵的关节，也为了他刚才这句话。

一连几天，我都带卢一新在外面吃，川菜、湘菜、客家菜、潮菜，还有粤菜，吃了个够。不论吃什么菜，也无论是咸的、淡的、辣的、麻的、酸的、甜的，他都有好胃口。每到一个地方吃，他的吃相野，服务员、其他的食客都盯了他看，他是无所谓，照吃他的，因为他根本就没心去看别人，他的心全在吃上，倒让边上的我如坐针毡，我说过他很多次，叫他吃慢点：

"吃那么急干什么？反正是你的，又没人跟你抢。"

"牢里就这样，得抢了吃。不抢，就没得吃了。"

他嘿嘿笑着，用手摸了一把油淋淋的嘴，指了满桌的空盘子接着说：

"我做梦都没想到能吃上这些。这下，死了也值了。"

我沉了脸说："这不是牢里。大家都盯了看呢，你要注意点形象。"

"好好，我下次注意点。"

但下次了，他仍是这样。其实，卢一新在监狱里没饿着。

开始几个月是没得吃，整天不是学习就是军事训练。饭半生不熟，菜是酱油煮烂白菜。刚进去，卢一新还有个小肚子的，没多久，小肚子就瘪了。每天晚上睡不着，只好想原来杀猪时吃过的一些好东西：红油翻天的猪脚、煮得沸沸的猪肠子、一寸多厚肥夹一点点精的红烧肉、炖得稀烂的猪头、放了辣椒炒得两面焦黄的猪肝、切得薄薄的咬起来脆脆的腊猪耳朵和猪鼻子、佐点淮山熬得稀烂的猪肚子。想着想着就睡了。有时候，睡不了多久又醒了，只好再想一次。再想一次又醒了，就恨不得剜了屁股上的肉油煎了吃了。

不用剜屁股上的肉了，不久，外劳了。监狱在一个大湖边。监狱那时候在搞围湖造田，枯水季节，在湖滩上筑一道堤，涨汛了，水就进不来了，堤里边成了良田。筑堤的工程是专门的工程队做的，卢一新他们的任务是挖淤泥然后挑走。淤泥既深且臭，太阳一照，臭气升腾，刚开始几天，熏翻了好些人。卢一新不怕脏，不怕累，也不怕熏，他怕的是饿。饿也不怕了，挖出了鳝鱼，肥嘟嘟一条的。但再肥，也只能扔了，没办法弄了吃。卢一新却有办法，烧了吃。其实这也不是新办法，卢一新小时候就干过，只不过那不是烧鳝鱼，而是烧鸡。上山砍柴前，先兜点盐，看到哪家没人，拿个石头砸死一只鸡，然后上山烧了火烤，一边烤一边浇盐。也就烤过一次，几个鸡脚爪没处理好，让人破了案，他爹赔了人家一只种公鸡，吊起来抽了他一顿。烧鸡有盐，烧鳝鱼却没盐，腥得翻肠倒肚，别人饿死了不吃，就卢一新一个人吃。

淤泥挖完了，就去割苎麻。监狱里有个麻纺厂，湖边有几百亩的麻田，汪洋的一大片。麻田里没鳝鱼，却有田鼠，也是肥嘟嘟的。卢一新如法炮制，烧田鼠吃。说到这里，卢一新忽然想起了冯副乡长：

"那猪猡的肯定不能吃烧鳝鱼和烧田鼠的，够他一壶的！"

"你蛮恨他吧？"

"恨他什么？他不跟我钻到一个窟窿眼里去了？就有点后悔，那竹篙子打轻了，打重点，打他个送终瘫，反正是坐牢。不过，话又说回来，打成送终瘫了，他就坐不成牢了！"

吃了烧鳝鱼和烧田鼠，卢一新挖淤泥、割苎麻特别有劲，一个人能当几个人用，管教干部一高兴，就把他调到食堂里炒菜了。炒菜，自然就饿不了他了。

我正为不知道给卢一新安排个什么工作发愁呢，听说他在食堂里炒过菜，我就说：

"你再待几天，我炒掉一个炒菜的，你补上。"

卢一新来了几天，小月不知道跟我打了多少被窝仗，抓得我一身的血道道，还扬言：

"你再不把那个猪赶走，我就走。"

小月对卢一新的这个比喻是对的。与其说卢一新是条狼，还不如说他更像一头猪，饿了，嗷嗷叫，饱了，就睡觉。晚上，跟他坐在沙发上边看电视边聊天，突然没声音了，原来坐在那里睡着了。睡醒了就看电视，不看别的，就看武打片，把声音放得老大，电视里打得热闹，他也叫得热闹，天花板都快叫掉了。

除了哄，对小月，我没有其他办法：

"快了，等几天他就上班了。我都对你说了，我当兵……"

卢一新又在客厅里闹腾了，小月扯被子蒙了头，仍是挡不住，她骨碌一声起来，抓了一大把钱甩在我的脸上：

"可以买二百斤猪肉了，给他去，叫他马上走。"

"小月……"

"好，卢鸣晔，我是看穿你了，你眼里就有那些狼呀猪的，没有我。我走！"

说着就跳下床哗啦啦地穿衣服，我不敢高声说话，只能低声下气地求，她油盐不进，开门出来了，我追了出来，喊着：

"小月，小月。"

卢一新正看得入了港，听到声音，转过头来，吓了一大跳似的：

"又去加班呀？"

我连忙说："一个美国客人来了，要去陪。他妈的，这么晚了。"

我站在那里，不知道去追还是不追。卢一新说话了：

"鸣坨，不是我说你，你现在一个人赚钱够花了，钱是赚不尽的，就叫她别上班了，一个娘儿们，就得在家待着，扫房洗碗。你肩膀上怎么回事？"

我肩膀上刚才让小月挠伤了，出了血，我脸烧烧的，讪讪地笑了一下说：

"我叫她别去了，都怀着孩子呢，她非得去。"

武打片完了，卢一新关了电视，摇了好一会头，伸出了个食指说：

"我是看出来了，在这个家里，你是这个啊。槐树村你是第一个怕媳妇的。娘儿们，哪怕是天仙，哪怕是武则天，还是睡下面的嘛。是你媳妇了，该打的时候还得打。娘儿们就是贱骨头，不打她她骄着横着，打一顿就服服帖帖。我这辈子没沾过女人，没吃过猪肉我看过猪跑。"

我很有点生气了，打断了他，我一些话到了嘴边，但还是咽下了，只有三两天了，就是天塌下来了也得扛着，等他上班了，一切就平安无事了。我说：

"你先睡，我去送一下小月。"

我开着车满大街地找小月，凌晨一点多，我才在一个酒吧找着了她。她凶凶地喝着酒，有点醉了。我叫她出去，好话说了几箩筐，她就是不吱声，披散着头发，眼光从发缝里透过来愣愣地看着我，眼睛像两把刀子，过一会就喝杯酒，像灌似的。我身上的二球劲嗖的一声起来了，抢了她手中的杯砸在地上，一把抓了她的头发，狠狠地扇了她一巴掌，然后走了。

我刚打着火，有人在拔车门，是小月，她坐在后面。一路上，我们没说一句话。

我们回家时，卢一新四仰八叉地躺在沙发上睡着了，鼾声如雷，手伸进裤腰摸着生殖器，电视仍开着，灯也开着。那么一瞬间，我真想拿把刀子割了他的喉管。幸喜小月看也没看他一眼，径直进了卧房。我关了电视和灯进房，小月刚脱了裙子要换睡衣，她那硕大的乳，修长的腿及一身雪似的肉令我热血沸腾，我把她放在床上，也没戴安全套，暴风骤雨般地杀了进去。自始至终，小月像具僵尸似的躺在那儿，就眼睛大大地睁着看着天花板。我完了的时候，才看见她流了两颊的泪水。

后来才知道，小月就是那天晚上怀上的。原来说怀上了，那是顺口撒给卢一新的一个谎。

卢一新上班前，我给他约法三章：一是国有国法，厂有厂规，他得守秩序，按时上下班，上班的时候要着好装，不能抽烟，等等。二是有第三个人在场，不要叫我鸣坨，要叫卢经理。他撇了撇嘴说：

"那你也不要叫我饿狼，叫我卢师傅。"

我让他逗笑了，但马上又沉了脸说：

"最关键的是第三点。我也听你说了，你来深圳几年了，前前后后做了这么多地方，工地、采石场、码头，每个地方都做不长，都是吃饭的事，用你自己的话说，猪嬲的深圳，饭都吃不饱。现在，你到食堂上班，吃好我不敢保证，吃饱是绝对没问题的。但有一条，公家的东西，你不能偷了吃，一天就定量了那点菜，人有那么多，你多吃了一点，有人就少得吃，甚至没得吃。"

"你放心，我在监狱的食堂做那么久，从来就没有偷吃过一回。炒菜炒久了，油盐熏了，想吃都吃不进。"

上班的第一天，卢一新就进写字楼来找我了，远远地就喊卢经理，声音很响，把那些小文员吓得捂着耳朵，以为撞进来了个雷公。我赶紧把办公室门关了，问他怎么回事，他气呼呼地说：

"我向你反映个情况。"

"反映情况？"

"这个菜我没办法炒。送的都是什么菜啊？百几十斤肉，一半是注了水的，一半是病猪肉，我杀了那么多猪，什么肉我还不清楚？还有那个青菜，全是下脚料，不是烂菜帮子就是烂叶子。

呜——卢经理，我们原来监狱里也不吃这种菜。猪嬲的，这哪是人吃的？这是猪吃的。这我也不是为自己说，我牙口粗，什么都能吃，关键是工人，上班加班多累……"

卢一新还要说，但让我喝住了。我一下子不知道怎么对他开口，我们这个老板什么都好，不好色，不赌博，事业心强，生意上是一把好手，这几年工厂像滚雪球一样滚大了，刚开始几十个人，现在都二千多人了。但就一个缺点，吝，娘肚子带来的那种吝，有时候，我怀疑他是葛朗台转的世。但不管他如何吝，我对他是忠心耿耿的，一句话，报恩。没有他，就没有我的今天。这些，当然是不能对卢一新说的，我当下黑了脸对他说：

"你管那么多干球？你要管的是有什么菜做什么菜。"

卢一新总算没再来找我的茬了。我暗中去观察了他几回，还不错，戴着个软塌塌的帽子抢着大铲子在那里左翻右滚，浓浓的烟雾漫起来，漫了他有些饱满了的嘴脸。

解决好了卢一新的事，我得解决小月的事了。

那天晚上在酒吧甩了她一个耳光，是冷了几天场，赌了几天气，但两口子床头不和床尾和，没几天就和好了。令我没想到的是，还是她主动叫的我。好几次，我都想向她赔礼道歉，可只要我刚提起，她就岔了话。更令我没有想到的是，接下来，她更是变了一个人。打几个比方。比方一，之前，她十指不沾阳春水，家务活我一个人全包了，说个不怕人笑话的事，做完了床上那件事，有时候，也是我帮她擦下面。现在不了，早上我还没起床，她就把早餐弄好了，还花样挺多的，今天早晨牛奶蛋糕，明天早晨瘦肉煲粥；晚饭也是她弄，地也是她拖，衣服也是她从洗衣机里拿了出来晾。我要去抢了做，她死活不肯。比方二，之前，她碎话儿特多，一时说我把尿屙在了马桶边上，一时说我把烟灰掉到了地板上，一时说我早上没刮胡子，一时说我睡觉前没刷牙。现在不了，三个字，不吱声。比方三，之前，做床上那件事，有时候我想换个姿势玩个新花样，每次都是磨破了嘴皮。现在不了，我说怎么样就怎么样，想老汉推车就老汉推车，想后庭花就后庭花。

有时候，我会想，莫非真的像卢一新说的那样，娘儿们就是贱骨头，不打她她骄着横着，打一顿就服服帖帖？如果真这样，那就烧了高香了。可是我知道，事情绝对没有这样简单，我太知道小月的脾气了，这是暴风雨来临前的风平浪静，我提心吊胆，等着暴风雨的到来。

暴风雨真的来了，不是来自小月，而是来自工厂，老板出车祸了，撞成了植物人。厂暂时停产了，乱成了个马蜂窝，等老板的直系亲属从台湾过来善后。在等待老板的直系亲属过来的那几十个小时，我感到自己像掉在冰窟窿里，周身寒彻。老板的直系家属就两个，一个妻子，一个女儿。老板的妻子我原来就见过的，是个纯粹的家庭主妇，生意上的事情一概不理；那女儿则在美国读书，她也不可能打理生意的。我百分之百的相信，这个厂就这样倒了。厂倒了，我当然也倒了，我还去哪里找这么高工资的事？房子和车子还刚供，一切都会成为银行的。

我想找小月说说话，小月却打电话给我了，说她到了飞机场，要回娘家武汉：

"反正你在这里，有什么事打电话给我。"

"这个时候你回去干什么？"

"我想把小孩流了。"

我脑子里嗡嗡地响："什么？"

"厂八九得倒了，供房子供车子，我们都得再找工作，你一个人养得起吗？再说，你都知道啦，草草率率怀的，我可不想生个不是狼就是猪的怪东西！"

说着挂了电话。我打了她几次电话，她就是不接。仔细一想，她好像说得也蛮在理，但她不该自作主张这样做，至少事先得跟我商量一下。现在也没空管这事了，等她回来再说吧。

当天下午，老板娘带着女儿到了工厂，同她们一起来的还有个四十多岁的中年男人。老板娘召集工厂的高层主管开会，她指着那个中年男人说：

"他是我弟弟，以后大家叫他石生。从今天开始，他代理我和女儿行使公司一切权力，希望诸位配合。另外，公司保持现有的机制不变，请诸位各安其职。"

散会后，我马上给小月打了电话，告诉了她最新情况。小月也挺高兴，说：

"鸣晔，要不你请个假过来吧，明天去医院，我好怕。"

我想了一下说："现在是节骨眼上，那个石生刚过来，我……"

小月哦了一声，挂了电话。我的心像让针扎了一下，但也就那么一下，就让柳暗花明的"各安其职"给冲淡了。我去了趟食堂，叫卢一新晚上别在厂里吃饭，我带他去撮一顿。

在去饭店的路上，卢一新忽然对我说：

"连长问你好呢。"

我一头雾水："哪个连长？"

"还有哪个连长？你的连长呗。"

卢一新说的是部队里的那个山东连长，因为今天我太激动了，竟把他忘了。说起来，连长是我的恩人呢。卢一新的事情发生后，指导员要把责任全推到我身上，说我是隐情不报，有窝藏之嫌，如果坐实，我就不是关一个星期禁闭能了事的，弄不好，得开除军籍。连长去团里做了工作，说我确实不知情，让卢一新给骗了。知道了卢一新的原委后，还对我说过：

"小卢做得对嘛，这样的败类，就该打，碰了我，也会打。"

虽然连长对我有恩，但退伍后，我一直没跟他联系，我把部队里的那个事情当作一个伤疤，结痂了，再也不想去碰它了。忽然听到卢一新说起连长，我感到很吃惊：

"你跟连长有联系？"

"是的，在监狱里我就跟他通信。嘿嘿，他说我是条汉子。"

"怎么没听你说过？"

"你也没问啊。"

"他现在在哪里？"

"山东老家，乡里的武装部长。你走的第二年，他也转业了。他跟指导员竞争一个什么鸡巴官吧，猪嬲的指导员告了他的阴状，说他爱喝酒。"

如果仅仅是爱喝酒这个事，连长是不会输给指导员的，指导员一定还告了他其他的事，是不是卢一新的事？我的脑壳一阵发凉。我向卢一新要了连长的电话，拨好了号码，我又放下了手机，算了吧，一切随风去了，就让它去了，我现在最关键的是要搞好跟石生的关系。

那天晚上，我和卢一新都喝得有点高了，把我们一起经历过的好好地回忆了一遍，比如在学校里赌他吃饭的事，笑得肚子都痛了。笑过之后，我的心头忽然涌出点小伤感，来深圳这么多年，我居然没有一个真正的朋友，能分享我的成就我的快乐的竟只是卢一新。我猛地抓住了他的手：

"兄弟，跟着我好好干，我找个理由把食堂主管炒了，你来做。"

开车回家的路上,我碾死了一条狗,它叫声凄厉,划破了夜空。

不久,小月回来了,又上班了,由老板的翻译变成了石生的翻译。也许是因了在工作上表现良好吧,我跟石生的关系也渐渐升温,他对我言听计从,甚至比原来有过之而无不及,除生产,厂里其他的事情都叫我打点,算是一人之下,二千人之上。日子如流,打了一个小堵,又畅通了,一个月,两个月……潺潺地流着,溅起欢快的浪花,如一首歌。

这一天,石生把我叫到他办公室,脸上黑黑的:

"卢一新是你老乡?"

我后脊背一阵凉:"是的。他……"

"有人,不,直接对你说吧,食堂主管向我反映,说卢一新仗着你的牌子无法无天,不服从管理,打菜的时候,喜欢的人就多打一点,不喜欢的人就少打一点。情况都属实吧?"

"我这就去调查。如果属实,该怎么处理就怎么处理。"

说着就要起身。石生叫住了我,摇了摇头说:

"卢经理,这样不符合管理规则。你现在去调查,结果只有两个,一是不属实,一是属实。如果不属实,那就是食堂主管瞎说,我们只能把他炒了;如果属实,炒了卢一新,食堂主管觉得得罪了你,也会辞工走。不论结果如何,食堂主管都会走。"

"那……"

石生扫了我一眼:"这就需要你配合我的工作了。一、把卢一新炒了;二、做好食堂主管的工作,留他下来。"

我开车把卢一新送到了火车站,他要去山东,连长邀他去玩一趟。一路上，我的心情很低落，很觉得对不起他，他却挺无所谓：

"鸣坨，你别掉着个脸，真的没事的。连长也答应了，他那边也有事做，找找看。万一找不着，天无绝人之路，我反正人一个卵一条，就糊双嘴巴，有得吃，就吃好点，没得吃，就吃孬的。"

过一会又说："石生那猪嬲的不是个好货，你要小心一点，也叫小月小心一点。"

卢一新后面的那句话让我心里毛毛的，就这么几个月时间，石生已经把办公室的两个文员睡了，一个升做了报关课的副课长，一个升做了采购员，都是美差。

石生叫我做一个公司的改革方案，内容涉及薪酬、升迁、奖惩等各个方面，他身子前倾在台上，张着手指叉着脸，眼光从指缝里探出来，剑一样的光，令我不寒而栗：

"来了大半年，发现从里到外全是毛病，不动大手术，就得进太平间了。我姐夫打下的江山不能毁在我手里啊。卢经理，你是公司的元老、功臣，你就本着对公司高度负责的态度，把方案做细、做严，也不要怕得罪人。有了这个方案，形成了制度，一切按制度来，这样，我们管理起来就方便了！"

他把我们二字嚼得重重的。我当然明白他为什么要把这两个字嚼这么重。我感激涕零：

"石生，你放心，我一定做好。"

"那我先在这里代表我姐姐谢过了！"

说着，他站起来，躬了身，抱拳施礼。

我利用晚上加班的时间，花了整整两个月终于把方案弄出来了，可谓殚精竭虑。那是世界上最完美的方案之一，如果有个诺贝尔方案奖，我想，那个方案一定能得奖。

那两个月，厂总算走出了老板车祸带来的低谷，订单像雪片飞来，世界各地的供应商一拨接一拨地过来看厂验货签合同，由此可见，石生做生意确实是一把好手，超过了现在整天躺在床上不动不弹的老板。我感到前途一片光明。也正因为如此，我做那个方案更是做得上心，不是为石生而做，是为"我们"而做。

供应商一拨拨来，当然的，小月就忙了，从早到晚陪着石生陪客户。常常半夜三更才回，一身的疲惫，一沾上床就睡着了，天地不醒。有几个晚上，我很想做那个事，但看到她这样，也只好罢了。她还喝醉了一次，吐得地板上床上满是，第二天，我说了她，她竖了眉毛说：

"俄罗斯的客人，个个是酒鬼，不喝能行吗？"

她看了我一眼，又说：

"阿鸣，我真的感到好累，要不，我干脆辞工算了。"

"现在千万别说这个话，关键时刻，知道不？关键时刻。"

关键时刻终于到了，按石生的意思，我将方案又修改了五遍之后，当然，一遍比一遍更严更细，公司就正式开始推行了。推行的第一个动作是，我由行政经理降为人事主管，生产经理降为包装主管。工资降了一大半。按照我那个方案，当然，是石生修改后的方案，职位必须跟文凭挂钩，高中文凭的最多只能担任主管的职务。我和生产经理都是土八路，仗是会打，但都只有高中文凭。我这才知道，我让石生耍了。生产经理二话没说，当天就走人了。我不能走，我要供房子供车子。我去找石生，石生认真地修指甲，修完了说：

"小卢，我就说你们大陆的人观念有问题，我们自己订了一个制度，这个制度就只能制别人，不能制自己。你说怎么办吧？我们再重新做个方案？"

他仍把我们二字嚼得重重的。我当然也明白他为什么要把这两个字嚼这么重。

我掉进了愁桶里，借酒消愁，但愁仍似云来，半个月后，小月当了行政经理。

一天晚上，小月还没有回家，我一个人坐在沙发上喝酒。一瓶绵阳大曲喝完了，旧愁新愁堵在胸口，硬硬的扎人。小月回来了。看样子，她也喝了点，但没醉，脸微红，目光流动，添了些妩媚。她的妩媚是属于她个人的，她看也没看我一眼，径自进了她的房间，嘣的关了门。没错，她的房间。我们分居了。我得忍着，为了我的房子我的车子。今天我没法忍了，房子车子见他妈的鬼去。我一脚踢开了门，毒毒地看着她：

"彭经理，今天又有俄罗斯的客人来了？白俄罗斯的还是黑俄罗斯的？"

她也毒毒地看着我，浮着冷笑：

"卢主管，你有点文化好不好？黑俄罗斯是一种酒，一种驿动的冰伏特加鸡尾酒。它暗黑的液体躺在透明的杯子里，搁在仿红木光亮的桌面上，高雅冷漠，拒人千里。"

她眯着眼睛，挺陶醉的样子。我飞快地说：

"旁边还坐着一个姓石的色狼，透明的杯子上，浮荡着一对狗男女的嘴脸。"

小月的脸变紫了："卢鸣晔，你说话干净点，谁是狗男女？"

"你是狗男女，狗嬲的。"

她圆睁着眼睛："你骂什么？"

我一字一顿地说："就是你妈跟狗发生性关系，才生了你。"

"我跟你拼了！"

说着，她像雌豹子一样扑过来，长长的指甲像一柄柄长长的利剑，挠向我的脸。说真的，虽然那天我是不想忍了，但我绝没有要动手的意思，就只想在语言上刺刺她，说开来，我还是舍不得小月的，就像我的房子我的车子，不，比房子比车子更重要。最重要的是，今天也见他妈的鬼去吧，我的二球劲又起了，我举了手中的酒瓶，透明的绵阳大曲的酒瓶，朝小月的头上砸过去。只砸了一下，血就喷了，流过她漂亮的脸，流过她雪白的脖子，再流到她露了一大半的漂亮的乳上。这把好乳不再属于我了。我和小月离婚了。

离婚了，我什么都没有了。

石生和小月结婚的那天，我坐飞机去了昆明，再转大巴到大理，从滇藏公路步行进藏。几天后，到了西藏的第一个小镇，盐井。从盐井到芒康、到左贡、到昌都，一路上走走停停，看见什么就拍照。到类乌齐时，我遭了劫，身上的钱和照相机全让抢了。第二天，我搭上了一辆从青海到拉萨朝拜的朝圣团的卡车。一共三十多人，男女老少都有，我第一次吃了粘粑，还喝了酥油茶。汽车时好时坏，五天后，我住进了素有"龙门客栈"之称的八朗学旅馆。在八朗学旅馆，我认识了拉哥。

拉哥原来是个老板，喝酒喝成了肝癌，晚期了，人生最后一个愿望来西藏一趟。拉哥长得很有点像卢一新，尤其是嘿嘿笑的时候，露了黑黑的牙床，像北京猿人。也许拉哥之前也是个饿狼吧，我想。拉哥现在吃素，滴酒不沾。拉哥帮我出钱，我们到拉萨玩了一个圈，大昭寺、八角街、布达拉宫，之后，就去了纳木错。站在亿万斯年就滢滢一碧的天湖面前，我和拉哥都哭了。在纳木错湖边，我很想对拉哥说说自己的事，我不好意思说。

一个星期后，拉哥租了一辆面包车，我们进了阿里，还拐到珠穆朗玛峰海拔最高的寺庙绒布寺进了香。之后，到了印度人谓之宇宙中心的冈仁波齐神山，绕圈时，迷路了，我们手牵着手在冰冻漆黑的夜里摸黑前进，险些被冻死。就在那天晚上，我向拉哥说了我在深圳的事，拉哥只说了一句：

"兄弟，那算个鸡巴！"

从阿里返回，我和拉哥进了雅鲁藏布江大峡谷。这次是徒步。有一首顺口溜形容大峡谷："白云在山顶，山脚在江边。眼睛看得见，走路走一天。"在山蚂蟥成堆、道路泥泞、林阴翳日的原始森林，我们走了几百公里，到了墨脱县，还穿越了雅鲁藏布江上唯一存在的一座藤网桥。藤网桥下面是万丈深渊的急湍，拉哥不小心摔了一跤，在即将落下的时候，我抓住了他的手。

又回到了八朗学旅馆，拉哥拿了一张存折给我：

"小卢，里头有十万块钱，你救了我的命，得感谢你。活不多久了，我就留在这里不走了。你还年轻，路还长，拿了这点钱，做点啥都好。这趟西藏，我想，你没白来的。"

离开西藏，我又到了深圳，在一个榕树盘绕的地方租了个书店，卖书，还卖点笔墨纸砚，吃喝拉撒睡全在店里。别的书店进的都是热门的书，言情武侠的好卖就进言情武侠的，看相算命的好卖就进看相算命的，什么书都不好卖了就旺铺转让了。我则不同，就挑我自己喜欢的，文哲史居多，还有一些纯文学、纯学术的期刊。后来应一些为数不多的读者所需，还想方设法弄了一些原版的英文、法文书籍。总的来说吧，就是些不太合时潮的书籍。很长一段时间，买的人不多，我也乐得其闲，一本本的读，物我皆忘。看得累了，就磨了墨摊了纸，画几树梅花，心中也开了梅花。

看书看多了，就想写了，干脆买了个电脑，夜深人静的时候敲几下。一年两年下来，居然写成了《西藏行走》，百来篇，每篇千把字。写完了觉得还有点小意思，就投给了一个报纸副刊。不几天，一个女编辑打电话给我，挺激动的样子，说很多年都没看到这样真性情的文字，她是边流泪边看完的：

"专栏名就叫《一个人的西藏》，你看行不？"

我说行。她又说：

"就等过总编那关了。我想能感动我的一定能感动他。"

但最终没感动总编，让毙了。女编辑很不好意思，几天后，她开了车来书店看我。她比我想象的漂亮。戴副墨镜，摘了墨镜，额头上有个显眼的疤。我的心里咯噔了一声。她抽烟，抽的是中南海，喷着烟跟我聊天，又看我画梅花，眸子里也盈了烟，水水的那种。晚上，她请我吃饭，还叫了酒，衡水老白干。她挺能喝的，喝了酒就骂世道：

"要我形容中国人，一个字，饿。原来穷，肚子饿，现在有钱了，就拼了命吃，天上飞的，地上走的，海里游的，都拿来炒了蒸了煮了炸了吃，还越贵的越好，越贵的越有人吃。为什么这样吃？饿怕了，饿的情结在那儿。这是表层的，还有深层的，那就是欲望饥饿，权欲、钱欲、情欲，一个个青面獠牙……"

骂完了世道又说了一个故事："我们报社有个男的，挺优秀的一个人，一边做记者一边写诗，人又长得潇洒，懂浪漫，百里挑一，最后鬼迷了心窍非得去做生意。做生意了完全变了一个人，吃喝嫖赌都沾了边，还在外面包二奶，打老婆……"

说完了故事又说我："鸣晔，你是我在深圳遇到的第一个不饥饿的人，你躲在自己的精神世界里，看书写作画梅花，供奉心中的西藏。我佩服你，来，干！"

我本来没什么兴趣喝，她这样一说，倒有了一点兴趣。接下来，你一杯，我一杯，我们就把那瓶老白干喝完了。喝完了，她有些跟跄了，说开不了车了。我说我送她，她说：

"歇歇就好了。再到你店里坐坐吧，看你画梅花。"

我摊开了宣纸，捏了笔正欲蘸墨，她突然蟒蛇一样地缠住了我，狂吻着我。我好几年没沾女人了，这一撩，偃了的旗就呼啦啦荡开了。我抱了她到床上，剥了她的衣服，她的乳房高耸跳跃，像一对肉兔，下面汪汪濡湿，她嗷嗷地叫着。我挺了正要插入，猛然看见了她额上的疤，竟一下子软了。

她坐起来抽了一支烟，然后慢慢地穿好衣服，看了我的下面一眼，笑了笑说：

"我说的那个记者是我的前夫。"

几天后，女编辑帮我写的采访稿登出来了，大半个版。还配了我一张照片，在四壁的书丛里，我挥毫画着梅花。后来，她再也没跟我联系。

女编辑的报道起了蛮大的作用，后来，很多人慕名到我店里来买书，一些喜欢书画的人也前来跟我交朋友。生意好了，半年后，我把边上的那间店盘了过来，扩大了规模。一个人忙不过来，我又聘了一个叫雪婷的姑娘。

雪婷二十一岁，模样一般，单眼皮，皮肤有点黑，不高不矮，不胖不瘦。农村的，初中毕业后来深圳在工厂打工，流水线的拉妹，后来利用业余时间学了电脑。雪婷来了后，我帮她租了间单间，我仍住在店里。雪婷不喜欢读书，哪怕到我书店里上班了，她也从来不读一本书，她的爱好就一个，做饭。我原来都是打快餐吃的，雪婷来了后，主动跟我说她来做饭。我当然巴不得。从此一日三餐都是她做，她在宿舍里做好了用保暖桶帮我提过来，热气腾腾，香气扑鼻。虽然挺简单，但她每餐做的都不重，还有蛮多小花样，比如炒好了菜，她会在上面放几条红萝卜丝或者红辣椒丝。光鱼，她就会十几种做法，红烧、清蒸、油炸，等等。她也很会煲汤，海带煨龙骨、猪肚煨淮山、墨鱼煲肉、鱼头煲豆腐、乳鸽煲当归，十几二十种。她还能做缸子菜，如剁辣椒、辣椒萝卜、腌菜、腐乳，等等。

雪婷还有个优点，就是特别勤快，爱干净。应该说我也是个爱干净的人，毕竟是男人，很多细致活没法干，比如店里的地是要扫要拖的，但不可能每天都扫都拖，书也经常要整理的，但也不可能每天都整理。雪婷来了，就不是每天了，而是每时，甚至每刻，看到哪里稍脏了点，就去扫了去拖了，看到书乱了，马上去整理了。但有个地方她视为禁地，那就是店后面的我的宿舍。

雪婷不进我的宿舍，我却进了她的宿舍，三年后，我和她结婚了。她在家里处了对象的，她父母收了男方两万元的彩礼钱，我帮她出了这个钱，退婚了。但结婚后，她又给了我一个三万元的存折，那是她打工多年的积蓄。

结婚的第二年，雪婷就给我生了个女儿，取名卢雪。

几天后，卢一新回来了。听说我回来了，黄昏的时候开着一辆满是灰尘满是泥的吉普车过来了，火没熄就叫我上车：

"我叫厨师炖了，林王八捉的王八，是野生的王八不是养的王八。"

我已经叫雪婷做好饭菜了，说在这里吃算了。他进了门，看见了雪婷和卢雪，回过头看着我嘿嘿地笑：

"小子，行啊，换老婆了。"

从兜里拿了两个红包出来，分别给了雪婷和卢雪一个。我说：

"你小子更行啊。都买县政府了。"

他摸了摸圆圆的肚子说："别人不知道我，你还不知道我？就混个吃。饿死了。"

说着拿了筷子，风卷残云般地吃起来，一桌子菜，大半进了他的肚子，打着饱嗝说：

"山珍海味吃遍了，就弟媳妇这餐最好。"

后来，他几次认真地对我说，叫我别回深圳了，帮他管厂：

"你都知道，我的心思不在这，就想吃。当年骗点钱回来开这个厂，也就想出口饿气，不能叫那些猪嬲的小瞧了，我饿狼不是条假狼，是条真狼。为这事还险些丢了连长这个朋友，我肠子都悔青了。我一直盼着你回来，你就不回，这下就好了，我们好好干一场，买了县政府，再买省政府。"

经过几天的考虑，我最后还是没答应卢一新，决定回深圳继续过我闲云野鹤的日子。我还好几次准备跟他说说拉哥的故事，但每次话到嘴边，都咽下了。或许，卢一新跟拉哥不同吧，拉哥不是狼，而卢一新是。

有一天，我带雪婷和卢雪去欢乐谷玩，意外地看到了小月，她也是一家三口，但男的不是石生，是一个外国人，她混血儿的女孩漂亮极了，像个芭比娃娃，年纪应该跟卢雪差不多大。小月没有看见我。她额上的疤在阳光下很显目，如一轮弯月，我的心痛了一下。

鸡鸭小心

水圭田早没田了。三十几年前就没了。但没有田的水圭田仍叫水圭田，它的田就是工厂。深圳蛮多这样的地方，就剩了个土得掉渣的名字说明这里曾是个农业社会，比方罗湖的布心，布吉的草埔，西乡的麻布，沙井的蚝二。原来都是村的。后来村都不叫了，全改称社区了，似乎村改了社区才真正叫城市，这是深圳的小气。事实上，水圭田则连布心、草埔、麻布、蚝二这样改社区的级别也达不到，它就是原来叫村现在叫社区的下面的一个自然村，它就是一工业区。在深圳叫社区原来叫村的，都有好些个这样的工业区，用的倒还是叫了好几百年的名字，从这点上看得出深圳小气之余亦仍大气。圭是玉，按字面的意思，水圭田这地方应该产玉的，也许古时候产过玉也难说，但史籍无可考。据上了年纪的土著说，水圭田原来是一片以种水稻出名的平畴，百几十亩地一马平川，地肥沃，年年水稻丰收，一度还做过宝安县的良种试验田，一到收割季节，稻浪起伏，风吹稻花香，是一景，很多人来看。但改革开放却管你景不景的，一声令下来，全部推了盖厂房。又据说，推的时候青苗刚连蔸，绿葱葱的喜煞人，几辆挖土机并排开来，张舞了利爪，一个回合下去就绿溅禾飞，很多人淌了眼泪。事实证明，那些人的眼泪是白淌了。不久，稻田里盖起了书本似的厂房，三十大几栋，让那些台湾老板、香港老板像捡热包子一样捡走了，开了制衣厂、塑胶厂、五金厂、电子厂，然后是黄蜂似的湖南、四川等省的打工的飞了进来。水稻田成了工业区，水圭田成了产金产玉的地方，这倒让它实至名归了。从此，水圭田的土著洗脚上岸了，钱来得像捡似的。水圭田工业区是深圳最早工业区之一，市里树了做典型，又成了一景，一茬接一茬的人来参观。

温志安赶上了水圭田的这路景，那年他十五岁。温志安是梅州的。客家人蛮讲究读书的，但温志安不喜欢，父母扁担都打断了两根，初三第二学期他却攥了学费一个人跑到了深圳。他不想那么快找工作，他身上还有钱。十五岁的山村少年第一次进了城，像饿鸭子进了稻田，眼睛看不赢，嘴巴也吃不赢。他沿着一条崭新的水泥路一直往前面走。年轻人就喜欢一直往前走。是水圭田三个字让温志安停止了继续往前走的脚步。"哇，水洼田！"他大叫了一声，心头一热。他把"圭"念成了"洼"。水洼田是他老家村子的名字。水洼田没有玉，只有水，而且水太多了，都成涝了。所以，水洼田是个穷地方。但那时候，中国还没几个富地方。像一粒从鸟嘴里掉下来的种子，温志安在跟他老家村子名字只有一字之隔的水圭田扎了根，进了一个台湾人开的制衣厂，剪线结巴。说制衣厂其实是做裤子，牛仔裤。这在蛮长的一段时间里令温志安很是想不通，跟小河南嘀咕过很多次。嘀咕得小河南烦了，就骂温志安："你也是咸吃萝卜淡操心！深圳就这鬼样子啦，好好的人话不说说鬼话，操B不叫操B，叫丢；下车不叫下车，叫有落；发工资不叫发工资，叫出粮。人家就喜欢叫制衣厂，你管得着吗？"这样一说，温志安也觉得蛮有理儿，不理这茬了。小河南是温志安的朋友，小河南的话他听。两人都是剪线结巴的。那时候，工人踩电车的技术还不顺溜，踩着踩着刹不住车，所以，线脚上留了很多线结巴，不剪掉的话毛茸茸的像刺猬，没卖相，这就多了一个剪线结巴的工种，也就多了温志安和小河南的饭碗。从这点上，温志安倒是蛮感谢那些毛茸茸的线结巴的。经温志安和小河南剪了线结巴的牛仔裤码在仓库里堆得像小山似的，散发着香味，温志安有了一个比喻，像老家丰收了的谷子。隔个十天半月，就有香港的货车过来拖，塞得满满当当的，看着货车像喝醉了酒的人趔趄着走出厂门，台湾老板的脸笑得像块猪油渣。

这么多牛仔裤销到哪里去了？为这事，温志安和小河南争论过很多次。温志安说销到美国去了，理由是，美国人很有钱，有钱人才穿得起牛仔裤。小河南却说销到非洲去了，非洲老不下雨，缺水，省得天天洗裤子的。两人争来争去也没争出个结果，后来就懒得争了，甚至还达成了一个统一意见，一部分销到了美国，一部分销到了非洲。想到自己剪了线结巴的牛仔裤既销到了美国又销到了非洲，两个十几岁的小孩是很激动了几把的。温志安还把这事儿写了信告诉了家里人。父亲来信告诉他，叫他好好剪线结巴，剪干净点，不要给国家丢脸。其实温志安和小河南这才真正叫咸吃萝卜淡操心呢，牛仔裤到底销到了哪儿，连那个台湾老板自己也不操心的，他只管每个月月底问财务货款有没有到账。当然，几乎每次都是如期到账。那时候的生意就是这样子好做，想不赚钱都难。有一件事情倒是让温志安隐隐明白了那些牛仔裤到底销到了哪儿。他买了一条牛仔裤，有一次，洗裤子的时候，他看到了裤兜后面有一行小字："我操陈光头的十八代祖宗"。陈光头就是工人背后喊台湾老板的绰号。或许叫陈光头的到处有，但这字迹却只有小河南一个人有，烧成灰温志安也认得。有一次，陈光头带一个客人参观工厂，因为连续加了两个通宵，小河南趴在那里睡着了，口水拉得长长的。陈光头来得突然，温志安想提醒也来不及了。陈光头大怒，当着客人的面给了小河南一个大巴掌，血当即从小河南的嘴里溢了出来。后来一年多，"我操陈光头的十八代祖宗"成了小河南的口头禅。所以，温志安肯定那裤兜上的字就是小河南写的。买牛仔裤的时候，温志安是有那么一点怀疑这裤子就是自己那个工厂生产的，但不敢肯定，当看到了小河南的字迹后，他就百分之百地肯定了。肯定了这事也不代表什么，当时的温志安只是觉得好玩。若干年后，当温志安从陈光头手里接手了这家当时已要死不活的工厂，其中的奥秘他当然就全部知晓了，很多很多年，很多很多工厂，都是这样干的，这有两个术语，一个叫"贴牌生产"，一个叫"出口转内销"。需要顺便一提的是，两年后的一天，小河南让台风刮走了。那天下午出粮，每个月就出粮的那半天休息，温志安和小河南相伴去邮局往家里寄了钱，然后，小河南邀温志安去水圭田工业区马路对面的一片食摊上吃个炒河粉。上个月是温志安请的客，这个月，小河南要还上。从邮局去那食摊的路上，两人破天荒地聊到了未来，温志安说以后开个制衣厂。他举着都是满满的茧的两掌愤愤地说："一天到晚剪剪剪，也剪不了个媳妇！"小河南竖起大拇指对温志安说："对，开个大制衣厂，吃掉陈光头，叫他给你当保安！"温志安问小河南以后想做点什么，小河南摸了半天头说："我想买个摩托车。"说着双手做了骑摩托车的样子，嘴巴里嘟嘟嘟的，身子还一蹲一闪，装着穿山越岭的样子，弄得温志安哈哈大笑。好一会，才停了下来，又对温志安说："开摩托车有啥意思？我就开小车。你开了车，我就帮你开车啊。"忽然捣了温志安肋下一拳："我给你打工了，你狗日的可不能像陈光头那样良心黑的！"温志安就笑着说："我敢黑你，你不操我十八代祖宗的？"小河南说："我不操你十八代祖宗，我就开了你的车跑北京去，去看天安门。我这辈子头号的事就是看天安门。"这是小河南第一次对温志安说自己的抱负。他想不到小河南有这样的抱负。他转过头去看了一下小河南的脸，小河南的脸上一下子有了金光。本想问问小河南为什么把头号的事儿定了看天安门，因肚子饿了，也就懒得问了，温志安就拖了小河南往小食摊走，埋了小河南的梦想。

风卷残云地吃完了一碗河粉，小河南又有话说了，支吾了半天，才对温志安说，他喜欢上了一个踩针车的湖北女孩，准备给她写情书了，叫温志安给他出点主意。那个女孩温志安也喜欢，但温志安还是给他出了一点主意，比方说，情书里最好引用几句刘德华的歌词，这样就显得很有学问，等等。本来吃完了的，一高兴，小河南又叫了一个炒河粉和一碟炒田螺。那个河粉一人一半。碟子里的田螺只剩了七八个了，台风说来就来了。温志安第一次见到这么大的台风，像从地狱里吹出来的，一旋，一溜儿小食摊上的桌子、椅子、盆子、碟子全翻了个够，叮叮当当的一阵乱响；再一旋，不远处路边的几棵碗口粗的树就拦腰折断了。接着就下雨了。那雨才叫雨，一瓢一瓢儿地泼。温志安很害怕，小河南却很高兴，睁大眼睛看着风雨，嘴里大咋大唬，还手舞足蹈的。温志安听到小河南在骂："陈光头你牛呀，台风吹死你！"小河南一骂陈光头，温志安才想起坏了，晚上还要加班的。厂里的纪律很严的，谁无故不加班，就要罚款五十块钱的。温志安对小河南说了，小河南马上就往大雨里跑，温志安跟着跑。因为雨实在太大了，马路上成了河，都快淹到人的膝盖了。好不容易跑过了马路，小河南忽然停了下来，说他的鞋掉了，他弯了腰去摸。温志安要过去帮忙。就在这时，突然一阵大风吹过来，把小河南吹到了水里。小河南挣扎着爬起来，却爬错了方向，爬到了马路边上的沟边，正要往这边走，上面的水冲过来，啊的一声就掉下去，不见了影。小河南在临倒下去的时候，朝温志安抓了一下手，还说了一句什么，温志安没有听清楚。

那时候，小河南被水冲走了这样的事在水圭田不算什么大事。好些年，水圭里时不时地死人，有被车撞死的，有跳楼的，有打架打死的，有两口子吵架妻子吃安眠药死的。当然，最厉害的还是那次大火，一下子烧死了十多个人。那个厂就在温志安这家厂对面的二楼。那是个小厂，生产小五金的，一个香港人开的。机器是老机器，香港淘汰了搬过来的，经常漏机油，漏得地板上到处都是，这就多了一道工序，隔几天就要用天那水洗一遍。经常这样没事，那天倒有事了。有个刚来的有点傻吧，一边擦地一边抽烟，火星子把天那水点着了，哗的燃了起来。刚开始起火，本来拿块布捂一下就熄了的，偏偏边上有个更傻的，看到起火了，慌了，提了半桶天那水当水泼了过去，等于是火上添了油。一眨眼工夫，整个车间都成了火海。车间十多个人正靠在机器上休息呢，烧醒了，拼命跑，但冤不冤前边的人慌了，把门关着了，打不开；于是转向找窗，而窗那边防盗焊了小铁条。一车间人，就只剩了前边跑出去的一个，是那个泼天那水的人，其他的人全被烧成了焦炭，包括暗地里做老板情妇的会计及做车间副主管的老板情妇的亲弟弟。温志安在车间里看到了这一幕，他先是看到了窗户上簇拥着许多的手，然后又看着那些手一只只松开。

原来那么零星的死几人，大家都没当回事，人多嘛，大家都认为正常的。死了人，正好让个位置，外边的人等着进厂呢。那时候，打工成潮了，粥少僧多，黑压压的人头，全是找工作的。死了人，家里会过来人，缠着老板，最后，老板会赔点钱，事情就了了。其时，像打工呀、找工呀、炒鱿鱼呀这些事情一样，死了人怎么赔偿也是个新鲜事物，都没什么经验，不像现在，有法律了，还有媒体，甚至还有专业的人，他们会帮你在中间死缠烂打，哪个工厂死了个人，那是天大的事。当时完全是小事一桩，死者的亲属好像还是理输了的一方，要低眉顺眼地跟老板说话，因为赔偿的多与少完全取决于老板的心情的好与坏。小河南死了后，小河南村里的支书带着小河南六十多岁的父亲来了。小河南的父亲跟罗中立画的《父亲》上面的父亲一个形象，额头上刀刻似的皱纹，腰上系一根硕大的布绳子。那个支书除了一件破烂的中山装外，其他也跟小河南的父亲差不多。刚开始，陈光头连门也不让支书和小河南的父亲进，他隔着铁门对他们说："人不在我厂里死的，你们找台风要去！"支书后来报了案，警察来了，才把支书和小河南的父亲带进了厂，但陈光头仍是油盐不进，仍一口咬定小河南是台风吹走的，跟厂里没有关系。那时候，招商引资是大事，警察要为老板保驾护航的。当然，现在也仍是。所以，警察自然没辙。警察没辙了，小河南的父亲只好自己想辙，是几千年来中国农民惯用的辙，他跪在陈光头面前，一下一下磕头，满脸是血。这个辙见了效，最后，陈光头给了小河南的父亲三千块钱。小河南的父亲捧了小河南的骨灰盒回去了。温志安本来很想去对小河南的父亲说点什么，包括想问问小河南为什么把头号的事定为去看天安门。温志安甚至还想过，把刚发的那一个月工资给了小河南的父亲，但他有点怕。怕什么他也不知道，反正有点怕，就没这样做。当时，温志安是立了一个誓的，发了财之后，他要到小河南的老家为小河南筑个墓，问清楚小河南到底为什么那么想去天安门；另外，替小河南好好照顾一下他的老父亲。没发财之前，温志安这个想法很强烈。若干年后，温志安还真的发了一点财，从陈光头手中盘下了这间厂。但这时他很忙了，忙得像个陀螺，没时间去河南了。再到后来，生意不好做了，厂子开得要死不活的，就不太想知道小河南为什么要去看天安门了，看天安门也好，看白宫也好，跟他关系不大。当然，也不想为小河南筑墓，只想着为自己筑墓了。

零星的死些人谁也没当回事，但一次烧死十几个人就不能不当回事了。其实本来也鸟大个事的，把事情闹大的是工业区的治安队。治安队的队长是水圭田土著，叫阿水。别的土著都远远地离了水圭田盖了楼住了，看都懒得看这里一眼，但因为阿水的老爸当年是这里的知识青年，后来倒插门做了上门女婿，他不会做人，所以，村里分红没他的份。所以，阿水就打了这份工。村里最弱势的人在打工的面前俨然成了最强势的人，他在工业区里可以像螃蟹似的横着走，指挥着十几号湖北湖南等地的退伍军人，倒不像治安队长，而像个军区司令员。火灾发生的那天，省里市里的，还有香港的记者，扛着长枪短炮赶过来了。这是个大新闻，有猛料可挖，谁也不愿意放过。但一拨人全让阿水的兵拦在了工业区的大门外。有一个省电视台的记者自从做了无冕之王就没见过这阵势，只见他大吼了一声，扛了摄像机往里冲。眼看铜墙铁壁让冲垮了，阿水红了眼，像豹子似的跳了过去，抢过了记者手中的摄像机，哗啦一声摔到了地上。整个动作一气呵成，很有南拳的风味。大约是阿水的这记动作实在太漂亮了，于是，他的那些兵个个效仿，纷纷出手抢摄像机和相机摔，摔得一地玻璃。据考察，阿水是改革开放后中国阻拦采访殴打记者的鼻祖，连同那个大火灾都可以写进深圳的历史。这一下，事情当然闹大了，省里市里都来了人，都是些大领导，一个个黑着脸，像借了他们的谷还了他们的糠似的。那段时间，水圭田工业区所有工厂全停了产，说是要整顿。温志安度过了来深圳最漫长又最惬意的一个假期，半个月。温志安那半个月一直在睡，他要把欠了的觉全部睡回来。半个月后，一切如旧，暗了的车间又亮了起来，暗了的机器又响了起来。事情的处理结果一如中国很多重大事故的处理结果，两个可怜的替罪羊倒了霉：当地镇政府主管消防安全的副镇长被免了职，后来到了水圭田工业区做了治安队长，而前任治安队长阿水则被判了五年刑。若干年后，有个朋友给温志安介绍一个老头子做宿舍保安，他面试了一下，原来那个老头子就是阿水。没错，那时候，阿水是一个如假包换的老头了，六十多，身偻如虾，四只眼角布满眼屎，找不到半点当年水圭田工业区治安队长的影子了，这让温志安很是添了些唏嘘。温志安本来是答应了阿水叫他来上班的，但当天晚上，老婆惠娟说她已经答应了她表舅龚合宁，过几天就来。温志安就给阿水打了个电话，电话里阿水一个劲地求，要温志安给他个机会，都快哭了。那一瞬间，温志安也有点心软了，叫龚合宁别来算了，或者，两个人一起上班吧，一个上白班，一个上夜班。但最后还是硬了心肠。要是往年，温志安借了那点点软会成全阿水的，但他现在软不起来，自己都要死不活呢，客户会对自己软吗？拒绝了阿水之后，温志安又想起当年阿水做治安队长的猖狂，他忽然觉得半点儿愧疚也没有。我操你妈！温志安骂道，他既骂阿水，又骂不知是哪个的别人。

那次火灾后，水圭田开始闹鬼了。工业区除门口有支治安队负责外围警戒外，晚上两个人值班。一天深夜，凌晨两三点的样子，是最困的时候，两个人都是年轻人，扛不住，打了盹，听到什么声音，一个醒了，一抹眼睛，忽然看到前面一个人，一袭白衣，飘飘忽忽地走；再抹了一下眼睛，就不见了。于是就捅醒了另一个。两个人亮了强力手电筒进车间找，在围墙边找到了一只新死的猫，喉咙口一个洞，汩汩地流着血。其中一个治安员提了那只死猫，扔到了围墙外，可分明传来了一声凄厉的猫的叫声。翌日中午，那没扔猫的治安员喊扔了猫的治安员吃中饭，却发现那扔了猫的治安员早就死了。报了案，公安来现场勘察了，排除了自杀的可能，但为何而死，始终未得结果。为此，水圭田闹鬼的消息不胫而走，且有了传言，说是那被烧死的十几个人阴魂不散，要在这工业区里找十几个替死鬼才能超生，这就弄得工业区里几万人个个人心惶惶的，特别是那个巨无霸的光义童车厂，员工们纷纷辞工，都没法生产了。

光义童车厂的老板是水圭田本地人，叫黎光义。一九七几年，黎光义光身子裹了一条旧汽车内胎游水逃到了香港。关于他是如何在香港发的财，有蛮多的版本。一个版本是，他在一个赌场做茶童，脑子灵醒，一来二去看出了门道，豪赌了一把，赚了第一桶金。再一个版本是，他做得一手好菜，尤其做得一手好烧鹅，给一个大老板做家庭厨师，确切地说，是给那个大老板包的情妇做菜。小伙子会来事，不仅喂饱了那情妇上边的一张嘴，还喂饱了她下边的一张嘴，后来，两人就打滚包走人了。他就靠了那女人的首饰钱盘了一间小食店，专做烧鹅饭，生意好得踏断了门槛。再后来就将店盘给了别人，做起了贸易。还有其他的版本，说是做鸭发的财，又说是在对越自卫反击战贩卖军火赚了个盆满钵满，再又说他到金三角贩毒，等等，很多很多。但到底是哪个版本？或者是几个版本的综合？除了他自己，谁也弄不明白。能够弄明白的是，改革开放后不久，这个当年裹了一个旧汽车内胎游水到香港的水圭田土著再回到水圭田时已摇身一变成了香饽饽的港商，一个主管招商引资工作的副县长亲自出马接待，其他各路局长、镇长、副镇长里三层外三层地围得他像个糯米粽子，前呼后拥地将他请进了刚竣工不久的水圭田工业区。但教育局长没来，教育局长叫秀姑。黎光义逃港，跟秀姑有点关系。

黎光义的父亲参加过东纵，新中国成立后做了村里的民兵营长，有次刮台风，他独个儿驾了船去救困在急浪里的渔民，人没救着自己翻了船。但没救着人也仍是英雄，被封了烈士。那一年，黎光义才五岁。小小的黎光义跟着母亲受到了无上的尊荣，一开大会，母子俩就胸戴红花，接受群众潮水般的掌声。政府还将母亲调到了供销社卖货，当时，这是一份比现在到中石油上班还好的工作。黎光义吃的糖比村里所有同龄孩子加起来吃的糖还多。不到四十岁，黎光义的牙掉得差不多了，就是那时候吃多了糖。当然，他后来全部换成了金牙，咧了嘴笑，金光灿灿。这自然是题外话。但冤不冤母亲出了事，她跟续任的民兵营长惹了作风问题。一天黄昏，民兵营长的儿子去供销社打酱油，提了空瓶子喘着粗气回来了。民兵营长的老婆高扬了巴掌："是不是钱让风吹走了？"儿子哭着喊："阿爸和光义他妈在骑马马。"民兵营长的老婆顺手给了儿子一巴掌，提了菜刀去了供销社。推了门果然看见两个骑马马正骑得欢，就在卖肉的屠案上，光义妈白花花的肉身子正如了一扇猪肉。民兵营长的老婆提了菜刀又是哭又是喊。民兵营长从柜台上取了枪喝道："妈那个B，你不要过来！"老婆却听不见话了，仍是举了刀过来。"叭"的一声，枪响了。当了三年兵打了十二发子弹十一发子弹打在了靶外的民兵营长这一回枪法出奇的准，正中了老婆的眉心。老婆直挺挺地往后仰去，菜刀咣啷啷地掉在地上，很响很响。黎光义的母亲当天晚上就跳了海，跳的就是零丁洋，文天祥诗里面"零丁洋里叹零丁"的那个零丁洋。顺便说一句，水圭田就在零丁洋边上。黎光义和那帮逃港的人就游零丁洋去香港的。那天半夜，黎光义孤苦伶仃的一个人在零丁洋里漂着，有好几次，他觉得自己快受不住了，他就喊着，阿爸救我！就有了力量。他没喊阿妈救我，他一直恨母亲，他觉得母亲给自己丢了脸。成了孤儿的黎光义是吃百家饭长大的，但长大后的黎光义成了白眼狼，他好吃懒做、偷摸拐骗，算是在村子里把坏事做尽了。他用炸药炸集体鱼塘里的鱼，他缠了两手腕的走私电子表到东莞卖，他还聚众赌博，赢了大家的钱就跑去广州胡吃海吃。那可还是个以阶级斗争为纲的时代，如果不是他有个烈士的父亲为他担当着点，肯定够他喝一壶了。这些大家都忍了，但有件事无法忍，他偷了生产队的牛。他偷牛不为自己，为秀姑。那天晚上，黎光义到秀姑家偷黄瓜吃，无意中听到秀姑跟父亲对话，原来公社有批转公办老师的名额，但管教育的公社副书记很贪，不送礼是没指望，秀姑家穷，没钱，所以父女俩长吁短叹。秀姑是黎光义的初中同学，他一直对秀姑有意思，还表达过，但他这个样子哪里入得了秀姑的眼？只好烂了这念头。现在，黎光义觉得机会来了，当即决定不偷黄瓜了，偷牛。于是就连夜牵了生产队的牛到了东莞，还给牛的脚包了布，无痕无迹，天不亮就回了，神不知鬼不觉的。黎光义把钱给了秀姑，提了一个条件，秀姑要跟他好。秀姑答应了。不久，秀姑真的转了公办老师。秀姑转了公办老师的第二天夜里，黎光义半夜肚子痛，跑到香蕉树下解手，忽然看到村口手电光四射，屎意顿无，赶忙伏到荔树林里藏起来。人马过来了，两个民兵领着两个县里的公安。公安问："消息可靠吧？"民兵说："老师哪有撒谎的？千真万确，她说她那天晚上家访，碰了黎光义牵了一头牛。"黎光义惊得要从荔枝树上掉下来。当天晚上，黎光义就裹了那条汽车内胎游水了，他一边游水一边想，但越想越想不通。

很有些年，混在香港的黎光义对一水之隔的秀姑很有些恨，他很想找个机会当面锣对面鼓地问问秀姑为什么要这样做，然后狠狠地赏她几个耳光出口恶气。这也因此使他在很长一段时间里甚至对生他养他的水圭田也充满恨，甚至生出再也不想重踏故里的想法。但时间很快消弭了一切，尤其是经历了蛮多远比秀姑出卖更厉害的事情之后，他开始觉得这事根本就不算事。而且，即便算个事，现在的黎光义也根本无暇顾及，他现在最在乎的是，他感到自己的又一次也是最后一次机会来了，他得抓住。他在香港的事业远不如外面传闻的那样风调雨顺，确切地说，他遇到了大麻烦，到了濒临破产的边缘，他得以回报故乡的名义最后赌一把。事实证明，黎光义这次又赌对了。那天，心里面不大有底的黎光义指着刚落成的水圭田工业区里书页似的厂房，像在餐馆点菜似的点了很多栋，还煞有介事地向周围的官员谈规划，这里做写字楼，这里做研发，这里做厂房，这里做宿舍，他每说一句，那些官员一律如鸡啄米似的点头不迭。这给了黎光义更大的气魄，接下来，他的唾沫星子更大了。

"黎总，您准备投资哪个行业呢？"这时候，一个副镇长不识时务地问了一句。黎光义一时哑然，一着急，他双手握拳在胸前来往撑了几下。这是黎光义的招牌动作，每当激动、高兴或生气的时候，他都会做这个动作。镇长看出了道道，替黎光义解了围："黎总，您是说投资婴儿车？"黎光义笑了笑说："我就一时想不起普通话怎么说了！对了，婴儿车，BB车。"副县长举起了大拇指："黎总就是高！投资BB车，绝对有眼光。每个家庭都有一个孩子，每个家庭都得一台。"镇长说："农村还不止一个孩子呢，一家要买好几台。"镇长的话逗得大家哈哈大笑。副县长看了看手表对黎光义说："黎总，安排好了，走吧。"黎光义问："什么安排好了？"副县长说："项目签字仪式。副市长亲自参加。"到这个份上了，黎光义豁出去了。当天晚上，在其时深圳最高级的酒店，副市长和黎光义签订了水圭田工业区童车厂项目的协议书，计划投资三亿港元，是当时这个镇上最大的投资项目。在签字仪式举行前，副县长把黎光义叫到了僻静处。副县长问："黎总，投资金额写多少？"黎光义伸了三个指头。心里的意思是，三百万。副县长的脸色都有些变了："三、三千万呀？"黎光义的额头上出了汗，点了点头。副县长额头上的汗更多些，他擦了擦，诣了脸："黎总，你得帮帮我。我向市里早汇报了，你得在后面加个零。"这下轮到黎光义擦汗了。副县长帮黎光义把汗擦了："黎总，你今天帮了我，我明天会帮你的。"第二天，深圳的大报小报上，都刊登了黎光义与副市长签字后握手的硕大的照片，两双有力的大手紧紧地握在一起，好像握住了水圭田辉煌灿烂的明天。副县长没有食言，在接下来的几年里，他为黎光义鞍前马后排忧解难，跑银行、跑工商、跑税务，凡政府能用得上的资源他全部帮黎光义用上了。确切地说，用得上的用上了，用不上的也用上了，再加上黎光义也是走狗屎运，他硬生生地从零开始，在水圭田建立起了他的童车王国，以他的名字命名的童车钻进像温志安家乡埋死人的棺材似的货柜车漂洋过海，行销世界。当然，黎光义也慷慨地回报了那个副县长，至于如何个慷慨法，外界不得而知，但据深喉人士透露，他才是光义童车的大老板，黎光义只是帮他打工的。但此消息的可信度极低。而随着副县长在升任市一个局领导的前夕猝死，更使这些事情扑朔迷离。关于他猝死的原因，在坊间有很多说法，一种说法，他是被他击败的竞争对手暗杀的；另一种说法，荣升了，高兴，喝高了，脑血管爆裂；还有一种说法比较缺德，但又最被人津津乐道，他多吃了一粒伟哥，死在了情妇的肚皮上。这种死法学名叫马上风，一种快乐的死法。

　　上述的黎光义、副县长等人的种种，自然是还在陈光头那个小厂里剪线结巴的温志安半点儿也不知道的。他知道的只是，眼前有太多的线结巴等着他剪，那些等着他剪线结巴的牛仔裤堆得像山一样压迫着他，都压得他快透不过气来了。好不容易能透口气的时候，他就透过窗口望着像火车头一刻不停地吐着气的光义童车厂，心里头偶尔会想一想，要是找个人介绍到光义童车厂上班就好了：那里加班费高；车间里有空调；每年免费发两套厂服，一套冬装，一套夏装；那里有大把漂亮的厂妹，一个个脸白白的，胸鼓鼓的。但温志安知道自己没有这个命，光义童车厂招工最起码也要高中生，还要量身高，男孩子要一米七，女孩子要一米六的个头。只招高中生，这个温志安还能接受；要量身高的做法，温志安则死活也无法接受，不就做个破童车吗？个子矮了就干不了吗？那拿破仑还个子矮呢？这样一想，温志安就朝光义厂吐了一口痰，穿过窗子，劲劲地射去，很有力道。他这是学小河南的。那时候，温志安还十分怀念他跟小河南的友谊，他以这种方式悼念着天堂里的小河南。天堂里就不用剪线结巴了，天堂里就没有没完没了的加班了，天堂里就没保安欺负了，天堂里进光义童车厂那样好一点的工厂就不用高中毕业证了，也不用量身高了，天堂里就可以每天睡个囫囵觉了，天堂里就可以每餐不用吃烂土豆馊白菜了。有时候，剪线结巴剪烦了，温志安也真想突然来一阵台风将自己吹走算了，到天堂里去，陪着小河南。现在，水圭田闹鬼了，很多工人卷了行包走人离开，连不可一世的光义童车厂也扛不住了。温志安的心里真是说不出的高兴，他甚至相信，这真的是那帮冤死的人来报仇了，包括小河南，他们是找陈光头、光义童车的老板等这帮人来报仇的，叫他们的工厂个个垮掉，让整个水圭田变空城。但温志安马上改变了想法，其他的都垮吧，尤其是光义童车厂，越快垮越好，陈光头的厂不能垮，他还欠着自己三个月的工资没发呢，而且，从下个月开始，他就加工资了，每个月加了一百块，厂垮了，就啥都没了。从此，晚上躺在逼仄而发臭的宿舍的铁架床上，温志安一边用手掌赶着像战斗机一样的花脚蚊，一边心里就开始有了些从来没有的想法。其中的一个想法是，他也要做老板，做很大很大的老板。说起来也有点儿奇怪，自从有了这样的想法，温志安感到做事就没有原来累了，仿佛有使不完的劲。

但光义童车厂并没有让温志安诅咒垮，见惯了大风大浪的黎光义自有一套，他又及时地扭转了局势。他去韶关南华寺请了高僧来打鬼。黎光义是个胆大包天的角色，他是绝对不相信这世上有鬼的，尤其是年轻的时候，他在水圭田这个地方昼伏夜出，连绝户坟都刨过，后来初到香港，街头抢食，刀头舐血，他仍然是不相信这世上有鬼的。但后来做了生意，年岁又大了，居然又半真半假地相信了这世上还真有神神鬼鬼的东西，他也像许多的香港人一样供了一尊佛像，焚香拱拜，一副很虔诚的样子。其实，在内心里，他仍然是不相信这世上有鬼的，顶多，他只相信这世上很多人像鬼一样。别了家乡这么多年，他原来以为，经过了那么多年运动，家乡人早没半个人相信鬼了，谁知道一回了才知道，家乡不仅信钱也信鬼了。跟上述的那个猝死的副县长认识不久，他到副县长家里坐，居然看到副县长家里也供着一尊纯金的观音，嵌在考究的神龛里，亮着两支红蜡烛。黎光义笑着问："你也信这个？"副县长笑着回答："信着玩儿。"在很多年的时间里，午夜梦回，黎光义承认，副县长拜佛及副县长的那番话对他的世界观有颠覆性的作用，因了这种崭新的世界观，他更在水圭田这个地方，不，在深圳这个地方所向披靡。而请人打鬼不过是其中一个微不足道的手段。但若干年后，几乎每天的黄昏，秀姑推着坐在轮椅上的已经变成植物人的黎光义来到水圭田工业区的前面，看着他原来的光义童车厂这个商业王国日渐凋敝，最后又变成了旧工业园区改造的急先锋，大批的工人进驻，打掉外墙，重新装修，变成了动漫文化创意产业园区，此时此景，如果黎光义还有一丁点儿思维，不知道他作何感想，有没有想起当年副县长拜佛的事及副县长那番微言大义的话。当然，此时，他什么想法也不可能有了，只能张着永远也合不拢的嘴，任凭长线短线的涎水顺着嘴角流淌。这自然又是题外话了。

说回打鬼的事。水圭田烧死了人，又有个保安无缘无故地死了，开始闹鬼了，人心惶惶，工业区很多人辞工，包括正在生产高峰的光义童车厂，刚接手管理工厂的黎光义的大儿子一下子急成了热锅上的蚂蚁，只好跟远在夏威夷的游艇上度假的黎光义打电话。在回来的飞机上，黎光义就想好了打鬼的招。既然有鬼，那就得打鬼了。但不是打烧死的那些人的鬼，也不是打那个死了的保安的鬼，否则，这鬼永远也打不完，偌大个工业区，说不定啥时候就死个人。黎光义要从根子上打鬼，一棍子打死。更要紧的是，他要趁这个机会，把他旁边的那个日本鬼子开的厂赶走。他的厂要扩规模，要连成片，赶走了一些了，但那个日本厂却油盐不进。他觉得这次行了。所以，他一回来就放出话来，说水圭田的鬼早就有的，原来这里是日本人的刑场，枪毙了很多中国人，现在，日本鬼子的工厂又开到这里来了，就来报仇了。水圭田之所以出了这么多事，就是那些被枪毙的中国冤魂弄的。

打鬼的法事做了七天七夜，念经做忏，热闹一方。那几天是水圭田最热闹的，大家围着看。温志安也抽空去看了，不过，他仅仅是当热闹去看的。在不相信鬼的这个问题上，温志安跟年轻时的黎义光是一样的，他老家有个说法，鬼见着铁就会跑的，现在这样，真是活见鬼。看了几个和尚敲锣打鼓打鬼的情景，这倒是让年纪越来越大、火红的青春痘密密地长满脸上的温志安明白了，深圳倒也没有什么特别之处，名义上是现代城市，骨子里，仍是农村的，仍是神神鬼鬼的世界。有了这样的认识，温志安感觉自己吃透了深圳，做老板的想法也就越来越硬扎了，硬扎得像他突然冒出来的突突的喉结，硬扎得像他早上起床时裤裆里那条充血的小弟弟。又是若干年后，那个案子有了结果，原来那治安员是被另一个治安员弄死的。原来两个人都是武侠迷，买了地摊上的《九阴真经》等书学点穴，晚上值班互相点着玩儿，不想就真的点着了，一个把另一个点死了，于是就编了白影子的故事，还冤里冤枉地杀了一只野猫做道具。那凶手把这事儿在心里憋了二十多年，后来实在憋不住了，都快疯了，就自首了。情愿坐牢甚至被枪毙，也不愿把事儿憋烂在心头，这个人倒是个至情至性之人，现如今，这世上这样的人也不太多了。鉴于当年的弱智，公安局对这个事儿作了低调处理，没有公之于世，所以，温志安一直不知道。不过，即使知道了，温志安也不会怎么样了，此时的他，早已经相信这世界真的有鬼了，也相信了水圭田当年真有个日本人的刑场，冤鬼飘零，所以，最后，水圭田只能沦落。

说起来也奇怪，做了法事之后，水圭田就没有再闹过鬼了。光义童车厂生意奇好，以每两个月增开一条流水线的速度迅速扩张，用了三年的时间做成了世界童车第三的规模。首先，法事做完不久，那个日本厂再也找不到工人了，灰溜溜地搬走了。光义童车厂不费吹灰之力拿到了日本人留下的厂房，顺利地打通了无限扩张路上的绊脚石；又通过给村里施加压力，把周围二十几个小厂全赶出了水圭田，续租了八栋厂房。通过这个事情，退居二线的黎光义重新回到了工厂执掌大权，把大儿子晾在一边。他觉得大儿子还是太嫩了一点，缺少魄力和手段。须发皆白的黎光义变成了一个小伙子，又回到了刚到水圭田投资创业的时候，起得比鸡早，睡得比狗迟，事无巨细，亲力亲为。工厂吐着腾腾的热气，像个点燃了的火箭。他本来许多歇了的想法又重新起来了，其中眼前的一个想法是，他要在最快的时间将水圭田整个儿占了。他快要做到了，已经占到了陈光头厂的边上。黎光义多次派人来跟温志安的老板陈光头谈，愿意出比市场价高很多的价格转租陈光头的厂房，但陈光头连门也不让黎光义的人进。最后，黎光义发出话来，你不要牛，日本鬼子都让我赶走了，你算个啥？那段时间，陈光头厂里的人个个都做了随时走路的准备，他们赌定了陈光头这次死定了，跟黎光义斗，是蚂蚁跟大象斗。那段时间，温志安的心情差到了极点，他熬出头了，不再是剪细线结巴的小鸟毛了，他被陈光头提做了车间主管，离老板的梦又近了一步，他真是恨死了黎光义。不知道是吃错了药，还是性格里本来就有这么一股不服输的劲，陈光头居然硬挺了过来，他就是不向黎光义低头，还发出狠话来，你牛呀，有种你把我这光头割了去！一句话，这厂我铁定不搬。虽然陈光头吃了蛮多亏，比方说，在村里的支持下，黎光义把陈光头制衣厂的出门路堵了半边，货柜车根本开不进来，但陈光头也是硬骨头，货柜车进不出来的这段路，他找工人扛货，扛到车上去；又比如，半夜的时候，陈光头写字楼的玻璃让不知从哪里来的石头砸碎了，陈光头只笑了笑，第二天又叫人装了玻璃。这让温志安对陈光头很是敬重，他把这种敬重化在工作上，加了几倍的劲工作，稳定军心，安排生产，一切滴水不漏。这样撕扯了很多回合，陈光头油盐不进，据说，黎光义气得拍烂了两张办公桌，摔烂了十三个茶杯。但不管黎光义如何发怒，他进攻的铁骑永远被阻拦在陈光头制衣厂的围墙外。不久，黎光义遭遇了一场非常蹊跷的车祸，他连车带人滚到了一个悬崖下，但人没死，只是成了植物人。正如黎光义在香港如何发的财一样，他这次车祸也有好些说法。一说是他早年的仇家找上门来了；一说是他的竞争对手要置他于死地；一说是他大儿子下的毒手。早几年，大儿子只是叫黎光义回来处理闹鬼事件的，打完了鬼，黎光义这个老鬼却不肯走了，把大儿子晾在了一边，并叫一直在美国念书的小儿子过来了，委了重任。各种迹象表明，老鬼要扶

169

小不扶大了，这让大儿子的牙齿恨得痒痒的。实在痒得没法了，就得把老鬼送上西天。还有其他的一些说法，甚至还怀疑到了是陈光头找人弄的，一些杀气腾腾的警察几次三番地找陈光头谈话，谈得陈光头都快崩溃了。我们都知道的，除了在电影或电视剧里，指望警察破案是不大可能的，至少当时管辖水圭田这一片的那帮警察是如此的，所以，到底是谁要置黎光义于死地，或者干脆就是黎光义自己不想活了，都没有一个定论。有定论的是，威风了大半辈子的黎光义彻底歇菜了，留下一对豺狼似的儿子在他的眼皮底下你死我活地斗着，写着一个没有半点新意的豪门版的兄弟阋于墙的故事。内争未果，外患又来了，那一年，全球性的经济危机来了。有一天早晨，光义童车厂上万号的员工浩浩荡荡地准备上班呢，到了厂门口才知道，大老板、小老板及所有的港籍管理人员全部开溜了。愤怒的工人们冲进去，他们只看到了一个人，躺在床上的黎光义。时间开了一个小玩笑，30多年前，黎光义裹了一条旧汽车内胎跑了；30年后的今天，黎光义的子孙们又跑了。这个事情让很长时间无甚大事的水圭田又热闹了一把，其热闹程度比当年烧死了人那个事还更甚，一万多人吵着闹着、哭着喊着，再加上喊爹哭娘的供应商、严肃着脸的各级官员、唯恐天下不乱的记者、幸灾乐祸的看客，水圭田成了一锅煮沸的粥。唯黎光义这个始作俑者置身这锅粥之外，他均匀而安详地呼吸着，一如孩童。已从教育局长的任上退休并孀居多年的秀姑是从媒体上获知黎光义被两个儿子扔了跑路了的消息的，第二天，她把黎光义接到了家中。

温志安目睹了光义童车厂从小到大到强再到无的全过程，这让他睹得有点心惊肉跳，他甚至一度想放弃做老板的梦了。做老板有啥意思呢？黎光义这么大的老板不是说垮就垮了？还是做打工仔好，尤其做自己这样的打工仔！这时候，管着几十号人的温志安觉得生活是如此的美好，他跟一个来自湖南益阳的叫惠娟的姑娘刚结婚。惠娟比他小八岁，身体匀称，皮肤欺霜赛雪的白，做爱的时候特别喜欢叫，叫得娇滴滴的，那声音钻到温志安的骨髓里去了，觉得魂魄都在飞。陈光头破天荒地给温志安和惠娟租了一套房做夫妻房，一下了班，两人就在夫妻房里疯狂地做爱，惠娟的叫声深长幽远，足以让温志安忘掉世界上所有的事情，包括远在家乡的父母，也包括做老板的梦想。当然，也包括秋妹。

秋妹是温志安的第一任女朋友，即原来小河南喜欢的那个踩针车的湖北女孩子。小河南让台风吹走了，温志安三拳两脚就泡到了她。没错，温志安就是这么个外表看上去老实其实心里蛮有想法的人，他想做的事情，他会铆了劲去做。这也算是客家男人的禀性。按照当时他们厂的流行做法，所谓泡到了哪个女孩子，就得带她去工业区外面的围墙边的草地里脱她的裤子。温志安做到了。他不仅脱了秋妹的裤子，而且脱了秋妹很多次裤子。他在脱了裤子的秋妹的身上完成了一个男孩向一个男人的转变。但温志安最后还是想办法踢了秋妹，因为秋妹的下面没毛，是个白虎。娶个白虎，会很倒霉的。温志安不想倒这个霉。所以，他用五十块钱买通了一个街上算命的，之后带了秋妹去那里算命，两人报了八字，算命的盯着秋妹："你的生庚没报错吧？"秋妹说没有。算命的叫温志安离开一下，唬了脸对秋妹说："不用我说啦，你都知道自己的问题的！"秋妹脸红了。算命的继续说："这倒其次。关键是你命硬，克父克兄克夫。你嫁了这小伙子，他不死都要脱层皮的。"回去的路上，秋妹的眼睛哭得像烂桃子。温志安说："秋妹，别听那老狗日的瞎说，天塌了我也不管，我就娶你！"几天后，秋妹谎称父亲病了，辞职回家。温志安装着不知道，忙得打脚打手，给秋妹买了红风衣、牛仔裤，还给秋妹的父亲买了很多补品。温志安送秋妹去车站，那天下着雨，两人共在一把伞里，温志安说他会等她的，父亲的病好了后就再过来，两人好好地打几年工，盖个房子，就结婚。秋妹却一直在哭。车开动了，秋妹从车窗伸出头对温志安说："阿志，你是个好人。你别等我了，我不会来了。"温志安丢了伞跟着车跑了很远。车远了，他揪着头发坐在雨里。

光义童车厂一倒，像让抽掉了主心骨似的，水圭田工业区一下子就蔫了。村里想了很多办法招租，但就是不好租。先是一个打工子弟学校租了一栋，名曰鹏程学校。按名字来说应该很有前程的。开张的那天，原来叫县现在叫区的主管教育的副区长还过来剪了彩，舞了狮子，又采青又点睛的，但只弄了一学期，就发生了一起学生集体中毒事件，让查了。查的时候，区教育局的一个副局长还在媒体上信誓旦旦地说政府会做好善后工作的，保证每个孩子都有学上。像大多数政府官员一样，说话都是不算数的，后来就没下文了。幸喜那些家长也从来没有当过真，刚开始还嚷嚷了一阵子，有几个急性子的还商议着如果不解决要去上访啥的，但也都是说的劲大做的劲小。其实主要的原因还是上班忙，今天请假明天请假，厂里不干了，炒你的鱿鱼，所以，后来，从鹏程学校出来的孩子除一部分被家长送回老家续读外，绝大部分都辍了学，网吧里玩了几年，就长大了，大部分的是进了他们父母打工的工厂打工，成了所谓的第二代农民工。有一些则觉得进工厂打工没出息，就到市场盘个档卖菜，或租个门面卖南北二货，或买个摩托车拉客。还有个别的则充到烂仔的队伍中去了，跟了大哥，剪了板寸头，夏秋两季穿黑T恤，冬春两季穿黑衣装，收保护费、打架斗殴，等等。你还别说，这帮孩子中还真有三两个日后成了不大不小的老板，其中一个更是不得了，原来是烂仔，后来开摩托车，再后来跑业务，跑着跑着跑了一大批客户，自个儿开厂做，像玩魔术似的，几年后，居然玩成了遥控器大王，专门生产各种电器的遥控器，其市场份额占了全国的三分之一，买了大奔，大奔后边隔三岔五地换漂亮女孩，谓之秘书。他选秘书三个条件：一是名牌大学生毕业；二是身高一米六八；三是处女。有钱了，他心里面一直憋着的那股火终于烧起来了。除了不停地招女秘书外，他还有一个事，就是读书，同时读了北京大学、清华大学、复旦大学、中山大学等十几个名牌大学的MBA班，烫红的结业证书在他办公室的考究的书柜里一字儿排开，光彩夺目。后来，大运会在深圳举办的那年，他还做了区里的政协委员，他提了一个提案，建议公安部门将所有高危人员赶出深圳。不知道是不是因为他提的这个提案好，大运会开幕式上，他做了火炬手，他举着火炬的身影被记者拍下来了，上了报纸，很是神武。唯一有点缺憾的是，他右脸上有块很大的刀疤，从眉梢直插耳部，那是他做烂仔时候留下的光辉印迹。学校搬走不久，又有人来租了最里边的一栋楼的下面两层。窗户封得严严实实，不知道做什么的，一年多后让查了，原来是炼地沟油的，是深圳地区最大的炼地沟油的，一天生产几吨。从此，就再也无人问津了。光义童车厂留下的那些厂房像一块块纪念牌在日晒雨淋里日渐凋敝，外墙脱落斑驳了，窗户玻璃碎了，地坪上长出了萋萋的野草，足可盈膝。据一些守夜的讲，晚上，里头常有怪兮兮的嘶啸声，不知为何物，也有人看见磷火闪烁，看得人毛骨悚然。也有个别胆大的男女，会钻进草丛野合一下，留下一些擦拭体液的卫生纸，风一吹，在草丛里飘，状如白蝴蝶。

不仅没人租进来，还陆续有人搬走。门口的治安队早撤了，大门也拆了，光剩了个架子和空荡荡的保安室。后来嫌影响车辆出入，连保安室和门架子也砸了。这就宽了，两个货柜车都可以擦身过了。工业区门口原来有块硕大的大理石指示牌，上书"水圭田工业区"六个斗方大字。当年,温志安在马路上走,第一眼看到的就是这牌上的字,不过他把水圭田念成了水洼田。字是一个市领导题的。字跟写字的人是有缘的,有一年,一个喝高了的香港司机开着货柜车硬生生地撞了上去,把后面的五个字全撞倒了,就剩个"水"字。不久,那领导还真让双规了。字缺了牌还在,就不能让它闲着,先是挂了块"陈记河粉店向前二百米"的牌子。陈记河粉店关门之后,又挂了块"福特美汽车美容修理店向右三百米"的牌子。后来又换了几回,最后挂上去的是"志安制衣朝里走",后面一个红漆箭头,字和箭头的四周垒满了一层又一层的"办证""疏通下水道""急租"等的纸条。这块牌子是温志安挂上去的,挂的时间最长。他从陈光头的手中接手了制衣厂,更了名后,他就急不可待地把牌子挂上去了。因为后来边上搭建了一些临时建筑啥的,这块牌子早不像最初那样醒目了,也就是说,指示的现实意义几近消失。但温志安却不这样认为,不认识路的人找温志安,温志安却仍会在电话里反复向别人说,工业区门口有块志安制衣的牌子,你在牌子前等我。别人到了门口,驴推磨似的转了好几圈仍是看不到牌子,直到温志安出来指着才看到了,对方很想笑但不好笑。这块牌子对温志安很重要,他不是竖在工业区门口,而是竖在温志安的心里。十五岁那年,他是看了这块牌子才进了水圭田工业区的,而现在,这块牌子换了他温志安的名字,对于他来说,这有特别的意义。在刚开始接手的时候,他甚至还生过这样的念头,某一天,他把制衣厂做大了,把整个水圭田工业区全租了,就重新整一下门口,挂块最大的牌,上书五个大字"志安工业区"。当然,越到后来,温志安越知道了,这几乎是不可能的了。但这不影响温志安坚强地把那块牌子挂在那,坏了就重新弄一块。一共换了十五块。每换一次牌,他就心里大声地说一次,等老子的厂垮了,你们再挂吧，只要志安制衣在一天，这块牌子就得挂一天。

　　龚合宁来的那天正是第十五块牌子挂上的那天。确切地说，是下午。那天上午，温志安亲自带了招牌店的小伙子把牌子安好了，一共拧了十六颗膨胀螺丝。下午，龚合宁就到了。冤不冤那天惠娟去医院割痔疮，正在路上，而温志安正陪了一个学校的副校长在东莞桑拿。学校要换窗帘，朋友介绍了这个单，温志安攻副校长的关，饭吃了，酒喝了，就差最后一哆嗦了，这一桑拿完，就可以签合同了。顺便说一句，接手厂子之后，刚开始，温志安也做了一段出口转内销的牛仔裤，后来没得做了，就转做工装呀、窗帘呀等的。正在点小妹呢，惠娟电话打过来了，温志安赶紧躲到洗手间接电话。惠娟的痔疮很厉害，嘴里漏着气说："表舅到了。"温志安烦透了："哪个表舅？"惠娟也生了气："我表舅呀，来做保安的。"惠娟说话用了力，扯着了屁眼，痛得她嘴都咧歪了，但她是一个坚强的女人，接着吩咐："他在火车站。我没力气跟他说话，我把他电话发你，你告诉他怎么走。你在哪里？怎么有女人的声音？"温志安赶紧拿脚把自开了一点缝的门关了，压低了声音说："陪林校长吃饭呢。少神经了。好了，我知道了。"然后就打了龚合宁的电话，叫他先从火车站坐车到某镇，再从某镇坐五块钱电单车到水圭田，他还特地说了："那里有块牌子的，写着志安制衣，我叫个人来接你。"

　　这样安排，无懈可击，温志安得意地笑了笑，然后从洗手间里出来。林副校长挑了个肥嘟嘟的小妹搂在怀里，小妹像航空母舰，林副校长像条小渔船，好一阵子，温志安才从肥妹的胳肢窝里发现了林副校长那颗秃了半边的脑袋。林副校长阴森森地笑："老婆呀？"温志安淡笑了一下，算是默认了。那肥妹就像个鸭嘎嘎嘎地笑起来，如舰在浪上颠簸，几乎把林副校长的骨头都压碎了，他那秃了半边的脑瓜片子腾腾地冒了白汽，但他挺受用似的，伸出两条骨卡卡的手臂像藤似的缠了肥妹的腰，手竟然够不着。温志安心里笑了一下。看林副校长猴急的样子，温志安就胡乱地点了个小妹，房分两间，开战了。温志安四十四岁了，按理说还行的，主要是这几年工厂惨淡经营，大和尚影响了小和尚，惠娟那里基本上断了炊，一个月就次把两次，倒是时不时地陪客户来东莞一次能尽个兴。趁小妹不注意，温志安涂了点印度神油。可就在这时，手机又响了。一看，又是惠娟打来的，那玩意就像温度计塞进冰水里似的缩进去了，拨开了小妹的手，竖了根指头在鼻尖，听电话。惠娟说，表舅坐错了车，坐龙华去了。去龙华那完全是南辕北辙，温志安心里狠狠地骂了一句猪。惠娟商量着说："你忙完没？要不，你去接一下？"温志安说："吃是快吃完了，还要去洗个脚的，洗了脚就去学校签合同。"惠娟马上说："就洗个脚哦，千万别干别的。我打电话给他，叫他重新坐车吧。唉哟。"说话又用了力，惠娟又痛了。这一下，温志安的心情糟透了，再怎么努力，仍如糯米条一般，而隔壁的林副校长与肥妹却弄得像地震波一样一圈圈地传来，温志安就恨透了这个没见过面的表舅。温志安又弄了点印度神油，总算差不多了，电话却又响了，是龚合宁打来的。温志安不接。电话却坚强地响，响了五次。第六次又响了，是惠娟打来的，温志安不敢不接。惠娟劈头问："怎么不接电话？是不是在干见不得人的事？"温志安大声说："什么猪一样的人？坐个车也不懂吗？"惠娟来气了，顾不得屁眼痛了，更大的声音："温志安，我操你妈，你骂谁？你才猪一样！"原来，龚合宁把行李落在火车站到龙华的车上了。温志安说："那有什么办法？我真的走不开。那就不要了嘛！"挂了电话，温志安一连骂了二十多声的操你妈，那小妹被逗得咯咯地笑。这一笑，倒把温志安又歇了的雄风唤醒了，像匹豹子似的扑了上去。温志安像个豹子似的扑上去的时候，门外的几个警察却像豹子似的破门扑了进来。温志安鼻孔里痒痒的，仰天打了个喷嚏，很响很响，爆竹一般。一个星期后，温志安和林副校长从局子里放出来了。那时，龚合宁早就上班了。罚款是惠娟拖着病屁眼跑去交的。一共罚了一万块钱。那几天，温志安什么结果都想好了，甚至离婚，因为他知道惠娟的脾气。这些年，惠娟像防火防盗防记者似的防着温志安，她不时敲温志安的警钟："生意做不好，我不怪你，你再给我花花肠子，我知道了，我就剪了你那截狗肠子！"说这个话的时候，手配了个剪刀的动作，吓得温志安屁眼紧紧的。

可出乎温志安意料的是，这次这么大的事情发生了，惠娟却没当回事，只字不提，好几次，温志安都缠着惠娟要主动认错，惠娟却躲闪开，不谈。惠娟越是这样，温志安心里越不安，每天晚上睡得极灵醒，偷偷地检查枕头下床铺底有没有藏着剪刀之类的东西。只是有一点，晚上，惠娟不让温志安碰了。这事就吊在这里，温志安觉得，事情绝没有这样简单，藏着个火药桶呢，不知道什么时候就会爆炸的。他等着这一天。林副校长让撤了职，学校的单泡汤了，吃饭喝酒连罚款，一万大几打了水漂，温志安懒得管了。听说政府要进行产业升级，要把一些税收低、产值低的企业扫地出门，又听说政府要出面把这个工业园区改造成一个什么动漫基地，效果图都出来了，工业区很多小老板都坐不住了，温志安也懒得管了。他整天坐在办公室里，关了门，在电脑里斗地主。反正，还有些小单，有一茬没一茬地做着吧，虽没钱赚，也亏不了多少。经过了这个事，一句话，温志安有点心灰意冷了。也就在这时候，温志安才觉得陈光头是个智者。温志安当年进厂的时候，是五十多人的规模。那时候生意好呀，作家爱用雪片般的订单这个词，那才真叫雪片般的订单，做也做不赢。很多人劝陈光头弄大规模，但陈光头就是不，最高潮的时候，也就百几十人。他这样说，这样的厂是靠吃人家的口水的，说没了就没了的。所以，包括温志安在内，都觉得这个老板没有大志。跟他同时进来的工厂一个个不是做大了就是做没了，但没有大志的他却硬是在水圭田撑了将近三十年，后来年纪大了，做不动了，才半送半卖地给了温志安，让温志安捡了一个天大的便宜。而眼下的事实证明，温志安不是捡了个天大的便宜，而是捡了一个烫手的山芋。说穿了吧，做了这些年，劳心劳力了，温志安真没赚到钱，就赚了个假名声。温志安常常想，当年要是没弄这个厂，现在的日子不知道多逍遥。

在这个叫作水圭田的地方，四十四岁的温志安心灰意冷，六十六岁的龚合宁却一腔子的激情。除了来的第一天碰了那么一兜子的倒霉事让他觉得有点堵，其他的日子，他整天笑哈哈的。他的工作太轻松了。他的工作是守宿舍。一层楼，共4个宿舍，两个男工的，两个女工的。厂里一共五十多个人，包住的，但这里住的还不到一半，都到外面租房去了。现在打工的不像以前了，拿温志安他们那一批来说，住的是大宿舍、吃的是大食堂，一分钱多的都舍不得花，谈个恋爱吧，最多的节目就是轧马路，情急了就滚到草丛里弄一下，打游击似的；结了婚的，隔三岔五地钻异性宿舍，拉个床帘遮了，漏了点声音也没事，反正也不是什么新鲜事儿。现在不了，甭提恋爱了或者结婚了的，单兵独将的，也不喜欢住集体宿舍，嫌吵，他要自由，买个电脑，拖个网线，上完班后就关起门来上网打游戏。他们不图赚钱，就图玩个痛快。当然，两种人除外，一种是刚从老家过来的，没发工资，只得在集体宿舍窝着，当作过渡；另一种是那些上了年纪的，家里十万火急地等着用钱呢，吵就吵点，苦就苦点，两口子都在这边的，大方点的，十天半个月花个十几二十块钱住个钟点房，小气的，也仍像过去一样，罩了床罩享鱼水之娱。当然，钻异性宿舍的是越来越少了，这个厂，就只剩一个了。这个人就是秋妹。原来厂里是租了十间的，因为住的人少，就只剩了这四间了，惠娟本来干脆连这四间也退了算了的，后来一想，如果全部退了，没地方住了，厂里就得补住宿费，连那些自个儿愿意搬出去住的人也会要，那就划不来。反正提供个宿舍，住不住那是你个人的事。好些年，这栋宿舍是住满了人的，五层，每层十个房间，热闹得很，两班倒的保安守着，连只苍蝇也飞不进去。后来就只剩两层了，志安制衣一层，另一个小五金厂一层，两家厂合请了一个保安，在楼梯口隔了个小房间，吃喝拉撒全在那。谁知三个月前，那小五金厂的老板也撑不住了，欠了三个月工资玩人间蒸发跑了。当时那保安问温志安，要不要继续守，也是惠娟的眼皮子浅，说不用算了。后来三个月时间竟然遭了二十几次的窃，于是，这才有了龚合宁的工作机会。上班前，惠娟给龚合宁讲工作内容。讲完了，龚合宁笑了："娟妹子，你这是白送钱给舅花吧？"惠娟也笑了："你这是帮外甥女的忙呢。一句话，别让小偷偷了东西就行了！"

龚合宁很用心地做这份工作。他没来之前，四个宿舍连同楼梯、走廊整个就一垃圾场，臭气熏天的，龚合宁清扫了两天，才弄得干干净净。仅此一举，就让二十几号工人喜欢上了龚伯。是的，大家都叫他龚伯。有些工厂的守宿舍的老人最喜欢拿着鸡毛当令箭，外面的人来了，打破砂锅问到底，该问也问，不该问的也问。龚合宁却不，不管是里面的人，还是外面来玩的人，一律地晴着脸笑眯眯的，还主动跟人打招呼，来了就说"下班了呀""好好玩儿"，走了就说"下次来玩"之类的，弄得大家心里暖暖的。你敬人一尺，人敬你一丈，龚合宁越这样低眉服小，大家越把他恭敬得上了天。抽烟的会一看见他就撒支烟给他，女工买了水果回来，会塞一根两根香蕉一个两个苹果他，他不要，就会硬丢在他的床上。后来，工人们知道了龚合宁喜欢喝一杯儿，就不时给他提一瓶二锅头或者十滴香。当然，龚合宁也并不会只进不出。他自理伙食的，走廊上有个简易厨房，是上任保安留下的，锅灶盆什么都有，每餐炒个一荤一素，有时候加个菜，他也会叫给他送了酒的工人喝一杯，一老几少的或蹲或坐地聚在那儿，一个个喝得脸红脖子粗。冷不丁的，也许就可以把它叫作幸福。看龚合宁喝得差不多了，就有人说："龚伯，唱一段。"龚合宁就赶紧把杯子里最后一口酒喝了，捋了捋袖子，清了清嗓子，开始唱了，唱的是湖南花鼓戏，《蔡鸣凤辞店》：

> 蔡鸣凤站大街思前想后
>
> 思前因想后果珠泪双流
>
> 今日里呃闲无事我在大街行走
>
> 迁岳父哎寻找我来到苏州
>
> 他骂我呃风流子不顾女流
>
> 胡二姐她待我情深礼厚
>
> 爱她呃如花似玉情意稠
>
> 倘若是不归家我的岳父闹不休
>
> 怕不怕卖饭女识破情由
>
> 到此时举棋难定心中忧
>
> 也只得三十六计走为头
>
> 我蔡鸣凤到今年有二十八九
>
> 这人到了三十岁万事皆忧
>
> 古言道车到山前自有路

辞客店暂回杭州作应酬

　　这是花鼓戏里的悲调，一咏三叹，悲悲切切的。龚合宁唱得流了泪，边上的小伙子听得流了泪，在楼上洗衣服、打毛衣线的女工也听得走了神，倚到栏杆上来，看远处青幽幽的峰影，又看近处暗幽幽的厂房，就想起家乡的爹娘或儿女，鼻腔里酸酸的，兀兀地掉下泪来。这情景儿，倒是跟眼下的水圭田配了套，热闹不再，只剩了月光融融里的孤寂与凋敝。想不到，这么个地方，三十来年就老了，反过来又像极了还躲在里面的几个小厂和一群来自天南地北的打工人，茫然地等着不靠谱的明天。或许，这就是命运吧，一个地方，一个工厂，一个人，都是这样的。比方秋妹。秋妹就住在这四个宿舍里的一间里。两年前，秋妹又来了深圳。秋妹那次回家后，急急跟邻村一个叫大国的男人结了婚，接连生了一男一女。大国是个榆木疙瘩，但有一手好活儿，做泥瓦工的，砌的墙水磨似的，上十里下十里一绝。因为是个白虎，秋妹低眉低眼的，一心服侍着丈夫儿女，生怕有个三长两短。菩萨保佑，一切平安，儿康女健，柴米不愁。但愁还是来了，儿子考上了大学，女儿读高中，两座大山压过来，再靠大国不成了，于是就合计，还是出门打工吧。大国凭着手艺一下子找到了，秋妹就难了，年纪大了，没人要。秋妹就去水圭田，看那个制衣厂在不在。

　　也是凑巧，秋妹去的时候正好碰了温志安开车进门。二十来年不见，都变了，但模子还在，一眼都认出了对方。说实话，刚开始那几年，或许记忆的角落里还存了对方，越到后来，就越没这个人了，这一见，心头就有点活泛了。这一活泛，温志安就答应了秋妹到厂里做针车。但答应完了，温志安就后悔了。这是男人的通病。后悔了却仍不改变主意，这却是温志安的可敬处。也许，他觉得这是回报秋妹的唯一方式吧。已经在商场上混了些年的温志安将丑话说在了前头，大意是，过去的已经过去了，大家都成家立业了。秋妹说："你不说，我也懂的。"温志安点了点头又说："我会尽自己的努力照顾你的。"照顾的结果是，温志安会不动声色地安排一些好车一些、工价高一点的货交予秋妹车，逢年过节什么的，他会偷偷地包个红包给秋妹，千儿八百的。秋妹心里不想要，手却还是接了，为了儿女，她觉得自己变贱了。有一次，出于好奇，温志安还偷偷地看过大国一次，除了皮肤粗黑点外，大国挺精神的，浓眉大眼，走起路来虎虎有生气，如果换身衣裳，那精气神绝对比自己强，由此，温志安倒暗暗地生了些妒意。当然，这点妒意一瞬即逝。接下来的一瞬间，温志安又想了一下，假如当年跟秋妹结了婚，一切又将怎么样呢？他懒得想了。他知道，现在想这些东西没什么意思了。秋妹的心思倒没有温志安这样稠，或者说，为了儿女，秋妹把一切都搁了，对于她来说，最大的事儿就是跟大国多存一点钱，把儿子送到大学毕业，再把女儿送到考上大学又送到大学毕业，这就是她的全部生活意义。倒是在这熔金的落日里，在龚合宁凄怆的花鼓戏里，秋妹的心思也稠了，会倚栏杆想想还在工地上加班的大国、远在天涯的一对儿女。

大国一个星期来一次。工地上有班加是这样，没班加也这样，龚合宁来上班之前是这样，上了班之后也这样。秋妹房间里住了6个人，除了秋妹外，其他几个都是没结婚的。大概是考虑这个原因吧，大国不能夜夜来。不能夜夜来，也不能夜夜不来，一个星期来一次是恰当的，不多也不少。而且，偷偷的，除了保安，神不知鬼不觉，这说明，大国和秋妹都是很爱脸面的人。这么久了，当真没几个人知道秋妹的床上藏了个男人的。为做到这一点是有些难度的，大国需要来得晚离得早。龚合宁上班后，大国第一次来，很晚了，宿舍里的人都睡了，龚合宁把门都锁好了，大国才来。龚合宁以为是个小偷，就恶声喊是干什么的。大国还没回答呢，上面就有人摇门，龚合宁去开门，原来是秋妹。秋妹低着头讪讪地笑，然后打架似的塞了一包白沙烟给龚合宁。龚合宁一下子就明白了，嘿嘿笑，就给大国开了门。大国自始至终未发一言，只是讪讪笑。大国和秋妹上去了，一切恢复了寂静，好一会儿，龚合宁就痴在锁门的那地方，想了很多。对于他来说，这可是个新鲜事儿，那么一瞬，他真的想溜到宿舍外面听听，但只移了两步就退了回来，兀自笑了几声。这点事儿让龚合宁一个晚上都睡不着了，睡不着了就喝酒，越喝就越睡不着，就想起了几十年前的事。

年轻的龚合宁也是扯过些风流淡的。龚合宁是祖传的阉猪匠，因为手头功夫好，后来被调进了畜医站，吃上了国家粮。那时候，他每天骑个自行车各村转，凤凰牌的车，上上下下擦得锃亮，钢条上扎着红塑料花，滴溜溜转，西洋镜似的。有一顶雪白的草帽，头上戴得少，龙头上挂得多，草帽檐上也扎朵红塑料花。每到一处，媳妇们、细娃子围着他嚷嚷，活脱脱个中央首长。哪家要阉猪了，就有热闹看，水桶似的围着。龚合宁从肩膀上反手把茶碗递了人，嘴里包着满满一口擂茶，慢步子扬而不碎。在猪栏边站住了，拦住了别人敬过来没过滤嘴的烟，自己掏了一支有过滤嘴的叼在嘴里，别人伸火来，他啐一口："猪孵的，点不赢呀！"然后俯了身，摸猪的耳朵。猪日的猪好像认得龚合宁，哼哼唧唧地往他身上靠。猪猛地尖叫起来，叫声未落，两颗卵子已到了他手上，血淋淋的。他扬手一扔，把猪卵子扔到了梧桐树尖上，这才伸过嘴叫人点烟。阉完了猪就喝酒唱花鼓戏，唱最酸的那种，就听得一些小媳妇的裤裆湿漉漉的，一来二去，就可以找个避人眼的地方脱哪个的裤子了。最多的时候，龚合宁同时跟四村八舍的十六个小媳妇有一腿，*丝茅*

丛里、稻草田里、红薯土里，猫偷吃了鱼有多欢龚合宁就有多欢。龚合宁的胆子也太大了，居然搞了乡武装部长的姘头、二十四岁的一个小寡妇。那天晚上，龚合宁上了小寡妇的床，正拼命呢，有人在撬窗子。小寡妇慌了："部长来了。"龚合宁说："书记来了也完了再说。"终于完了，武装部长带了四个荷枪实弹的民兵撞进来了，一声令下，就把龚合宁和小寡妇五花大绑了，胸前挂了一块牌子："我是不要脸的大流氓"，游了一天的街。就这样，龚合宁的铁饭碗让戳掉了，又成了一个种田的，谁也看不起，后来说了几门亲事，听说了他的那些事，都打了退堂鼓。所以，龚合宁就打了一辈子单身。当然，没得国家粮吃了，哪个小媳妇他也挨不上边了。这天晚上，看到大国跟秋妹进了房，像一根绳子扯着了衿心，喝多了点酒的龚合宁就想起了那个小寡妇，她的两个奶子像布包了的水豆腐一样又嫩又胀，一弄就扯了喉咙呼哗哗叫，龚合宁蔫仆了多年的尘根竟滋儿滋儿地硬朗了起来。

秋妹原来是不大搭理龚合宁的。在这个厂里，秋妹谁也不搭理，她只上她的班、睡她的觉。水圭田最红火的时候，秋妹估计是整个工业区最年轻的打工妹，那年她十三岁；现在，水圭田没落了的时候，秋妹估计成了整个工业区最年老的打工妹了，她43岁了。三十年前，她是个针车工，三十年后，她仍是个针车工。现在这些打工的，都是她的儿女辈了，但她仍在为儿女打工。不是她不想搭理谁，而是她跟他们之间已经没有任何共同语言了。在这个叫作水圭田的地方，只有两个男人跟她有关，一个是曾经占有过她的温志安，一个是现在占有她的大国。除此，她就和她的那架针车相依为命。温志安车间里用的针车有一部分仍是那个台湾老板从香港买回来的二手针车，秋妹用的就是那种的，跟她当年用的一模一样，漆掉了，皮带也松了，电机也换了又换，但用还是蛮好用的。最老的打工妹踩着一架最老的针车，这成了志安制衣车间里一道风景。秋妹拼命地踩着她的针车，缝合着花花绿绿的各色布料，也缝合着自己的命运。秋妹的命运被她缝合得差不多了，她的一对儿女被她缝成了猎猎响的旗帜。自从那个晚上之后，秋妹就开始搭理龚合宁了，第二天下班的时候，秋妹给龚合宁买了一兜香蕉，十几根，蓬蓬的一大丛。龚合宁叫她坐，她不坐，就站在那里。龚合宁就看了看她，她穿着短袖褂子，褂子的第二粒扣子也敞了，露了段白白的颈，胸在第三粒扣子里头膨着，很大。那么一小会儿，龚合宁竟有点痴了，他想起了昨天晚上想起的小寡妇，尘根竟又滋儿滋儿地硬起。龚合宁害怕了，赶紧撇过脸去看夕阳。有轮好大的夕阳，在两栋停产了好久的厂房中间悬着，像个燃烧的球，给灰扑扑的厂房、破破烂烂的窗子及窗子上一些衰草涂了层金。当然，也给秋妹的发上脸上涂了层金。龚合宁说："好好的太阳，你看。"秋妹也回过头去看，一会扭过脸来看："是的，好好的太阳。"秋妹又说："龚伯，你唱的歌很好听的。"龚合宁就更正说："那不是歌，是花鼓戏。"秋妹说："哦，花鼓戏。我老家也有花鼓戏的。"那天晚上，龚合宁又跟几个小伙子喝酒了，没人叫他唱花鼓戏，他自己唱了，唱的是《瓜子红》：

　　一盘瓜子双哪对双

　　一面黑来一得儿面黄

　　情郎哥哥吃一粒

　　小妹妹尝一双

　　先吃瓜子我们后吃槟榔

　　相思情郎得儿溜子情郎

　　情郎奴的哥哥

先吃瓜子我们后吃槟榔

小妹住在大呀大路边
一卖烧酒二卖纸烟
打的来打酒
买的来买烟
小小生意奴要现钱
相思情郎得儿溜子情郎
情郎奴的哥哥
小小生意奴要现钱

桃子树上开呀红花
情郎哥哥爱我我爱了他
我爱他生得好
他爱奴家一枝花
何不当初许配与他
相思情郎得儿溜子情郎
情郎奴的哥哥
何不当初许配与他
一条手巾四呀四方
上绣芙蓉花下绣牡丹
芙蓉花绣得好
牡丹花绣得妙
绣了一个相思洛得儿阳桥
相思情郎得儿溜子情郎
情郎奴的哥哥

绣了一个相思洛得儿阳桥

龚合宁睡在秋妹的床上。秋妹上班去了。工人一上班去了，龚合宁就从里面把铁门锁了，睡在秋妹的床上。房间一共八张床，两张空着的。空着的两张床搁了行李。秋妹的床在最外面，下床。这是方便大国来去的，不会上错床，龚合宁想，然后兀自嘿嘿笑了。其他几个女孩子的床像个狗窝，只有秋妹的床挺干净的，床的里、上、下三侧贴了包装用的纸皮，正面则悬了一面床罩，床罩上是熊猫和翠竹的图案。如果没了这面有凉意的床罩，整个床就像副棺材了，龚合宁又想，然后又兀自嘿嘿笑了。这样嘿嘿地笑了两次，龚合宁就睡着了。龚合宁在秋妹的床上一共偷睡了三次。第二次睡了的时候，险些出事，睡沉了，直睡到有人在那里大摇铁门才醒过来。龚合宁赶紧起来整理了床铺，然后拧了一袋垃圾出去开门了。打门的居然是秋妹，龚合宁的腿都打哆了。那天晚上，龚合宁很紧张，一不喝酒二不唱花鼓戏，加了一粒眼睛瞄着，看秋妹会不会下楼来。但一个晚上，秋妹都没有下楼来。第二天早上，趁着秋妹下楼，龚合宁笑着打招呼："上班呀。"秋妹笑着应："是的。上班。"秋妹走了两三步了，龚合宁又说："这星期怎么没见他来呢？"秋妹回过头来，脸红了说："不知道呢，说是赶大运，加班吧。"龚合宁说："没电话联系呀？"秋妹说："没手机呢。"秋妹走远了，龚合宁的心才放了下来，却不明白刚才为什么会问她"没电话联系呀"的话，打屁不挨腿的。后来很久，龚合宁都不敢去秋妹的床上偷睡了。其间，大国一直没有来。没去秋妹床上偷睡的日子，龚合宁像病了一样，白天睡不着，晚上也睡不着，不喝酒睡不着，喝了酒也睡不着。一个人守在夜里，守在水圭田剩水残山一样的空旷而孤寂的夜里，迷迷糊糊地似睡非睡，龚合宁会看到很多东西，会看到所有的厂房里都灯火通明，会看到潮水一般的年轻人熙来攘往，还看到一个年轻人被大水冲走、一群年轻人被大火烧死、一个大厂的老板跑了上万人哭着闹着，等等。有一天晚上，他还看到温志安与秋妹在围墙外边的草地里做爱。真的受不住了，这天，龚合宁又壮着胆子上了秋妹的床，一挨了枕头就睡着了。龚合宁做了一个梦，梦见水圭田变成了一片稻田，一片快收割了的黄澄澄的稻田，一大群彩色的蜻蜓在半空飞；龚合宁又回到了做阉猪匠的时候，在稻田里，在压翻了的稻穗上，他压在小寡妇的身上，仔细一看，那不是小寡妇，是秋妹。梦醒了，龚合宁一看时间还早，就再躺一会，突然看到枕头露出一个信封，拿出来一看，是志安制衣厂的信封，里面还真有一封信，是温志安写给秋妹的，只有几句话：

> 秋妹，我老婆得了痔疮癌，我这个厂是开不成了。原来是准备熬到动漫基地要开工了再关门的，政府会赔笔钱的，看来，也指望不到了。这一万块钱给你孩子做学费。

那天晚上，没有别人陪，龚合宁喝了很多酒，真的醉了。醉了之后，就唱花鼓戏，唱的是有名的《打铜锣》：

> 收割季节，谷粒如金。
> 各家各户，鸡鸭小心。

188

台 风

　　赵水庚、钱乙、李丙坤三人避过治安员的视线，像老鼠似的爬过围墙进入盖了一大半就停工了的"蓝天大厦"的时候，李保林正一脚支地、半边身子搁在摩托车上和啤酒女郎赵小双说话。

　　今年的天气热得出奇，是报纸上说的洗桑拿的天气，李保林骑着摩托车刚兜一个圈，也就10来分钟吧，他全身的衣服就汗得湿淋淋的了，像绞绳似的腻在身上。他刚停下车准备敞开衣服透透气，只解开了两粒扣子，赵小双就从树阴下屁颠屁颠地跑出来了，吊带裙上边的两个大奶子像挤在筐里的两个皮球滚来滚去，一边跑一边喊："李队长、李队长……"李保林的双手停在第三粒扣子上，目光就像猫爪子似的一下子抓在了赵小双的胸前，紧紧地把赵小双抓到了面前，喉咙里吞下一大口口水，心里说：你他妈的还真讲信用！

　　赵小双好像被抓得不好意思了，站住了，往上拉了拉肩膀上的吊带，说："李哥，你骑摩托车的样子真帅！"

李保林稳了神，把迷彩服左边的袖子胡乱地往上拢了拢。那个有些斑驳了的红袖章就卷到里面去了，而左小臂上的一条蜈蚣似的伤痕狰狞在目，有七八寸长，那是两个月前被一个撞车党的河南仔砍的，缝了二十八针。李保林把摩托车熄了，把钥匙圈在右手的食指上晃着圈圈，他的猫爪子轻轻地瞟了马路斜对面的"蓝天大厦"一下，又紧紧地回到了赵小双的胸前，骂道："再帅也没有用呀，你又不喜欢我，平时见了我像躲瘟神似的。"一边说就一边顺势要把一串钥匙往赵小双的乳沟里放。

赵小双一侧身躲开了，赶紧回头望了一眼背后，背后五十米左右有一个垃圾桶，一个衣衫褴褛的中年男人在垃圾桶里翻呀捡的，连身子都快钻进去了，赵小双装腔作势地喊着："李哥，你坏，我不理你了！"

李保林心里冷笑了一声，你还给老子装蒜哩，就半真半假地说："好好好，你不理我了，我走，你那两坨肉我碰不得！"说着，就把钥匙插进锁孔，脚一踩，摩托车就发动了，"呼呼"地吐着黑气。

赵小双着急了，拦在了李保林的前面，笑着说："李队长，干吗这么大火气呢？我这两坨肉今天就给李队长留着的……"她索性将裙子往下扯了扯，那两团白白嫩嫩的东西快全透底了，直晃得李保林两眼生痛。

捡破烂的中年男人想去捡摩托车旁边的一个可口可乐空罐，一抬头看见了赵小双，眼睛竟然呆了，痴了那么几秒钟，李保林抽了一根一头缠着布条的铁棍出来，"嘭"一声砸在了中年男人的后背上，中年男人一个狗啃泥摔在了赵小双的脚边，赵小双抬腿踢去，恶声恶气地骂道："滚，你这个臭捡垃圾的臭不要脸的！"

李保林又在中年男人的屁股上扫了一棍，那中年男人"劈"

的一声跪在地上，哭着求饶："公安同志，请饶命！"李保林扬起一脚，将中年男人踢了个四脚朝天。中年男人一骨碌爬起来，矮着身捡了那个脏兮兮的蛇皮袋跑了，原来他是个瘸子，一拐一拐地跑着，动作很滑稽，直逗得李保林和赵小双都禁不住哈哈大笑起来。

两人又笑了一阵这才停住了，如果不是因为天气太热的话，也许他们还会笑很长时间，但就是这么笑了一阵，他们还是感到身体的温度猛地上升了。李保林终于将衣服的扣子全解开了，他是鸡胸，瘦骨嶙峋地排着两排排骨，但偏偏从双乳之中到肚脐间长着一绺胸毛，黑而且深，这让他平添几分男子汉的气概和煞气，这绺胸毛也一直让李保林颇为自得，有事没事总爱敞着衣。也许是刚才笑得太猛的缘故，此时，李保林的胸毛上也湿晶晶的，像雨后的青草匍匐在胸前。

赵小双的粉脸上也流下了不少的汗，这使得她那张看上去原本白嘟嘟的脸在阳光下龟裂成沟沟坎坎。她刚开始并没有意识到这一点，只是一个劲儿地眯着眼睛笑，但绝不是全眯的，她的目光从一条缝里钻出来紧紧地盯着李保林，只要李保林笑多久她就要笑多久，但她后来还是猛然醒悟到了自己的失态，所以，她在观察到李保林的笑声即将消退前赶紧背转了身，然后从小巧的坤包里掏出了镜子和粉饼。因为慌乱，她差点把一盒避孕套掏了出来，这个小小的错乱让她很有点忐忑不安，但聪明的她还是游刃有余地掩饰了，她侧着身子小心地涂补着，嘴里却好像笑得意犹未尽似的："真是笑死我了！臭捡破烂的也想赚我的便宜！"

这个小小的插曲一下子把李保林本来有点糟的心情调整好了，他抹掉了胸毛上的汗珠儿，大声地说："我操！要不是现在所里搞整顿，看我今天不活剥了这个鸟毛的皮！"

好像玩戏法似的，一瞬之间，赵小双回过头来又已经容光焕发，但她的心底像被钢锯拉了一下似的："李哥，整顿？整顿什么呀？怪不得李哥这么忙呢？"

李保林恨恨地说："整顿什么？你他娘的还以为开玩笑呀？这回好像是玩真格的了，广州那边打死了人，事情闹大了，闹到中央去了，几个民警都坐牢了，我们治安仔算个鸟呀？出了事，轻的一脚踢开，重的……哼……"他右手做了个拿枪射击的动作。

赵小双的后背霎时凉飕飕的，她抿了抿嘴唇，挤出了一丝笑容："整顿也整顿不到你头上呀，你一直坐得稳、行得正，你怕什么呢？"

李保林大声地说："我怕什么？还不他妈的治安仔？老子干了四年了，就他妈的添了一身伤，你看看，你看看，这都是歹徒砍的！"他举起左小臂上的伤痕给赵小双看，也许是由于真的动了肝火，那道蜈蚣好像活了起来，血气腾腾的，好像在动。赵小双刚欲说句什么，就被李保林打断了："我操！我有时候真他妈的想不通，四年，四年就他妈的白送了，说不定什么时候就被整顿走了！我一个哥们前几天打电话给我，他们一个队全端了，就他妈的抓了几个打工仔，要是以前不家常便饭？但现在撞到枪口上了！"李保林越说越急，后来竟动了真气。

赵小双喃喃地说："撞到枪口上了！撞到枪口上了！"

李保林说："那还不是，你以为开玩笑？"

赵小双的脸上一阵红，迟疑一会儿："李哥，阿隆的事……"

李保林说："我昨晚电话里跟你说清楚了，这鸟毛也撞在枪口上了！这叫什么？这叫持刀抢劫，情节够严重的，判个十年八年是不成问题的。"

赵小双的脸变白了，连连说："我知道、我知道，李哥你是帮大忙了。"

李保林说："实话说，这忙是帮得不小呀，为了你这点破事，我是把嘴巴都磨薄了，都好像是我什么沾亲带故的人似的！但谁叫我们是老朋友呢，谁跟谁呀？钱也带来了吗？"

赵小双连忙从坤包里摸出了钱，两千元整，左右瞥了一眼，塞到了李保林的摩托车挡风玻璃下，说："现在生意不好做，等以后生意好了，我再孝敬你。"

李保林把钱插在了口袋里，撇撇嘴说："我跟你说清了，你这钱我只是过下手，我可是分文未沾，我还倒贴了几包烟呢，这么大的事儿，你以为那么好容易遮的呀？"

赵小双柔声地说："我知道李哥出了力，我不会忘记你的。"

赵小双又说："阿隆什么时候能出来？"

李保林掏出手机来看了看："下午五点，还有两个小时。"他的猫爪子又伸出去盯了赵小双的胸部一眼，喉结重重地滚动了一下，说："我说赵小双呀，你也真是的，那么一个面条似的男人，你供他吃香的喝辣的！"

赵小双的脸上掠过一阵阴翳，但随即淡淡地一笑说："我也觉得没意思，但人活着总得依靠点什么，陈隆就是我的依靠！"

李保林说："哟哟哟，理儿一套一套的，我听不懂。"

赵小双说："你就懂得赚我的便宜！走吧，答应你的我不会自食其言的。看你这猴急猴急的样子，我就知道你忍不住了，你们男人就这德性。我早订好了房间，这就走，你该不会要两个小时吧？"

李保林低低地说："赵小双，为了你这对巨波，我是什么风险都豁出去了！"

赵小双一抬腿跨上了李保林的摩托车，一双手像蛇似的箍着了李保林的腰，李保林趁机伸进赵小双的裙深处摸了一把，赵小双浪浪地笑声不断。

李保林骑着摩托风驰电掣般地往前飙，但不知怎么回事，走到蓝天大厦下面的时候，摩托车忽然无缘无故地熄火了。李保林连忙下车检查，但没检查出什么毛病，他生气地蹬了车胎一脚，骂道："他妈的，你想让老子死在这儿呀？"再去试时，竟好了。

李保林骑着摩托继续往前飙，赵小双回头望了一眼蓝天大厦，眼角掉了一滴眼泪。

沉默了一会儿，赵小双忽然说："我真想把蓝天大厦炸了！"

李保林没听清楚，回过头来问："你说什么？"

赵小双一字一顿地说："我真想把蓝天大厦炸了！"

李保林哈哈大笑地说："你以为你是拉登呀？！"

可以这样说，李保林耳闻目睹了蓝天大厦由盛至衰的全过程，而且几乎跟它结下了不解之缘。

一年前，蓝天大厦几乎以闪电般的速度破土动工了，当时它被誉为本城区第一高楼，从至今仍耸立在街边的那张宣传画上可以一睹它规划中的雄伟富丽，共十七层，底下三楼是裙楼，计划开辟成商铺，外面镶着猪肝色的大理石，上面是商品房，前面还有一个喷泉广场，广场上人影幢幢。开发商是一个声名远播的老板，记得动工的那天，开了一个很大的奠基会，敲锣打鼓，张灯结彩，邀请了各界名流前来剪彩，连主管城建的副市长也来了。对那天的盛况，李保林可谓历历在目，因为他所在的派出所的全部警力当天都被派遣到场维持秩序，他就全副武装地站在马路边阻隔着前来看热闹的群众，那时，他还没有被提升为队长。那天晚上，为答谢李保林所在的派出所警力的协助，那个开发商请他们全体人员在一家三星级

194

的酒店撮了一顿，那个老板还亲自过来给所有弟兄们敬了一杯酒，有点群情激奋的意思。

晚上回去，队长召集全体治安员开了一个简短的会，他着重传达了所里领导的精神，说蓝天大厦是所里警群共建的主要单位，以后蓝天大厦发生了什么事，弟兄们要全力以赴支持。会后，喝得有点多的队长给治安员每人发了一个红包，他一边发还一边妙语连珠："弟兄们，好好干，面包会有的！"这使得每个同样喝得有点多的治安员的脸上洋溢着节日的色彩。但李保林的心里却有些不舒服，他拆开红包看了，里面只有薄薄的一张一百元，肯定是被队长做了手脚，李保林一直对队长不服气，他还比李保林进队晚两年，凭着给所里的领导拍马屁坐上了队长的交椅。

事后证明，蓝天大厦的事情果然不少。先是毗邻的一个住宅小区的居民联合起来抗议"蓝天大厦"更改了他们的出行路线，本来该住宅小区的大门是从"蓝天大厦"这边开的，但一天早上醒来，他们忽然发现大门被工程队封了，改到了另一面，这还了得？上千名业主像一锅被煮烂的粥炸开了，他们本来就对工地上日夜轰鸣的机器声很不满，有几名业主还为此闹到了环保局，要求进行噪音鉴定，但并没有结果。对前面发生的冲突李保林不甚了然，反正等他们治安队随着民警赶过去的时候，住宅小区的业主们已经跟"蓝天大厦"这方的人员正打得热火朝天，砖头棍棒横飞，吵声闹声乱成一片，地上横躺着五六个被打得血糊糊的人。在这种情况下，民警被迫进行了鸣枪警告，这才止住了事情的进一步恶化。

这事喧喧闹闹地维持了两个多月才趋于平静，业主们什么招儿都想出来了，但最后的结果该住宅小区的出行路线还是被改变了，至于为什么会达成这种结果李保林就知之不详了。

在这两个多月中，作为维持秩序的警力之一，李保林每天都荷枪实弹地待在工地上。应该说，李保林是这次事件的最大赢家，在阻止一次业主们组织的过激行为中，带队的队长临阵脱逃，而他则被一块来历不明的砖头砸伤后脑勺，但他没有退缩，像一尊天神般地站在那儿，到后来他都成了一个血人了，正是他的这种神武击退了愤怒的人们。李保林在医院里待了半个月，出院后，住宅小区原来的那个像马其诺防线的大门已经在岁月的更替中走完了它的使命，变成了一段固若金汤的围墙。李保林还特意去新开的大门那里看了一下，门口的保安仪容肃然，进进出出的人们言笑晏晏，好像什么事情都没有发生。已经荣升为队长的李保林不由得心里发出一阵感慨：这不是好好的吗？你们发哪门子神经呢？

尔后蓝天大厦又发生了几起事情，但较之于"大门事件"均可忽略不计，根本就写不进蓝天大厦大事记，诸如一些建筑民工聚众赌博、酗酒打架滋事之类，每次都是李保林带人前去处理。

最后称得上大事的是"停工事件"。那几天李保林每次骑摩托车路过蓝天大厦时还纳闷呢，怎么一下子听不到工地上机器的轰鸣声了呢？死寂沉沉的一片。后来他才听到消息，原来那个声名远播的开发商被查出跟本市一个高官的贪污案有染，被抓起来了。

接下来，蓝天大厦就事情不断了，上千名建筑民工为讨要工钱跟各大大小小的承包商扯皮拉筋，有几次还差点闹大。李保林先后去过几次，但各承包商也都是受害者，他们也只有从开发商的手里拿到钱后才能发还民工们的工钱。因为民工们不断地上访、请愿，都闹到市政府那里去了，事情才有了一些进展，听说是拍卖了开发商的一些不动产，由政府出面解决，所以，后来就陆陆续续地有承包商拿到了工钱，一些民工也陆陆续续地走了，但还有为数不少的一些承包商和建筑民工仍在焦头烂额地等待着。

事情发生后，李保林所在的派出所就忙乎了，局里领导下了死命令，蓝天大厦一定不能出事，要保证那些仍在等待工钱的建筑民工们不能出岔子，而且，现在是整顿期间，不能再用简单、粗暴的办法，以劝导、防患为主，要文明执法。当然，最后的任务自然就落在了李保林的肩头上，所长亲自找他谈话了："保林，好钢用在刀刃上，你可得给我多长一份精神。局里出台了一个精神，凡是有特殊贡献的治安员可以转为民警，你上次被河南仔砍的事情还轻了点，这次给我把蓝天摆平，我给你请功！"

所长的话说得李保林的心里热乎乎的。

但昨天晚上还是出了一点儿事。

昨天晚上六点多，有人报警，说一个大排档出事了，所里就派李保林带了两个治安员过去了。场面正一团糟，一个小伙子横躺在地上像碾石似的滚来滚去，几个人围着他拳打脚踢，其中一个胖胖的中年男人打得最凶，他操着一把塑料椅子一下一下地砸着，"噼噼啪啪"的声音传得老远，李保林隔着上百米远的距离就听到了，他心里想，可千万别弄出人命来！

摩托车还未停稳，李保林就跳下来了，说一声"停手"就冲过去夺椅子，大吼道："你干什么你？"但没有夺住，那把椅子还是重重地砸在了地上的小伙子的头上，摔成了四叶八块，小伙子"哎哟"了一声，不动了，额头上裂开一道大口子，血涌了出来。

李保林的气往上升，努一努嘴，两个治安员就从后面包抄出来，准备架住中年男人的胳膊，围打的一圈人立即围过来，一副剑拔弩张的样子。

大排档的老板非常及时地插到李保林的面前，指着躺在地上的一动不动的小伙子说："李队长，你们弄错了，你们要抓的是他，他要杀黄老板……黄老板刚才在这里吃饭，那家伙拿着一把刀撞了进来，说是什么讨债公司的……"李保林平时偶然来这里打打牙祭，跟这大排档的老板有点熟。

大排档老板一边说，一边从地上捡起了一把水果刀，递到了李保林的手里。

原来搞错了对象！但李保林心里还是有点为中年男人刚才的举动感到窝火，当着这么多人，这很给他丢面子，他随即冷冷地说："都跟我们回去吧，把事情的来龙去脉说清楚。"

但黄老板好像一句多话也不愿意跟李保林说，掉转身，说声"走"，一圈人就立即往外面走去。

李保林更火了，大声地说："你们听清楚没有？跟我们回去协助调查。"

黄老板忽然扬声骂了起来："他妈的，治安仔，你牛B什么？那么大声音，你吓谁呀？给我滚远点，回去跟你们所长说，我是汕头的黄先生，给我好好地收拾一下那个不要命的家伙！"他走到了停在街边的车前，车窗里露出一张年轻女人的脸，有人给他开了门，他刚钻进去半边身子，又钻了出来说："那么盯着我干什么？我告诉你，我一个电话，分分钟叫你滚回老家种田！"

车启动了，一溜烟驶去了李保林的视线，李保林站在那儿，眼睛里仿佛要吐出烈火来。围观的人越来越多，李保林挥舞着双手声嘶力竭地大吼道："滚，滚远点，看什么看？"两个气得满脸通红的治安员也发疯似的赶着，四周的人像鸭子似的飞。

场地一下子空旷了，街灯次第地亮起来，地上的小伙子已经醒过来了，身上全是血，他怯生生地坐在那儿，捂着额头上的伤口。李保林盯了那小伙子好一会儿，他忽然一纵身跃过去，左手抓住了那小伙子的头发，喝一声："他妈的，死杂种！告诉我，你是哪个讨债公司的？"然后使劲地抽着耳光，直到打累了，才停了手。

李保林开始问他："你叫什么名字？"

"我叫陈隆。"

"他妈的，你也配叫成龙？"

"我是耳东陈，隆重的隆。"

"你真的是讨债公司的？"

"不是，我骗人的，我想这样能吓住人。"

"你以前有没有做过类似的事情？"

"没有，我这是第一次。"

"你帮谁讨债？"

"帮我女朋友的哥。他在那个姓黄的手下做工，做了半年多，欠六七千块工钱。"

"哪个工地？"

"蓝天大厦。"

"蓝天大厦？"

"对，蓝天大厦，他们是搞装修的。"

"工钱还没来，不是都在等吗？"

"那姓黄的已经拿到了一部分了，是为解决工人工钱的，但他就是不发。"

"他们那么多人，你不是找死吗？"

"刚开始只有那姓黄的跟他情妇在吃饭，我跟踪了他好几天了。只怪我倒霉，我走过去的时候脚下滑了一下……那些人是他后来叫过来的……"

"你女朋友在哪里上班？"

"她是推销啤酒的。"

"她叫什么名字。"

"赵小双。"

刚才对陈隆的一顿耳光已经使李保林的心情稍微有所好转，从某种意义上来说，他还甚至有点同情陈隆，他早已经决定放他走算了，他倒想成心见识见识那姓黄的到底有多少"料"，就算他是所长的朋友，也犯不着这样牛B哄哄啊！假如姓黄的真的跟所长打电话，自己也没有什么好怕的，况且现在是整顿期间，陈隆根本又没有造成什么后果，反被对方暴打一顿，多一事不如少一事，他相信所长也不会怪罪下来的。但当他听说陈隆的女朋友是赵小双的时候，他霎时改变了主意。

他当即沉下脸来对两个治安员说："先把他弄回去再说，他妈的，还砍人哩！"他拿起桌子上的那把水果刀在手里扇了扇。

陈隆哇的一声哭了，双膝一软跪在地上："求求你们了，求求你们了，你们放了我吧……"

李保林理也没理地走，陈隆站起来，追到李保林身边，小声地说："大哥，你放了我吧，我女朋友长得很靓的，我叫她服侍服侍你……"

李保林心里重重地敲了一下鼓，他转过身来一巴掌扫在陈隆的脸上，但力道远不如刚才了。

李保林直接把陈隆关进了派出所的留置室，他这样做是冒了风险的，要是在以前，这当然是小菜一碟，但自从广州那边弄出事来之后，所里三令五申了，凡抓来的人一定要到值班民警那儿办留置手续。但规定是规定，未必就不能含糊点，只要不闹出事来，谁还真个为这么点芝麻大的事较真？他就看准了陈隆是个孬种，你就算把他关个十天半月，他屁也不敢放一个的，他懂个什么合法权益不合法权益的，这些打工的个个都是法盲。再说，更让李保林放心的是，一个小时前，值班民警老赵给他打了电话："小李，醒目点，我们活动去了，有事打我电话。"李保林心知肚明地说了几声"是"。

这基本上沿袭了以前的做法，所谓"活动"，就是在怡春娱乐城打牌唱歌或其他什么的，"怡春"是副所长一个堂兄开的，李保林之前也去过几次，一条条白晃晃的大腿闪得他眼睛发痛，老板虽然好像也把他当自家兄弟看待，但他也只能过过眼瘾。他知道，自己还不够那个档次，不过，他还是常常在治安员面前吹，说什么昨晚又去搞了一个四川妹，还详细地叙说细节，羡慕得大家直流口水。

把陈隆"安顿"完毕后，李保林坐在值班室，他的双腿架在写字台上晃荡着，他的思想也在晃荡着。他已经叫一个治安员打过赵小双的电话了，治安员跑过来向他报告说，赵小双接过电话就哭了。他"嘿嘿"地笑了一声，就让你哭个够，他妈的什么烂货，还要在老子面前摆谱！想起赵小双，李保林的眼前就不由得浮现出了她那对航空母舰般的乳房，裤裆里一阵激昂，像桅杆似的耸在那儿。他笑着捏了一把，暗骂道：急啥急？这不就手到擒来了吗？

对于赵小双，李保林可是打了好几个月的主意了，但一直无法得逞。

第一次见到赵小双是同几个治安员去食街的一家大排档喝酒，刚坐下，赵小双就笑烂了一张脸来了，穿着某品牌纯生啤酒特制的窄窄的短裙，衬得一对巨无霸的大波一往无前。大家一窝蜂地闹开了，李保林则装深沉，半眯着眼睛抽烟，烟雾缭绕间，他的眼睛却透过烟雾在揣度那对家伙是不是真的。

闹到一会半会了，众治安员抬出李保林说："他是我们老大，他说了算。"

赵小双抓到了主攻目标，走过来，把滚热的身子往李保林身上靠，嗲嗲地说："老大，来两支吧。"

李保林说："我就要这两支！"一伸手抓到了赵小双的胸前。

赵小双哇的一声叫了起来，几个治安员吹起了口哨，李保林却呆了，他的手指告诉他，那是货真价实的！

那天晚上，豪情大发的李保林一行人喝完的空啤酒瓶把桌子底下都塞满了，赵小双也使出浑身解数让大家高兴，还跟李保林喝了一杯交杯酒。借着酒意，李保林在接近尾声的时候又摸了赵小双的胸前一把。

后来李保林又去喝了几场酒，他以为把赵小双睡稳当了的，谁知道并没有那么简单，赵小双滑得像一条鲶鱼，哗啦哗啦地在你的指缝间游动，但你就甭想捉到手。

这使得李保林很窝火，但他也是个犟脾气，赵小双越是这样，他越是有了劲儿，他就不相信自己脱不掉赵小双的裤子。李保林常常恨恨地想，要是早一两年就好办了，他妈的，不想让老子碰呗，老子三天两头去查你的暂住证！每想到这些，李保林就有点生不逢时的感觉，自己这个队长当得窝囊，想想以前那个队长，人长得矮锉锉、黑溜溜的像一堆牛屎，但过手的女人有个加强连，什么坐台妹、洗头妹、洗脚妹、工厂妹。

后来见久攻不下，李保林也有些泄气了，再加上近一两个月治安队伍这么一整顿，他也忙得够呛的，所以，好长时间没去喝赵小双的啤酒、摸她的奶子了。谁知道有心栽花花不发，无心插柳柳成荫，赵小双的男朋友竟撞上门来了！

赵水庚、钱乙、李丙坤三人坐在七楼的楼梯上歇气，确切地说，只有李丙坤一个人坐着，他使劲地捂着肚子，痛得歪牙龇齿的。

在三个人中，李丙坤的年纪最大，今年三十八岁，但经年的日晒雨淋使他看上去至少有五十岁。他早几年就开始歇顶了，从脑门至后脑勺寸草不生，远远看去，就像一个碗反盖在头上，这使得他博了一个"局长"的绰号。李丙坤也很得意自己的歇顶，以前有工做的时候，晚上冲完凉后，他常常举着半块从大街上捡来的反光镜仔细地梳理着头发，梳成大背头，湿漉漉的，确实颇有几分领导风范。但现在显然领导风范不再了，他的为数不多的几绺头发胡乱地旋着贴在脑瓜上，乱蓬蓬的像烧得只剩了一半的衰草窝，枯黄枯黄的，有一丝越界搭到了脑门上的光地上，像拔了根儿的爬山虎。

赵水庚站在最上面，他的裤袋里鼓鼓囊囊地插着一包东西，露出上面绿绿的一截，他穿着一套很不合身的衣服，裤大衣小，溅满水泥灰点已分不清颜色的T恤衫因扣子掉了全敞着。这就显得他瘦长的脖子更瘦更长，整个就像一个马戏团的小丑，但他偏偏是个天生的榆木疙瘩，虽然额头上刻满黑深深深的抬头纹，但那不是笑出来的，而是皱眉皱出来的，他长年累月磨都压不出一个屁来，更不用说展颜开口笑一次。

作为此次事件的策划者，赵水庚显然对李丙坤此时的表现不甚满意，他把已经吸到过滤嘴处的烟再使劲地吸了几口，一阵黑黑的烟就遮住了他的眼睑，他甩掉烟屁股，说："老李，你到底有完没完？"

李丙坤转头望了赵水庚一眼，准备搭腔，站在窗口的钱乙却接了话："水庚，急啥呢？这么大的太阳，你想晒成咸鱼呀？"

赵水庚舔了舔嘴唇，喉咙里鼓了一声，好像要说什么，但没有说出来，最后只吐了一口浓痰粘在墙壁上，那痰扯着丝儿一点一点地往下掉，他鼓着眼睛看着，只看得痰全掉了，他的目光还没有离开。

李丙坤忽然说："小乙子，昨天晚上怎么样？"

钱乙狠狠地踢着墙壁："怎么样个鸟？他妈的，她是玩我，江西女人没有一个好东西，都是鸡婆。"

赵水庚瞪了钱乙一眼，恰巧被钱乙看到了，钱乙就马上笑着说："你别这样瞪我！赵水庚老婆除外，哦，还有、还有你妹妹……"

赵水庚脸色突变，李丙坤转头看了一眼赵水庚，连忙说："小乙子，你就B嘴里吐不出卵毛！"

然后对赵水庚说："水庚，吊着鸟脸干啥？小乙子是有口无心的，你又不是不知道他！"

赵水庚一拳头砸在墙上。

赵水庚的老家在江西鄱阳湖边，十年九涝，穷得叮当响，不知从什么时候起，当地的一些女人就找到了窍门，一个个来到南方大大小小的城市，姿色好一点的在酒店、宾馆、发廊里坐地接客，姿色平平的就在电影院、汽车站附近夜色里的树阴下搔首弄姿。

赵水庚的老婆就在这座城市边缘的一个城乡接合部的阴暗逼仄的出租屋里度过了五年的光阴，近两千个日子足以改变几乎世界上所有的东西，赵水庚的老婆也就由一个水嫩嫩的农家少妇变成了一个黄皮寡瘦的性病患者，她工作的场所也就由酒店、宾馆最后变成了电影院、汽车站附近夜色里的树阴下，最后却进了医院。不过，正是由于老婆的这种转变，赵水庚家的小二楼盖起来了，小孩也花钱买进了重点初中，赵水庚也洗脚上田清耍了几年，小肚皮儿也曾一度滚溜起来，平时闲着就跟村里那些"守寡男人"摸几把麻将，胆气豪的时候还打十块、二十块一炮的。那几年，赵水庚每个月最大的工作任务就是骑着老婆给他买的那辆光阳125去邮局取汇款。

　　但这种美好的日子到去年下半年的时候就匆匆画上了句号，去年下半年的时候，老婆得了梅毒，而且还是第二期，两条大腿布满梅花瓣，朵朵都开得灿烂。赵水庚于是带着老婆走上了求医之路，但碰上的医生都如狼似虎，越医越厉害。摩托车卖了，电视机也卖了，孩子也辍学了，后来家里稍微值点钱的东西全卖了，还借了一身的债，但那些梅花瓣儿都漫延到全身了。

　　赵水庚对老婆说："你养了我几年，我现在回报你，不把你的病治好，我是猪！"

　　赵水庚的妹妹赵小双在这边推销啤酒，赵小双很同情哥哥的遭遇，以前赚的钱几乎全借给他塞进了那个窟窿，她知道那是个填不饱的窟窿，于是她就托了个经常来喝她酒的卖水泥的介绍他到了"蓝天大厦"粉墙。

　　大家本来不知道赵水庚这些陈芝麻烂谷子的事情的，怪只怪他自己。

　　他刚进去半个月的一天晚上，李丙坤和三个老乡从老板那里支了五十块钱，买了几斤白酒，炒了一大锅猪头卤肉，香气腾腾地准备开家伙的时候，一抬头看见赵水庚一脸黑深一脚浅一脚地回来了。李丙坤见赵水庚这人平时不错，每天都默不作声地做事，就起身强拉了赵水庚来喝一杯，用漱口缸子倒了大半杯酒。赵水庚拗不过，就坐过来了，刚开始还客气一番，只尖着筷子夹片肉星儿在嘴里磨，后来就被气氛所染，一骨碌吞了个一大口，这一口酒下去就像火龙似的燃开了赵水庚的情绪——他今天接到了儿子写来的信。

　　赵水庚夹了一大筷子肉塞进了嘴里，眼睛里喷出了火，李丙坤以为他的酒气上来了，就说："他娘的水庚，裤裆里还是有卵子的嘛！来，喝，喝了咱们去电影院，给你找个波大屁股大的！"

　　这一句像闷雷似的炸了赵水庚的壳，在众人的哄堂大笑中，赵水庚把缸里的酒全倒进了嘴里，"哇"的一声哭了出来。李丙坤猝不及防之间，赵水庚一把搂住了他，长声短声地把他老婆的事儿一五一十、汤汤水水地说了，直说得大家一愣一愣的。说完了，他就睡了，睡得像死猪一样的。

第二天一早，大家准备上工时，赵水庚堵住了昨晚喝酒的那几位，手里捏着一把砖刀，眼睛鼓得像灯笼似的说："谁把我的丑事兜出去了，就这样！"

别人还没明白怎么回事，赵水庚伸出一根小拇指搁在一块砖上，操起砖刀，啪的一声砸了下去，小拇指前面那一节就碎了，血污污的像一颗踩烂的红枣，他没事似的抓了一把地灰粘了然后照常开工去了。

但没几日，"赵水庚老婆是老鸡婆"的消息还是像长了脚一样地传遍了整个工程队，大家背后指指点点的，甚至还有意无意地跟赵水庚保持距离，怕被传染了性病。赵水庚明察暗访，终于查清了这个消息的源头是那天晚上喝酒的其中一个。

几天后的一个晚上，那个长舌男趿着一双拖鞋又准备去电影院那里去欣赏路边鸡拉客的精彩镜头。这是很多建筑民工晚上的娱乐节目，装着站在树下休息的样子，眼睛梭梭地转，耳朵尖尖地听，生怕漏过一个半个可圈可点的镜头，回去了就躺在大通铺上添油加醋地加以叙说，有时候甚至还把自己吹成里面的人物。这个工程队除了赵水庚之外，大家都这么干过，有时结伴去，有时单个去，即使单个去有时也结伴回，但更多的时候则保持着行动的隐秘性，发现了熟的面孔，就赶紧躲开，对方是知趣的，也装着没看见。李丙坤和钱乙就经常捉着这样的迷藏，晚上听对方瞎吹，谁也不拆谁的台。

但长舌男刚要走出门口，迎面就看见赵水庚铁塔似的站在那里，手里执着一根两米多长的五寸水管。

长舌男惊问："水庚干什么？"

"水"字是站着说的，后面的几个字就是躺着说的了，赵水庚劈头一管横扫了过来，"长舌男"一抬胳膊算是保住了那个长着一张喜欢多说几句话的嘴巴的脑袋，但身子却斜飘飘地倒了。

赵水庚猛地再抽了几下水管，没头没脑的，但管管都落在实处。李丙坤正在那里补中午撕破的裤裆，闻到声音蹦了出来，死命地抱住了赵水庚。

长舌男打懵了头，好半天才愣过神来，见大家制住了赵水庚，他就跳起来骂："你老婆是千人压万人戳的老鸡婆，你老妹也是千人压万人戳的嫩鸡婆，卖什么啤酒，那是卖B……"

第二天，大家像什么事情也没有发生似的上工了。

中午的时候，李丙坤拉了长舌男躲到避眼处说："小子，你走吧。"

长舌男也慌了："那我的工钱咋办？"

李丙坤抽了他一巴掌："谁叫你一张B嘴？你还要工钱，你今晚不走，你就死在赵水庚手里了！"

长舌男腿软了，栽在了地上，爬起来啥东西没要就跑了。

当天晚上，赵水庚把长舌男留下的一床汗渍斑斑的凉席用菜刀砍得粉碎，看得大家心里发毛。后来几天晚上，赵水庚操了那把菜刀出去，直到半夜三更才回来，李丙坤和另外两个老乡整整半个月没有合过一刻眼。

从此之后，李丙坤在赵水庚面前就像孙子一样。

在三人中，钱乙的年龄最小，正月初九满岁，但他初八就随村里的一班后生出门了。钱乙的家境在村里算是不错的，父亲是种植专业户，五百多棵青枝绿叶的桃子树每年都结得树都压弯，日子过得像屁股一样肥。但偏偏钱乙不是块读书的料，读到初二就死活不肯读了，父亲没法，就说："养子还不如养棵桃树，你就帮老子摘桃子吧！"摘了一年桃子钱乙就摘烦了，嚷着出来打工，父亲这一次却拿出了威信，用扁担抽他："你明天出去，我今天就打断你的腿，打工打工，那是给别人舔屁股哩，老子缺你那三两个钱呀？老子多栽几棵桃树就强过你。"所以，好几年时间，钱乙就那样站在自家那栋鹤立鸡群的三层楼房的阳台上看着同村的后生们每年正月出去、腊月回来，穿的衣服一年比一年花哨、提的箱子一年比一年高级，他的眼睛里就馋出血来。

每年春节前后那几天，钱乙就像磁石似的缠着那帮打工后生，听他们讲那些远如天国的逸闻趣事，从他们嘴里吐出来的什么炒鱿鱼啦、找厂啦、拉长啦、冲凉啦，等等陌生的词汇，直击得钱乙一愣一愣的，在他们面前，钱乙觉得自己就是一个啥都不懂的乡巴佬。更令钱乙吃惊的是，村里有个以前家里最穷也让人最看不起的叫作德宝的人，他比钱乙大四岁，因父亲死得早，小学未毕业就赚钱养得了半身不遂的母亲，整天张家李家地打零工，被人像条狗似的呼来唤去。但四年前他去南方打工了，回来时鸟枪换了炮，胸口上扎了领带，脚巴上穿了皮鞋，逢人就发烟，牌子比钱乙父亲抽的还好。两年前回来时他把三间东倒西歪的茅房拔了盖了二底二楼的一栋楼房，一年前跟带回来一个连眉毛眼睛都会说话的四川妹结了婚。闹新房的那晚钱乙也去了，很多人想趁机给外来媳妇一个下马威，谁知那娘们一点也不怯场，说着舌尖儿打转的普通话："各位大哥，大家不要闹了，我给大家唱几首歌吧。"然后就开始唱了，一首接一首地唱，唱得比电视里的还好。

钱乙那晚是受了刺激，放眼五村十里，哪里就找得出这么一个婆娘？春心萌动的他那晚做了一个有生以来最大的决定，他要去南方找一个老婆回来，比德宝的老婆还强十倍的老婆。

"咋啦？你要出去找老婆？"父亲一巴掌下去几乎把桌子都拍碎了，"你给老子好好待着，啥样的女人老子都给你找回来！"

钱乙拍不到桌子就拍椅子："你找的是你老婆！"

"反了你！"父亲跳过桌子要来抓钱乙。

钱乙早有准备，抓了一把水果刀在手里，对着了自己的胸口："你来！你来我就插进去了，我让你断子绝孙！"

这一招就把父亲治住了。

临走的时候，父亲把厚厚的一沓钱放到了钱乙的手里，老泪纵横："乙儿，不是我不让你去打工，你不是那块料！受不了就回来。"

钱乙说："舔屁股我也愿意！"

父亲没词了，又掏了一沓钱塞在了钱乙的手里。

汽车启动了，钱乙回过头来看了一眼，父亲在那里一下一下地淌眼泪，钱乙的胸里一阵酸，心里说："老头子，你放心，腊月底，我一定找个女人回来给你摘桃子！"

钱乙单枪匹马地杀到这座城市，是华灯初上的时候。他下车的第一件事就是站在街中心观看来来往往的女人，观看亮艳艳的灯光下的那些白生生的大腿，几乎每一条都比德宝的老婆白。当然，他其实并没有看见过德宝老婆的大腿，他只是在梦里见过，但梦里的德宝老婆的大腿比起眼前这些女人的大腿来，那只是猪腿、鸡腿。

后来，当钱乙明白鸡在这个城市所具有的特殊含义之后，他为自己下车伊始所产生的那个叫作"鸡腿"的比喻自得不已，那时候，钱乙已经是蓝天大厦某工程队的一名建筑工了，他无数次地来到那个地方抚今追昔，他还带李丙坤来过一次。

带李丙坤来，钱乙有那么一点炫耀和报恩的意思。那天晚上，他神神秘秘地对李丙坤说："局长，我带你去一个好地方。"

李丙坤那天晚上给足了钱乙面子，他屁颠屁颠地跟在钱乙身后，完全一副初来乍到且大开眼界的样子，听钱乙大侃特侃："看，那个穿白裙的是鸡！""你看，跟那男人说话的也是鸡！"李丙坤一个劲儿地"啊、啊、啊"地应着。为证明自己老于此道，钱乙还不时地跟前来搭讪的"鸡"们讨价还价："操，现在都什么年代了，还一百块？"

但后来当李丙坤像串自家菜园似的带钱乙逛过几次其他更带劲的地方时，钱乙就猛然觉得自己带李丙坤去的汽车站其实李丙坤也许早在几年前就烂熟于心了。这件事让钱乙觉得很汗颜，更让他觉得李丙坤真是一个好人。

之所以说更，因为之前的一件事已经让钱乙觉得李丙坤是一个好人了，是李丙坤把钱乙介绍进工程队的。

进工程队前，钱乙像个称职的地质勘查队员似的把这个城市的旮旮旯旯翻了一个够，为的是能翻到一个能让他吃饱睡好的工作，父亲给他的两沓钱用完之后，他明白，只有这样，他才能翻到一个能让他称心如意的女人。

几个月焦头烂额的流浪使这个种植专业户的独生儿子一下子长大了，在万分无奈的时候，他揪着自己的头发哭过。但最后他抹干了眼泪，他告诉自己，决不能就这样灰溜溜地回去，否则他这辈子就得在父亲的脚板心下过日子了，他甚至连电话也未给父亲打一个，他想干出一点名堂来让一直看不起他的父亲看看他到底是不是一块打工的料。

从这个意义上来说，钱乙真是一个坚强的小伙子。但当一天晚上，他身上最后的一百块钱被几个烂仔"借"去之后，他的"坚强"就像烧得发红的铁锅上的一块肥肉被迅速榨干了，他连打电话给父亲的钱也没有了。

"小子，你这个B样子害不害臊？"李丙坤一脚踢开了摆在钱乙面前的"求救书"，然后把跪着的钱乙扶了起来。

"大爷，我、我……"

"谁是你大爷？叫我局长。来，吃饱了跟老子走。男人膝下有黄金呀，一身好膘就把你饿死了？"

李丙坤带钱乙去一个脏兮兮的夜宵摊上饱饱地吃了一顿，看到钱乙那狼吞虎咽的样子，李丙坤眼睛都红了，他想起了家里正在读高三的儿子。

钱乙刚到工地的时候，正是蓝天大厦建得如火如荼的时候，偌大的工地就像一锅煮沸的粥，卷扬机的声音、搅拌机的声音、翻斗车的声音、切割机的声音，喊声、叫声、闹声、笑声，从白响到黑，再从黑响到白，没有一刻宁时。

因为啥都不会干，钱乙就做副工，搬水泥、和泥浆等等，第一天，他的两个手掌就被打起了通红发亮的血泡。

"咋了？小子。"晚上吃饭的时候，钱乙胡乱地往饭盆上打了一些菜，躲在一边吃，李丙坤眼尖，就走过来了。

钱乙举着手给他看，眼泪在眼眶里打滚。

"你算啥？你看我的。"李丙坤把自己的手举给钱乙看，结着厚厚的壳，像棉鞋鞋底。

钱乙说："局长，你还是借我几块钱，我给我爸打个电话，叫他寄点钱过来，我回去。我不会忘记你的大恩大德的！"

李丙坤激动了，嘴里的饭粒儿像箭似的射："他娘的，你以为打工是享福呀！你昨晚给我说的话那是放屁了？我呸！你还是跪到街头等死吧。出来了就得撑下去，男子汉得自己养活自己。你去问问那些工厂里打工的，加班加点、累死累活，一个月四五百块钱，还管得死死的，给你说吧，若不是我面子大，你这粉团细面的样子，黎生会要你？"

黎生是老板的小舅子，他负责李丙坤这拨人。今天早上李丙坤带钱乙去见黎生的时候，他就半眯着眼睛上下左右看了钱乙一个够，然后鼻孔里"哼"了一声就转身走了。李丙坤急了，连忙追了上去，只差磕头作揖，黎生才拖着长腔说："那就试试看吧。"

见钱乙没作声了，李丙坤就摸了摸钱乙的头，说："安安心心做吧，累不死你的，年底了裤袋上扎一把钱，你的腰杆子比谁都硬，啥样的女人你睡不了？"

钱乙抹干了眼泪，几口就把饭吃完了。

从此之后，钱乙就埋头苦脸地干开了，手掌上的血泡长了又穿、穿了又长，等到长出两掌硬肉之后，他就啥都一摞熟了，终于融入了这种看似乱糟糟其实还是井井有条的生活，而且，在这种生活中，未谙世事的钱乙迅速地成长、成熟。

这个工程队沿袭了南方几乎所有建筑行业的做法，工资不是每月都发，年底总算，但平时可以去黎生那里支个五十元、一百元的做零用。

一个月快完了的时候，钱乙去黎生那里支了一百元钱，去附近的照相馆照了一个相，他借了一套保安服穿了，真是英姿飒爽。他把相片寄回家了，还给父亲写了一封信，说自己在蓝天大厦做保安，他把照相馆假景中的那栋直插云霄的大楼说成就是蓝天大厦。但在落地址的时候他犯了难，如果落成蓝天大厦某某装修工程公司的话，父亲肯定一下子就知道了，最后他买了两盒红塔山烟给建筑工地上的一个有点熟悉的保安，这才将地址落成了蓝天大厦保安部。

不久，父亲就回信了，父亲在信中对儿子的出息倍加赞赏，叫他好好工作，但父亲并没有忘记他的"首要任务"，问他女朋友的事落实了没有。

"你说咋办？局长。"钱乙拿着父亲的回信找李丙坤商量。

李丙坤摸了半天的光溜溜的脑门，突然一拍，说："有了！"然后附耳低声给钱乙说了"锦囊妙计"，乐得钱乙快蹦起来了。

当天晚上，李丙坤就陪钱乙去找女朋友了，他们找到了一个专门卖女明星照片的地摊，啥都有，张曼玉啦、钟楚红啦、萧亚轩啦等等全躺在那儿。

钱乙叫李丙坤帮他挑，李丙坤就挑了李玟，说："小乙子，这眼睛骚骚的，包你老爷子高兴。"

钱乙说："我不喜欢。"

李丙坤就敲了一下钱乙的头："你还真以为是挑老婆呀。"

钱乙说："至少能代表喜欢的类型吧。"

他就挑了一张萧亚轩的，李丙坤不满意："你都啥眼力？你不是说找一个能帮你爸摘桃子的吧，瘦得一把精，还没有一个桃子重呢。你还是拿她吧。"他拿了李玟的。

但钱乙抢了扔在地上，撇撇嘴说："你知道啥呀？"

这么一说，李丙坤就火了："是是是，我不知道啥，我啥都不知道！"说完就转身走了。

钱乙也火了，大声地对着李丙坤的背影喊道："土老帽，知道啥呀？就知道奶子大，你以为我找个妈呀？"

最后，钱乙还是挑了张柏芝走了，留下那个卖地摊的老板目瞪口呆。

几天后父亲就很快回信了，把钱乙狠狠地批评了一顿，骂他是什么眼力，怎么就看上了这么一个瘦叽叽的？还口口声声要找一个比德宝的老婆强十倍的老婆，我看，连她的十分之一还不如！赶快分手了吧。父亲还特别担心地写道，不知你们现在的关系发展到哪一步了，如果很难缠，你就赔她一点青春损失费吧，要多少钱我给你出，反正有一条，钱家绝对不能找一个没有生养的媳妇！

这样一来，钱乙还真佩服了李丙坤的眼力。但自从上次买照片的时候骂了李丙坤之后，两人的关系就明显不如以前了，主要是钱乙感到对不起他，那晚的话实在说得太重了点，他决定找个机会向李丙坤赔礼道歉。

钱乙好不容易在十七楼的楼顶找到了李丙坤，夜凉如水，远处近处的灯像鱼眼睛似的眨巴着，真美。李丙坤光着脊背坐在离楼边只有两米多远的地方，吸着烟，烟光一明一灭的。

钱乙心里一惊，局长遇到什么窝心事了？他迟疑了片刻，还是粗着嗓门地说道："局长，你躲在这里呀？我以为你又去电影院那边了哩。"

李丙坤回过头来笑了笑，但笑容随即黯淡了，他猛吸了一口烟，然后用力一掷，将烟头抛了出去，喉咙动了动，但没有说出话来。

钱乙在李丙坤的身边坐下了，没事找事地说："局长，我以前爬到树上都头晕得不行，现在站这么高，一点事也没有，你说怪不怪？"

李丙坤又点燃了一支烟，说："人，都是逼出来的！逼到那个分上了，要你杀人你还得杀人，莫说这个。我们都是苦命的人呀，小乙子，我还真不该介绍你做这个事，我是害了你呀。"

钱乙有些动情地说："局长，我一直挺感激你的，说真的，我越来越喜欢这个工作了，自由自在的，而且，工资也不低，每个月也能拿个千儿八百的，只是名声不好，我要那个名声干什么呢？我想好了，我现在扎扎实实地把手艺学到手，以后我也拉扯一个工程队。我就是不喜欢我老爸对我指指划划的，每个人有每个人的生活方式嘛。"

李丙坤回过头来看了钱乙一眼，目光里闪过一道光，说："我就知道你小子行，有想法，年轻人就得有点自己的想法，不能一辈子就他娘的听人呼来唤去的。我们是老了，没有出息了，我做这行三四年了，盖了多少房子自己也记不清，反正这个房子盖完了就盖下一个房子，背着一床烂席子逃荒似的，有时候也真他娘的想不通，帮别人把房子装得像宫殿似的，自己住在猪圈里，这都是哪辈子作的孽？"

钱乙说："什么时候，咱也弄套宫殿似的房子住住嘛。"

李丙坤叹了一口气说："你是可以，我李丙坤这辈子是不行啰！"

两人一时陷入了沉默，钱乙很想把父亲回信的事情给李丙坤说说，但几次话到嘴边还是咽下了，看来他的心情不好，就别招惹他了，赶明儿去买了那张李玟的照片寄给老爷子就行了。

天地间忽然起了一阵风，凉飕飕的，真舒服，风带来了不知远处的缥缈的歌声，钱乙默念了刚才所说的那些话，眼前就幻化出了自己果真成了一个工程队老板的情景，住进了宫殿一般的房子的情景，他感到自己快要飘起来了。

就在这时候，李丙坤忽然说："小乙子，你说从这里跳下去有多长时间？"

钱乙吓得站了起来，死死瞪着李丙坤，声音都有些打抖了："局长，你……"

李丙坤笑了一下，说："干啥呀？你以为我会跳呀？不会的，不会的，我任务还没有完成！跳我也得任务完成了才跳呀，小乙子。"说到最后，声音竟有些颤颤的。

钱乙大声地说："局长，你干吗呢？挺完了这一期你不就轻松了？马上考了吧，没事的，考上了，我给你负担一半，我说话算数的。再说，大不了出来打工嘛，你怕什么？"

李丙坤默了一会儿，大声地说："我娃就是死在家里也不出来打工！"

两人又陷入了沉默，钱乙刚才浮起来的那点激情一下子被李丙坤冲得无影无踪了。他是知道李丙坤的情况的，别看他平时跟着一帮年轻仔嘻嘻哈哈的，其实他心里苦着呢，他家里有一个儿子正在读高三，今年参加高考，一方面他是极想儿子考上大学光宗耀祖的，但另一方面，那近乎天文数字的学费却是一个沉重的负担。

钱乙刚才说的可不是假话，如果他手里真的有钱，他还真的愿意资助一下李丙坤的，但问题是，他明天去市场上买李玫还等着从黎生手里支款呢。

钱乙有些倦意了，他就势躺到了地上，一轮下弦月低低地浮着，几颗稀疏的星星状如雀斑，看来明天又是一个晒破头的天气。

不知不觉间，钱乙沉沉地睡着了，他做了一个梦，在梦中，他跟张柏芝那个了。

李丙坤又点燃了一支烟，他本想跟钱乙说说自己患了肝癌的事情。听到钱乙的鼾声，他才知道钱乙已经睡了，也就算了，鼻孔里一阵酸，一颗泪滚出了眼睑，正好掉在他手中燃着的烟头上，嗞嗞地一阵细响。他索性把烟头按熄了，把剩了的大半截烟插进了烟盒里，也一仰身躺了，看了一下星星，喃喃地说道："星星稀，晒死鸡，明天又是个好天气！"

这段时间贴外墙的瓷砖，李丙坤最怕下雨，下雨的话，就只能休息，不但赚不到五十元的工钱，还要吃老本。

工程队是不包吃的，每天六块钱伙食费，从工钱里扣。

儿子又来信了，儿子主要告诉了赵水庚老婆自杀未遂的事情，她偷偷地备了农药，幸喜他闻到了农药的味道，才在床铺底下找出了一小瓶甲胺磷。怪不得这几天自己好像总是睡不醒似的，站着躺着就想睡，一睡就做噩梦。看完信后，赵水庚的眼前就现出了老婆骨瘦如柴的模样，泪就涌了出来。

看来又得去找黎生支点钱寄回家了。吃完晚饭后，赵水庚用身上最后的两块钱买了一包烟，脚步有些不稳地往黎生的工棚里走去。在整个工程队，赵水庚是支钱支得最多的，虽然这是支的自己的钱，但每次去赵水庚都感到不好意思，好像是向黎生讨钱似的，他是个很爱面子的人。

在去黎生那里的路上，赵水庚在心里算了一下账，他做了六个月零几天了，剔掉生活费和支的钱，黎生还欠他七千多元，如果做到年底的时候，他就可以拿到一万五千多块钱。

他早就想好了，年底拿了工钱之后，就带老婆再好好地大治一场，这样零敲碎打是治不好的，每个月两三百块钱只能保命。他离家之前就打听好了，老家邻县有个专治梅毒的老中医，药到病除，只是他怪得很，病人去了就得交一万五千块钱，否则，病人死在他门口他正眼也不瞧一眼。打探到这个消息前，赵水庚的冤枉钱已经花完了。

黎生住的是用废旧的集装箱改装成的工棚。远远地看见黎生的灯是亮着的，赵水庚的喉咙就开始发紧，为给自己壮胆，他点燃了一支烟，停下来默了默神，最后确定了向黎生开口的数额，六百元。他以前每次开口二百元，黎生给的都是一百元。

赵水庚憋了憋气准备敲门，门却吱呀一声被撞开了。他吓了一大跳，然后避在一边，定睛一看，原来是个衣衫不整的女人从屋里冲了出来，一溜烟就跑到了黑暗处。

黎生穿着一条短裤赶了出来，气呼呼地骂道："臭婊子，在老子面前装清纯，我呸！他妈的介绍人进来还想一毛不拔……"

黎生骂骂咧咧的，转到阴暗处想撒泡尿，刚捞出东西，忽见到一个黑影动起来，就三魂丢了一魂："啊——打劫——"

"劫"字未出口，赵水庚已经站了起来，瓮声瓮气地叫了声："黎生。"他本想等黎生进门后再去敲门的，装着什么都不知道的样子，一泡尿竟给撒黄了，他心想，这下完了。

黎生看清了是赵水庚，脸拉得长长的，吼道："丢你老母，赵水庚，你想图谋不轨呀？"

赵水庚赔着笑说："黎生，我、我……"

黎生骂道："我我我，我你妈的B！"

然后当着赵水庚的面把那泡尿撒了，长长的，散发着浓浓的啤酒的味道，好些还溅在了赵水庚的脚背上。但自知理屈的赵水庚硬是那么一动不动地站着，等黎生尿完了，又等黎生打完了尿颤，这才把一支烟递了上去，再叫了一声黎生。

黎生一巴掌把赵水庚的烟打落在地，指着他的鼻子："滚，你给我滚远点，没看见我的心情不好吗？又来支钱了是吧？你他妈就知道支钱支钱，你相不相信，他妈的，我明天就把你炒了，外面的人排着队进来哩……"

赵水庚心想今晚来得真不是时候，但自己实在等米下锅呀，就顾不得了，一路赔着笑，跟着黎生抬腿准备进门，不提防黎生猛地一下把门摔关了，铁门重重地砸在赵水庚的额头上，辣辣地痛。

　　赵水庚的心底升起了一股火，但这股火一瞬之间就熄灭了，还是赶紧走吧，别惹得黎生不高兴，真炒了，那就惨了。上个月几个四川人也是为支钱的事惹怒了黎生，炒了鱿鱼，天天来讨工钱，不说给，又不说不给，反正拖着，听说还告到了劳动局，也没有结果，现在几个人在立交桥桥洞下住着，人不像人，鬼不像鬼的。

　　赵水庚一边走一边吐了一口唾沫涂在额头上，他站在了马路边，一时彷徨不知归路，就那么痴站着。他点了一支烟抽了，一支烟抽完了，他也就有了主意了，还是去妹妹那儿吧。于是，他加快了脚步往妹妹上班的那条食街走去。

　　走了差不多一个小时，赵水庚来到了食街，他偏着脑袋瞄着妹妹赵小双的影子。

　　"靓仔，宵夜呀？这边来……"几个拉客妹似乎成心找赵水庚寻开心似的，热气腾腾的身子直往他的怀里钻。

　　"我、我、我找人……"赵水庚臊得脸红红的。

　　"找人？找什么人？是不是找小姐呀？你看中了哪一位就挑着走！"一个拉客妹鼓着胸脯一副让赵水庚挑走的样子。

　　"我、我找赵小双……"赵水庚汗如雨下，他白天干活也没有流这么多汗。

　　"哟，胃口还蛮大的啊！"她就尖了嗓门大声道："赵小双、赵小双……"

　　"叫春啊你——"赵小双隔着好几排桌子回应着。

　　赵水庚循声望去，但只闻其声，不见其人，只见蓬蓬的一堆人头，不时散出一阵野兽般的叫声。

　　原来赵小双正跟一帮客人在喝酒，正至佳境，赵小双跟一个四十岁左右的男人在喝交杯酒，旁边的人起着哄。

　　赵小双拔开了胸前的几双有意无意的手，好不容易地脱了身，一抬头看见了站在树影下的哥哥，脸上的笑容就散了。

赵水庚低低地喊了声："小双。"

赵小双什么话也不说，抓了赵水庚的胳膊疾走，好像后面有追兵似的，终于在街尾巴上站住了，机关枪似的向赵水庚扫射："我跟你说过多少次了，叫你别到这里来找我，有事打我手机，你怕我丢人现眼不够是不是？"

赵水庚说："我没钱……"

赵小双根本就不容赵水庚插话，挥舞着双手继续吼："钱钱钱，你就只知道钱，你知道我的钱是拿命换来的吗？"

说完呜呜地哭了起来，一辆摩托车亮着光直射过来，照着赵小双放慢了速度，赵小双放开脸大声地骂："操你妈，没看见女人哭啊？给老娘滚开点！"

车上的两个小伙子吹着口哨一阵猛笑，摩托车吐着浓浓的黑烟走远了，赵小双也就停住了哭，她也许感到自己刚才太过分了，就柔声地问道："是不是嫂子又要钱了？"

赵水庚点了点头，然后低下去，用脚尖踢着地上的一块鹅卵石。

"没到老板那里支钱呀？"

赵水庚撒了一个谎："老板说刚进了材料，下个月补给我。"

赵小双愤愤地说："他妈的，他进了材料，就不顾你们的死活了？这是哪跟哪呀，工钱全压着，每个月老鼠撒尿似的给几个零花钱，他以为是打发讨饭的呀？你们可得醒目点，哪天他打滚包跑了，你们找谁去呀？"

赵水庚急着说："不会的，不会的，你找的那个人很有面子的，老板对我好着哩。"

赵小双的脸上就有了几分得意之色，就撇撇嘴说："他敢咋的你就打电话给我，我叫阿隆去剥了他的皮！"

赵水庚问："阿隆？"

赵小双低了头，脸上添了一抹红，幸喜夜色看不清，就轻轻地说："我男朋友，哪天晚上你过来看看。"

赵水庚一下子端起了兄长的招牌："外面乱着哩，你眼睛可要放亮点。"

赵小双背过身从乳罩里扯了二百元出来，放到了赵水庚的手里，说："我知道啦。你先回去吧，我忙着哩。"说完就一阵风地跑了，忽然又一阵风地跑回来了，把五十元塞到了赵水庚的手里："我忘了，要邮费的。你不要太刻苦自己，该吃的吃！"

赵水庚看着妹妹消失在拐角处，心头一阵酸，几乎要落下泪来。

赵水庚把二百五十元卷成烟状，前后左右瞄了一眼，迅速地塞进了裤腰里，然后迈开步子往回走。起风了，凉爽得很，他抬眼望了一眼远处灯火通明的蓝天大厦，觉得脚下很有劲。

令钱乙没有想到的是，父亲居然也不同意他跟李玟的婚事，这一次措辞更厉害了，他在信中大骂钱乙是被粑粑蒙住了眼睛，你看她那骚狐子似的眼，八成就不是好货，老子过的桥比你走的路还多，不听老子的话，你到时候就悔青肠子也悔不赢的。父亲还告诉了钱乙一个消息，德宝上个月像个阉公鸡一样地回去了，老婆跟人跑了。

"小乙子，你也莫自欺欺人了！你要是存心想找个老婆，就去找个工厂妹吧，穷山沟里出来的，那才干净！"李丙坤这一段好像心情很不好，一收了工就像猫似的蜷在宿舍里，但他还是乐于给钱乙指点迷津。

钱乙说："身上穷得响叮当，谁他妈的看得上我？"

李丙坤说："你小子是空长了一身好膘，人靠衣衫马靠鞍，你就不知道买身新衣服呀？没钱我去给你支。你没听原来那几个四川仔说呀，一个甜筒就可哄个打工妹上床，你就不能机灵点？"

第二天，李丙坤和钱乙都去黎生那里支了一百元，钱乙用二百元把自己全副武装了一番，然后就用湿布抹掉了皮鞋上的灰、用摩丝铮亮了头发吹着口哨出去了。当天晚上深更半夜才回来，一回来就摇醒了睡得迷迷糊糊的李丙坤汇报战绩："搞定了！搞定了！"

李丙坤惊得眼屎簌簌地落："这么快？"

钱乙连忙说："不是那个搞，我是说有眉目了，一个江西妹，很来电的，我们在溜冰场认识的……"

从此之后，钱乙每天晚上都打扮得溜溜一新出去，半夜才回来，看样子进展很快，有一天晚上，他买了一瓶"一滴香"把李丙坤叫到了楼顶，迂迂回回了半天，终于开口向李丙坤讨教女性身体的生理结构。

说完了，李丙坤问："咋了？真的要下手了？"

钱乙说："还早着哩，你还真以为一个甜筒就搞定了？"

"那你知道那么干啥？"

钱乙嘿嘿地笑了一声，说："临时抱佛脚来得赢吗？"

李丙坤按了一下钱乙的头，笑骂道："他娘的，你怕找不到地方呀？那地方大着呢！"

但还没等钱乙把李丙坤传授的技术用到那个江西妹身上，黎生突然通知大家，因特殊情况，暂时停工。

这个消息像台风一样把大家的心刮乱了，二十多个人像饿鸭似的围在黎生的周围，叽叽喳喳地问原因。黎生挥舞着双手大声地说："吵个鸟呀？我也是打工的，老板说啥就是啥，全部都停了，大家都等通知吧，什么时候通知来了就什么时候开工。少他妈的给我闹，平时嚷辛苦辛苦的，现在让你们玩个够。"

黎生说的没错，不仅仅是他们工程队，就在那一天，就像电源被突然掐断了似的，蓝天大厦所有的工程队全停了。

虽然停工的消息来得太突然，但其实却是很正常的事情，掌故老点的人就知道，这样的事情并不鲜见，所以，工地上并没有什么意外的状况，就刚开始那几个小时扎着堆儿群情激愤了一番，大家也就作鸟兽散了。有些人甚至还巴不得这样，没日没夜加班加点地累了大半年，好不容易睡个囫囵觉了、逛个落心街了。所以，停工后的第一个晚上整个工地上千号建筑民工们都像过年似的沉浸在一片欢乐之中。要么就一大伙人穿着干净衣服上街去了，看到美女过来就像野兽似的疯叫；有的就三五成群地去看录像，三块钱一个通宵，到凌晨的时候，就有黄片看，看得每个人眼里喷火；不喜欢逛街、看录像的就在宿舍里打拖拉机，都光着脊背穿一条短裤，打的人少看的人多，围得密不透风的，拿了好牌的日爹捣娘地骂，没拿到好牌的也日爹捣娘地骂，旁边不时有人指手画脚、争论不休，由于意见不统一，旁观者也开始日爹捣娘地互骂，骂到极处，有时也打打；也有一些人则啥事也不干，丢魂失魄了似的坐在床铺上翻着那皱巴巴的记工本，默算着自己有了多少工钱了；也有些人干脆倒头大睡，一副天塌下来也不管先睡足再说的劲头。

赵水庚和李丙坤就属于后面一种，但几天过后，睡得眼泡皮肿的李丙坤就变成倒数第二种了，他整天"扑簌簌"地翻着那本翻了无数次的记工本，一遍遍地算、一遍遍地对，其实，他得出的结果早就精确到了小数点后面两个数字了，但他仍是不放心。

这天下午，赵水庚实在睡不着了，坐了起来，一嘴一脸的汗，在草席底下翻了遍，只翻出了几个瘪瘪的空烟盒，揉成一团甩了。

李丙坤听到动静，连忙将记工本塞到了枕头底下，在地上捡了一个烟屁股，给了赵水庚。他心里憋着哩，一肚子的话要对人说，但找不着对象，钱乙这小子这几天连枪都打不到影儿。

赵水庚将烟屁股点了，深深地吸了一口，一副很惬意很受用的样子，摸了一把眼屎，说："算出来了？"

李丙坤费了很大的劲，找了一个烟屁股点了，把脑门上的乱发向后理了理，有点不好意思地笑了笑："算出来有个鸟用？还不知道什么时候能变成钱呢？"

赵水庚心里一阵凉，但脸上水波不兴的："你怕什么啊？这么大的老板，扯根卵毛都比你的腰粗，怕赖呀？"其实他只是给自己打气。

李丙坤连连说："那是的，那是的。这些个小钱算个啥呀？还不够他们到大酒店打个炮呢，哈哈哈……"他故意笑得很响，借此解开心中结了很紧的疙瘩。

李丙坤站起来从床铺底下翻出了那块几天未用的破反光镜了，他仔细地梳着头发，突然想起什么似的，又走了过来，压低声音说："水庚，我听人说，这栋楼要烂尾了呀？"

赵水庚的心里炸了一个惊雷，把烟屁股摁在墙上，直摁得火光四溅，他白了李丙坤一眼："你别看他妈的那些谣言，你要长点脑子嘛，烂尾也烂不到这里啊，这么大的排场，国家不管呀？你就安安心心地等着开工吧，黎生都说了……"但黎生说了什么他也记不起来了，而且，他也越说越虚，就索性停了。

"那是的，那是的，他娘的全世界烂了都烂不到蓝天大厦啊！再说，就是烂了，也烂不掉咱们这几个鸟钱啊，你说是不是？"

赵水庚想说"是"，但他实在拿不准，就未置可否地点了点头。

　　李丙坤坐到了赵水庚的床前，往前凑了凑，一副脸笑得烂兮兮的："水庚，你是老板的熟人介绍进来的，黎生都向着你哩，谁看不出来？你每个月一百、两百地支，别人哪敢啊？要么你去黎生那里问个准信儿，大家心里也有个谱。"

　　赵水庚的脸上起了一丝谦虚的笑意，但也没有笑出来，说："局长，你都扯啥呢？大家还不一样？"似乎也就默认了跟黎生关系不一般，他转过头去看着窗外，窗外是一角突兀的脚手架，泥垢污污的。他收回了目光，接着说："什么时候我就问一下黎生吧，这样歇着也不行啊，大家的身上都压着一座山呢。"

　　李丙坤又往前凑了凑，几乎碰着赵水庚的身子了："水庚，我这就代表大家感激你了。"

　　赵水庚实在不想再在这事上扯了，就换了一个话题说："局长，有消息了吗？"他指的是李丙坤儿子考大学的事。

　　李丙坤笑笑说："快了快了，考完了，就等通知了。"说完了脸就黑了，起身在空地上转了几圈，长叹了一口气，说："还是小乙子他们自在呀，绿脑壳虫似的！"

　　他忽然又猛地蹿到了赵水庚的床前坐下了，用近乎哀求的口气说："水庚，我拜托你了，你去跟黎生说的时候，顺便把我的事情说一说，看能不能多支点钱出来，我是火烧眉毛的急呀！"声音嘶嘶的，几乎落下泪来。

　　这之后，李丙坤就一再催促赵水庚赶紧去黎生那儿去问，赵水庚先后去过四次。但前两次他根本就没去，走到半路上就折到大街上逛了一会；第三次是晚上去的，远远地看见黎生的房门灯亮了，他的心就打鼓了，犹豫了大半天，最后麻着胆子走上前，举了手但最后还是没有敲下去，跑了；最后一次倒是见到黎生了，但得到的结果是一个字："滚"。

当然，赵水庚并没有将情况如实反馈到李丙坤他们那儿，前两次他是这样对李丙坤说的："黎生正忙着哩，哪有时间管这些乱七八糟的事"；第三次他还"学"着黎生的口气训李丙坤："就你们他妈的猴跳猴跳的，别的工程队屁都没有一个的"；最后一次，赵水庚说："黎生反复说了，叫大家再耐心等一等，大风不会吹了月亮走的！"

尽管是如此结果，但李丙坤仍是对赵水庚感激涕零的，他还把赵水庚的那些话添油加醋地给旁人说了，顺便透露了赵水庚跟老板的关系。李丙坤这样做收到了良好的效果，一方面，稳定了他们这个队的人心，大家都好像吃了定心丸似的，该玩照玩该逛照逛该打牌照打牌该睡觉照睡觉，所以，相较而言，这个队是整个工地上最平安无事的，其他的队老早就开始有人去告状了什么的；另一方面，提升了赵水庚的人气，说老实话，他们之前大多都有些看不起赵水庚的，一门两个鸡婆什么玩意？还他妈的动不动就拿刀子砍人，但现在就不同了，他们几乎把赵水庚当成了大家的精神领袖，有事没事就扔了一支烟过来了，说："水哥，什么时候开工呀？"

赵水庚被逼上了虎背，这个谎是只能一路撒下去了，他也就索性装了，一副人五人六的样子，别人扔过来的烟他照抽不误，有时候过意不去，还插人家的档打几手拖拉机。

但他心里是最苦的，一个月快过去了，又该寄钱回家了，他常常摸黑一个人跑到楼顶上眼巴巴地去看夜色，黑黝黝的蓝天大厦就像一尊熟睡的铁兽躺在他的脚下，一点也没有醒过来的意思。

一天晚上，赵水庚又来到了楼顶，一看李丙坤早在上面，捂着肚子像个虾似的，李丙坤眼尖，连忙直了腰迎了过来："水庚，这里是凉快一些，他妈的，宿舍里耳膜都快吵穿了！"

赵水庚问："你咋了？病了？"

李丙坤急说："你看看，你看看，都闲出病来了！我们这种劳碌命就享不得清福，明天有工开了，我就能吞得下一头牛。"

听李丙坤这么一说，赵水庚就撇过脸去假装看栏外的灯火，他现在都有点怕见到了李丙坤了，像个苍蝇似的黏着，老是问什么时候开工。

果然，李丙坤又拢过来了，低声地说："我听说是大老板出了问题，不会真的烂了吧？你可得追紧一点，打滚包走了，我们抱着黄瓜哭卵去！"

赵水庚有些火了，说："你围着我，我能给你一条黄瓜呀？"

李丙坤慌了神："咋了？咋了？水庚，真的没戏了？那可怎么办呀？天呀，要是真这样，我就一头从这里栽下去了，那是老子命拼来的钱！"说到最后，竟是哭腔了。

赵水庚一时很矛盾，他一时想给李丙坤兜个底，一时又不想出这个丑，忽然想起那天晚上妹妹赵小双说的阿隆的事，胆气就一下子豪了："局长，你别这个鸟样子，大不了叫我妹夫来！"

李丙坤的眼睛被点燃了："你妹夫？"

赵水庚淡淡地说："我妹夫是讨债公司的。"

李丙坤重重地拍了几下大腿，大声地说："哎呀，水庚，怪不得你他娘的整天鸟事没有似的！我操，那还怕什么？今天晚上就叫他来，卸他个大八块小八块的，这些王八羔子就怕硬！"

在后来的时间里，李丙坤像太监捧皇帝似的逗赵水庚开心，但不时从他嘴里说出来的话概括起来只有一条，那就是如果赵水庚的妹夫讨回了钱之后，其他人的可以含糊一些，他李丙坤可得分文不少。最后他说："水庚，我这人啥本事没有，就一双眼睛生得毒，你一进来我就看你是个人物。咱哥俩谁跟谁呀，这样吧，水庚，我叫孩子认你个干爸，以后他出息了，一瓶酒孝敬来，你半瓶我半瓶，我李丙坤要蒙你，我现在就这楼上摔下去摔死！"

以后几天，李丙坤就像换了一个人似的恢复了精神头，本来很长时间没搭理钱乙了，还主动去找钱乙套上了，详细地询问了钱乙的进展情况，还拍着光亮的头皮给钱乙出了好些点子，乐得钱乙一颠一颠的。

但赵水庚却悔青了肠子，跟李丙坤说完话的那天晚上，他就躲着扇了自己的巴掌，嘴都打肿了。他原来还准备这几天去妹妹那儿一趟的，一来是看看妹夫，二来再借点钱寄回家，三是把工地停工了的事情讲一讲。但这样一来，他去都不敢去了，甚至一想到妹妹脸就发臊。

李丙坤接到儿子考上大学的消息那天下午，蓝天大厦建筑民工们讨要工钱的大战正式拉开了序幕，几百名红了眼的建筑民工把工地上能砸着的东西全砸了，几个承包商及他们的管理人员住的工棚也被掀翻了，一片狼藉。如果不是当地的警察及时赶到现场，那场面就不知该如何控制了。

赵水庚这个工程队除赵水庚和李丙坤之外，其他人也全部参加了那天的武斗，钱乙更是表现得特别勇敢，手执着一根钢筋条见啥砸啥，直到把手都砸麻木了，散场后好像还意犹未尽似的，在房间里把安全帽当足球踢，踢得尘土飞扬的。

赵水庚火了，说了钱乙一句，钱乙更火，大声地说："嚷啥呀？有本事去跟人家嚷呀？躲在屋子里像个缩头乌龟似的。"其他几个年轻人也跟着起哄。

赵水庚呼地一下站了起来，鼓着眼睛要说什么，但随即又有点颓然地坐下了，舌头舔了一下嘴唇，两个鼻孔"呼呼"地喘着粗气。

钱乙得势不让人，飞起一脚将一顶安全帽踢到窗外去了，说："大家都指望你呢？指望你怕是只能喝西北风了！"

李丙坤厉声喝住了钱乙："小乙子，少说几句行不行？你们闹了，我和水庚没去，其实心里都是一个意思，把钱要回来，但你们这样也不是鸟毛也没有要回来一根吗？"

钱乙倒是很给李丙坤面子，没吱声了，其他几个年轻仔也懒得再搭理了。这时，不断有其他工程队的一些人进进出出，大声地嚷着明天要去市政府面前去静坐什么的，看来事情要闹大了。

李丙坤脸上一阵抽搐，脑门上的汗像屋檐水一般地滴，他泥鳅一样地溜到了赵水庚身边，轻声地说："水庚，你说咋办呀？他们这样会把事情弄糟的。这样吧，这里只有我和你年纪大一点，我们今天晚上去黎生那里问个准信儿，看他到底是什么意思？然后再想办法。"

其实这时候赵水庚的心里也乱如麻，听李丙坤这么一说，点了点头。

李丙坤抬头不见了钱乙的影子，就把头伸向窗外大声地喊"小乙子、小乙子"，钱乙在楼下空地里的乱嘈的人群中抬起了头，李丙坤招手要他上来，但钱乙转过头去就再也没有回过头来了。

晚上，赵水庚和李丙坤来到了黎生的房前，敲了半天门，里面才传来黎生惊惊颤颤的声音，当听出了赵水庚的声音后，他才开了门，手里拿着一根电警棍，食指紧紧地按在开关处。

几日之间，黎生身上的脾气就像丢进了滚水里的鸡毛似的不见了，一进门就叫赵水庚和李丙坤坐到了床沿上，然后递上烟，还亲自为两人点上了火，但手里的电警棍没放手，眼巴巴地望着。

李丙坤踩了几下赵水庚的脚，赵水庚咳嗽了一声，终于开了口："黎生——"

但黎生马上打手止住了："别别别，叫我小黎、叫我小黎。"

这一来，赵水庚喉咙里的词彻底没了，他低着头看自己的脚尖，满是泥垢的人字拖前面十个黑黑的脚指头狰狞直露，他将双脚往里移了移。

这时候，李丙坤突然从口袋里摸出了信，哇的一声哭出来了："黎生，我娃刚考上了大学，你得给我帮帮忙——"

黎生懵了那么一会儿，赶紧说："老李，哭什么呢哭什么呢？"

李丙坤将信叠成方块重新放进了口袋，一边抹着眼泪一边说："黎生，我情况特殊，你一定得特别照顾一下，我又得了肝癌，好歹送完娃念完书，我死也值得了。"

赵水庚转头看了李丙坤一眼，手里的烟掉到了地上。

黎生扬了扬眉，见李丙坤哭得不可收拾，就将手里的电警棍重重地搁在桌子上，大声地说："老李，你到底懂不懂事啊？"

李丙坤止住了哭，和赵水庚一起惊愕地看着黎生。

黎生挥舞着双手，声音却低了下来，脸上一副哀哀怨怨的样子："老李、水庚，你们好糊涂呀！你们找我寻死觅活有什么用？你们找我寻死觅活的，我找谁寻死觅活去？我他妈的只是帮黄生打工的，我他妈的也是大半年没有看见一分钱工钱了！"他也许感到自己这样把矛头指向自己的姐夫有误导之嫌，停顿了一会，就继续说，而且语气更哀更怨："黄生也冤大头呀，你们又不是不知道，工程都是验收完了再给钱的，这一摊子下来，要多少钱，你们有没有算一下？全是黄生掏的腰包呀！这倒好，工程说烂了就烂了，黄生这一段头发都急得白了大半了。这样的，我这是帮黄生传个话，大家不急，再安心地等一下，黄生会想办法找人要钱的，能要回来多少就多少，弟兄们的血汗钱是不会赖的，这个就放心。"

话说到这个地步了，李丙坤和赵水庚就只好告辞了，临别之前，李丙坤又再三再四地向黎生说了自己的难处，黎生都拍着胸脯说了会转告黄生的。

回来的路上，赵水庚关切地问了一下李丙坤的病。

李丙坤咬着牙说："病算个鸟，只要能拿到工钱！"

一股悲意从脚板心直飙脑顶门，赵水庚转身抓住了李丙坤的肩膀："局长，放心，我们能拿到的！"

李丙坤一把拽下赵水庚的手，指着前面的蓝天大厦恶狠狠地说："拿不到，我就炸了他娘的！"

第二天，赵水庚和李丙坤就加入了浩浩荡荡的讨要工钱的队伍，到市政府前面去静坐了几次之后，事情出现了转折，不久，由各部门组成的一个工作小组成立了，着手解决蓝天大厦的建筑民工们的工钱问题。

乱如潮水般的局面就慢慢地平静了，各路民工们开始一拨接一拨地开走，有的直接回家了，绝大多数则重新流入了这个城市的其他工地，又开始了黑汗湍流的日子。虽然他们拿到手的工钱与他们记工本上的数字有很大的出入，但他们也知足了，他们知道，能够拿到这些都是祖坟山冒了青烟了。所以，拿了工钱明天准备开路的那些人都会在临走的前夜热闹一番，大块吃肉，大碗喝酒。

两排细长如蛇的工棚像被刮了肠肚似的一天天空了，寂静了，落寞了，只留下为数极少的几个队仍在苦苦地等待。

不知什么原因，赵水庚所在的这个队却仍迟迟不见动静。牌打厌了，街逛遍了，觉睡足了，娘骂累了，大家像被抽了筋似的整天就愣坐在床上，有时候一天也难得闻到几句声音，几个治安员也要么斜躺在值班室敞着衣服打瞌睡，要么就像幽灵似的转来转去。

赵水庚昔日的神话早就被打破了，他重新回到了被鄙夷被轻视的地位，谁也懒得跟他说句话，甚至看都懒得看他一眼，刚开始一段时间他好像还愧疚满怀的，有些抬不起头，但后来，他根本就没有力气再去愧疚不愧疚了。

李丙坤一直隐蔽的肝癌也公之于众了，刚开始大家好像还安慰安慰他，但后来也就习以为常了，好像他天生就应该得肝癌似的。

唯一显得有点活气只剩了钱乙，他四叉八脚地躺在床上百读不厌地看一沓被撕得七零八落的香港色情杂志《龙虎豹》，不时跑去上厕所，而且在里面待的时间特长。这是他从黎生的房间里翻出来的。一天早上起来，黎生好像突然不见了，大家就瓜分了黎生留下的一些东西，赵水庚拿了一床竹席，李丙坤拿了一把电动剃须刀，钱乙就拿了那沓杂志。刚开始拿过来的时候，大家抢着看，还品头论足的，但热闹了那么几天，后来就瞄也不瞄一眼了，一如地上躺着的那些横七竖八的安全帽。当时有工上的时候，大家可是把安全帽宝贝似的藏着掖着，每个人都在里面刻了名字，一收了工就洗净了放在枕头边。

又等了一阵，工地上就只剩了赵水庚他们这拨人了。最后一个队开走的那天，赵水庚他们又激动了一番，大家七嘴八舌地出了很多主意，有的说再去市政府面前去一趟，有的说去找工作组，有的说直接去找黄生，但最后均不了了之。最重要的原因是，他们没有"活动经费"了，其中的任何一项都得让他们"大出血"，去市政府是最简单的，但来往六块钱的车费够他们受的了，如果走路去的话就得两个小时，而且还不一定能去成，说不定半路就会被警察拦了回来。思来想去，在没有确切的消息传来之前，最好的办法仍是等。

但最后的消息终于等来了，工作小组授权当地派出所告知了新情况，该工程队的部分工程款已经给承包商黄生了，但黄生"人间蒸发"了，工作组正在积极想办法，叫大家要相信政府，再耐心等等。

这个消息无疑将大家赶到了绝望的边缘，当天晚上，四个湖北人就结伙走了，他们已经在别的工地上觅到了新的活儿，说"就算是被狗日了"。

那天晚上，哭得眼泡皮肿的李丙坤找到了赵水庚："水庚，我是一天也等不下去了！正的行不能，我们只能搞邪的了，怪不得我们。我想好了，还是请你妹夫出马，讨到了我的只要一半！"见赵水庚面有难色，就继续说："别人的就不管了，就咱两个人的，万一讨不到，就杀了他娘的，要坐牢，我替他坐。"

第二天早上十一点多，赵水庚敲了好半天才敲开赵小双租房的门，逼逼仄仄的房子架了一张床后就所剩无几了，赵水庚一时不知道在哪儿落脚。

赵小双穿着睡衣，眼睛好像还没有完全睁开，但还是准确地从床底下拖一把矮塑料凳子给赵水庚坐下了，一边梳着头发一边问："这么久不见你的影。"

赵水庚正在拣词语回答妹妹的话，床上忽然发话了："这么早吵魂呀？"

赵水庚这才看清楚床上还躺着一个人，赤条条的只穿着一条短裤，用毛巾被严严实实地裹着头。

赵小双俯下身，轻声地说："阿隆，还不起来？我哥来了。"

阿隆呼的一下掀掉了头上的毛巾被，猛地坐了起来，眼睛却没有睁开。赵水庚仔细地看了阿隆一眼，当下心里就"咯噔"了一声，还是个细胳膊细腿的半大孩子哩，胸口上却画着一条墨龙，隐隐欲动，赵水庚的心里才踏实了一点。

赵小双赶紧放了一支烟在阿隆的嘴上，又给他点了，回过头来给了赵水庚一支，说："阿隆说了好多次了，说去看看你，但一直没有时间。"

看到阿隆睁开了眼，赵水庚赶紧朝他笑着点了点头，但阿隆脸无表情，目光往赵水庚这边瞟了一眼，就伸了一个懒腰，大声地说："这年头真他妈反了，安稳觉都不能睡一个！"说完就下了床，趿了拖鞋就去卫生间了，把门摔得震天价响。

赵小双的脸上一阵红一阵白。

趁阿隆在卫生间的时间，赵水庚就把这一段发生的事情说了，最后就说了请阿隆帮忙的事情，还急着补充说："别人的就不要管了，就拿我一个人的！"

不一会，阿隆就出来了，问："什么事呢？工钱工钱的。"

赵小双就把赵水庚刚才的话复述了一遍，还没听完，阿隆就一拳砸在床边的一张矮桌上，砸得上面的面巾纸呀、镜子呀什么的乱飞："丢他老母，我看他是活腻了！少一分钱，老子摘下他的头来踢足球！"

赵水庚告别妹妹、"妹夫"出来，捏着妹妹塞到他掌心里的五十元钱，他感到有点渴，一发狠，他跑到一家小卖部买了一瓶"百事可乐"喝了，真是爽到肚儿眼里去了；再一发狠，他干脆又买了一包"红双喜"的烟，掏一支抽了，吸一口，深深的，阳光下，他觉得整个城市都在跳舞。

赵水庚带回来的好消息使李丙坤显得有点神采奕奕，不善言辞的赵水庚惟妙惟肖地描述了"妹夫"的豪气，还特别模仿了阿隆的口声说："丢他老母，我妹夫说了，少一分钱他就摘下那狗日的头来踢足球！"

病恹恹的李丙坤做了一个踢足球的动作，捣了赵水庚一拳，笑骂道："水庚你他娘的就怕麻烦人，我早就对你说了，快点去快点去，你就怕去。"

赵水庚给了一支烟给李丙坤说："这不是没有办法了吗？"

李丙坤看了看烟的牌子："哎呀，水庚，你抽起了好烟了，妹夫给你的吧？"

赵水庚未置可否地点了点头。

李丙坤抢着给赵水庚点了烟，小声地问："你没说别人吧？"

赵水庚又未置可否地点了点头。

李丙坤说："这就对了，他娘的，这年头谁顾得了谁呀？"他好像自知失言，看了赵水庚一眼，赶紧说："我说了这世界好朋友不要多，就只要一个，你看，没有你水庚这个朋友，我指望谁？他娘的，我就知道你赵水庚有种！"

一连几天，李丙坤又像以前那样整天黏着赵水庚说话，甚至又话里话外无非就是一个意思，要赵水庚的妹夫拿到钱后少收他一点报酬，最好是全免，但水庚没有表态，这使得李丙坤很为苦恼。

有一天，李丙坤终于想出了一条妙计，他对赵水庚说："水庚，你看这样好不好？这次拿回钱我的就全给我，我帮你说通其他人，全交给你妹夫做，每个人收他娘的一半的钱，我一分钱都不要。你他娘的算一算，多少呀，你他娘的下半年还用得着卖苦卖力吗？你就等着数钞票吧。"

赵水庚还真有点心动。

陈隆被抓的消息当天晚上就传到赵水庚的耳里，在李丙坤的催促下，他打了赵小双的手机，打听一下钱有没有拿到手。

赵小双一听到是赵水庚的声音就哭了，边哭边说地闹了很久才将陈隆被抓的事情说清楚了。

赵水庚的脸都吓白了，一个劲儿地说"那咋办那咋办"。

赵小双在电话里狠狠地骂道："我这辈子让你害苦了！"说完就挂了机。

赵水庚握着电话筒半天都愣在那儿，李丙坤感到不对劲，就接过电话筒放了，急问："水庚，咋回事？到底咋回事？"

赵水庚回头却笑了笑说："咋回事？能有咋回事？他妈的能有咋回事？大不了咱们去跳楼，你说是不是？局长。"

李丙坤看着赵水庚，身上一阵发紧，不寒而栗。

两人准备走，小卖部的女人却厉声地喊住了他们，原来没有付钱，赵水庚从口袋里掏了一个5块钱摔在了台面上，说了声"不要找了"就转身走了。李丙坤赶紧去搀赵水庚，却险些被赵水庚推在地上。

小卖部的女人对着灯光看了看钱，轻轻地骂了声傻B。

赵水庚回去踏踏实实地睡了一觉，鼾声响响的，晚上11点多钟的时候，大家还没有睡，他醒了，看上去精气神十足的样子，看到李丙坤坐在那里发呆，就招了一下手叫李丙坤去外面。

赵水庚简单地把妹夫被抓的事情说了一遍，他看上去并不怎么紧张，好像这不过是小菜一碟的事儿，说到中间的时候，他甚至还长长地伸了一个懒腰，说完了，他盯着李丙坤，有点笑笑地问："局长，你说咋办？"

李丙坤多少猜测到了是这么回事，但听赵水庚这么说出来之后，他的脸仍是吓得煞白煞白的了，他说话的声音有点发抖："水庚，这、这、这……"

"局长，我妹夫可是为了大家的事情去冒这个险的，你跟大家

说一说，他出事了，我们可不能狗日的忘恩负义！"赵水庚说得很
轻，但一字一句都像铁砂子。

"水庚——"

"我想好了，局长，我们跳楼去。"

"跳楼？"

"跳楼，吓他狗日的！"

"不是真跳？"

"不把钱给咱们，咱们就真跳！"

"不会出事吧？"

"能有啥事？反正死路一条。你拿了钱可以走，我拿钱赎我妹
夫去。"

"把小乙子也叫上吧，他胆子大！"

"最好多叫几个，人多力量大嘛。局长，这事你去搞，你人缘
好。"

李丙坤先把钱乙喊出来了，钱乙一听就高兴得蹦了起来，拍了
李丙坤的胸脯一下大声地嚷道："局长，你真行，这高招你就咋不
早点想出来呢？他妈的，三条人命呢，他还敢不给？乖乖地交出来
吧！啥苦都吃了，就没跳过楼了，过把瘾，看那些王八蛋被咱们玩
得团团转，那才叫有劲！"他忽而想起了什么，停了一下，有些害
怕地说："局长，你说我们会不会坐牢？"

钱乙把李丙坤的担心说出来了，他感到背上凉飕飕的，但他嘴
巴上却说："他娘的，那么多杀人抢劫的不坐牢，我们凭啥坐牢？
那狗日的黑良心的老板才该坐，坐他娘的一百年！再说，小乙子，
就算坐牢，咱们一帮子，坐牢也不寂寞呀，你说是不是呀？"

钱乙说："那还啰嗦个鸟？跳呗！什么时候跳？"

李丙坤说："听水庚的，水庚说什么时候跳就什么时候跳，这

主意是水庚想出来的，他买布呀、毛笔、油漆去了。"

钱乙说："看不出来，他妈的赵水庚能想出这高招儿来，我真是服了他。"

他痴了一阵，忽然长叹了一口气，说："想不到我堂堂的钱少爷混得这样窝囊！现在也好了，总算他妈的能干点轰轰烈烈的事了，我再去找找她，要是还硬，明天我就真的扑通一声跳下去了！"

说完，他就跑出去了，一边跑一边高唱："他乡的话你、你、你会不会讲？他乡的歌你、你、你会不会唱……"

歌声渐行渐远，惨惨的，把夜扯得稀烂。

赵水庚他们原来准备去楼顶的，但在7楼的楼梯上休息的时候他们改变了主意，决定就在8楼的窗口跳。是钱乙提出来的，他有四点理由：一是到楼顶太阳太大了，没地方躲，说不定头晒晕了，还没等人过来，自己就坠下去了；二是李丙坤身体不好，走到7楼他就这样了，说不定还没走到楼顶累死了；三是赵水庚做的那块横幅不够大，而且字也写得太小了，挂到楼顶的话谁看得清；四是"八"是一个吉利数字，"要得发，不离八"，选在8楼跳，成功的系数更大一些。

赵水庚本来不同意的，但看到李丙坤没有反对的意思，他也就默认了，说："那还等什么？走吧，反正坐在窗台上也是休息。"说着就把裤袋里的那幅布条抖出来了，布条上写着："还我血汗钱！！！"红油漆写的，很有一股煞气。

布条是昨晚写好的，赵水庚执的笔，但刚开始没有后面那三个"！"。但一个湖北籍的小伙子提意见说："后面加个感叹号吧，表明你们的态度很坚决。"

　　李丙坤的连横之术失败了，大家都怕事，只说你们先跳，拿到了我们再跳，如果我们不跳就能拿到，我们会感谢你们的。李丙坤窝了一肚子气，所以，那个湖北小伙子的话声刚落，他就说："要加加三个，我们每个人一个！"

　　赵水庚就在后面加了三个"！"，但由于布幅不够大，第一个又写大了，所以后面的两个就显得很小。

　　钱乙看了布幅上的字，举起大拇指啧啧称赞："水庚，看不出来，你字写得这么好。这次用完了，我拿回去好好保存。"

　　说着，三人就来到了八楼，进了一个房间，找到了正对马路的窗口，钱乙爬上去一脚在里一脚在外骑了，李丙坤也要上去，赵水庚扯了："局长，你身子不好，就在里站着，伸着头去就行了！"

　　赵水庚也上去骑了，将布幅的一个角给钱乙，两人手一扬，布幅就直标标地竖在窗口下面了，正好一阵风吹来，吹得晃晃荡荡，如一面旗帜。

　　三人手围在嘴边呈喇叭状大喊："跳楼啦！我们跳楼啦……"

　　喊第一声的时候，钱乙"扑哧"一声笑出来了，他看到他们两人那么严肃认真地喊，笑到一半就止住了，就拼了老命地喊着。

　　李保林的摩托车刚停在一家小旅馆的门口，赵小双的一条腿还旋在半空，他的手机响了。刚一接电话，他的脸就变得如蜡纸一样，一迭声地说："好，我马上来，控制好局面，先不要给所里打电话！"

　　赵小双还没明白什么事，李保林已经启动了车，也不知哪里来的力气，一旋，就调过了头，又浓又猛的黑烟快把她给打翻了。

　　听到蓝天大厦有民工跳楼的消息后，就在那一瞬间的时间里，李保林的头脑里闪过了两个念头。一个念头是：他妈的，真是哪壶不开提哪壶，完了！彻底地完了！另一个念头是：好，自己立功的机会终于来了，如果自己能搞定这桩事情，那就可以稳稳当当地转民警了！

李保林以生死时速来到了治安岗亭前面，车还没停稳就蹦了下来，人和车全摔在地上，他爬起来从车上取了铁棍，一想不对，就把铁棍远远地扔了。

一个治安员跑了过来，用手指了一指，李保林果然看清了一个窗口上有三个人扒在那里，一声一声地喊着，但听得不是十分的清楚。

李保林前后左右地看了一圈儿，街上车辆多、行人少，或许正因为这个原因，谁也没有注意到那三个人在嚷什么，即使听到什么，太阳火球似的照着，谁也懒得抬头去看。而且，赵水庚他们还犯了一个不大不小的错误，也许由于一时心急，根本就没有细看，他们挂上的布幅弄反了，就算有人看见了，还以为他们在搞装修哩。

李保林悬着的心就放下了许多，镇定地吩咐治安员把摩托车锁了，他把挽着的袖子打了下来，还慢慢地整了整，然后，走了进去。他听到工棚里吵吵嚷嚷的，另一个治安员在门口站着，他远远地朝治安员赞许似的点了点头。

下面还有一个治安员在那里挥着双手跟上面的3个人对话，看见李保林进来了，就冲着天上喊道："不要喊了，不要喊了，我们队长来了！"

上面的声音果然停了，李保林大声地喊着："三位兄弟干什么呀？不要命啦，这么高的！"

有一个人接了腔，是钱乙的声音："今天不把工钱拿来，我们就不要命了！我们是说得到做得到的！"

一个"钱"字霎时点起了李保林的灵光，他摸了口袋一把，赵小双给的那二千元硬硬的在，他掏了出来，喊道："你们真是犯糊涂了！这不是给你们送钱过来了吗？我们所里把那姓黄的逮了，我是来给弟兄们送伙食费的，你们干吗呢？"

此时，赵水庚三人在上面正很不是滋味，他们根本没想到会落到如此结果，居然一个"观众"也没有，昨晚就跟其他人商量好了的，他们三人负责跳楼，其他人则负责制造气氛，一等他们在上面开喊了，那些人就在下面大吵大叫，谁知道下面屁都没有放一个！

最先打退堂鼓的是钱乙，他牢骚满腹地对李丙坤说："你看你看，鸡巴用都没有！喉咙都喊哑了，水也没有，钱拿不到，先会渴死的！下去下去吧，给他们认个错，说是开玩笑的。"

李丙坤说："那咋行？你不是给人看笑话吗？这样下去了，我们的脸往哪儿放呀？再坚持一下吧，要是——"他转过脸看赵水庚。

赵水庚怒道："你他妈的要下去，老子就先一脚把你蹬下去！"

钱乙瞪了赵水庚一眼，本想说：什么玩意？看谁把谁蹬下去呢？但话到嘴边还是吞下了，大家都是一条线上的蚱蜢了，争什么呢？况且赵水庚也不容易！

李丙坤说："小乙子，打湿了头就得剃，再坚持坚持吧。"

看到李保林来了，大家心里就有劲了，还终于来了一个能说点事的人了，李保林多次到这里处理事情，他们认识，听到李保林这么一说，三人就嘀嘀咕咕。

李丙坤喜形于色地说："水庚，你看看，他真的拿钱来了啊。"

赵水庚说："你别听他瞎说，等我们一下去了，他就一手铐就铐了你，叫他把钱送上来，钱到手了才是真的。"

钱乙就大声地喊："你把钱送上来。"

这一下正中了李保林的下怀，他还正担心他们不让自己上去呢，一靠近了就有办法了。

李保林带了一个治安员上去了，准备走近，赵水庚厉声喝住了："别拢来，就站在那儿，你再往前走一步，我就跳了！"说着真的把身子朝外挪了挪。

李保林笑着说："你看你看，你们都不相信我了，大家都他妈打工仔，我凭啥骗你们？今天刚把姓黄的逮了，这家伙真他妈毒，拿了弟兄们的钱跑，还有没有一点人性？这是弟兄们的血汗钱呀，你咋能吞了呢？你想吞就能吞得了吗？劈里啪啦一阵打，这下老实了，哈哈，跪在地上求饶，我会一五一十地给大家的，不够的话，我卖了车也给……"

李保林的话收到了良好的效果，钱乙跟李丙坤对了对眼神，微微地点了点头，只有赵水庚却脸如止水的，他紧紧地盯着李保林两个。

李丙坤说："他娘的，这样缺德的家伙抓到了就应该枪毙。我们一分一厘赚的都是血汗钱，家里火烧眉毛地等着用。"他的手虽然仍紧紧地抓着窗台，但身子已经转过来了，说着，眼泪就掉了下来。

钱乙插话说："对，就他妈的应该枪毙！"

李保林说："枪毙倒未必，但这次也够他脱层皮了！"他想起了昨晚那姓黄的张狂样，说到最后几乎是咬牙切齿了。

李丙坤说："钱都叫你带来了？"

李保林马上掏出钱来了，笑笑说："所里叫我先给弟兄们送点伙食费来，每人二百元，你看，一来就碰上你们跳楼，真是的！快了快了，就这几天的事。"

钱乙和李丙坤已经下来了，每个人从李保林的手里拿了二百元钱。但任凭李保林的喉咙都说干了，赵水庚就是不下来，他硬得很，非得全部工钱到手了才下。

李丙坤和钱乙也在旁边劝："水庚，下来吧下来吧。"

赵水庚对着两人大骂道："滚，他妈的软骨头！"

李保林叫治安员带钱乙和李丙坤下去了。走出门的时候，李丙坤回头看赵水庚一眼，还想说句什么话儿，但喉头涌了涌，没有说出来。

李保林一时感到真无计可施了，他心里沮丧了那么一会儿，但他随即发现了一个契机，那就是赵水庚每隔几分钟就会下意识地朝外面看一下，也不知道他看什么。这样下去就算自己说累死了也无法让他下来的，李保林盘算着，看来只能用强了，趁这小子外看的时候猛地蹿过去将他拽下来，但现在的距离显然太远了，再走近几步就好办了。李保林被自己的这个想法弄得有些热血沸腾，他的头脑里甚至幻现出了自己把那个小子拽下了的情景，"劈里啪啦"一阵老拳，先揍翻他狗日的再说，他还从来没有遇到过这种油盐不进的人。

赵水庚又往外看了一眼，李保林偷偷地向前迈了一步，赵水庚没有发觉，李保林心中窃喜。

李保林忽然说："水庚，你叫水庚是吧，你是哪里人呀？"

赵水庚说："江西的。"

"江西哪里的？"

"你也是江西的？"

"不哩，我湖南的，挨着江西的。"

"哦。"

"你们江西是不是老乡都叫做老表？我们是半个老表哩。"

"我没有你这样的老表！"

说话间，李保林已经偷偷地向前迈了三步，差不多了！他暗暗地运了运神，他突然一指窗外，大声地叫道："你看！"

"看"字还没有出腔，李保林就腾身跃起扑向了赵水庚。他抓住了，但由于用力过猛，整个头都冲出了窗子，下盘没沉住，两条腿都扬起来了，受到惊吓的赵水庚将他往外一扯。只听见啊了一声，两人就抱成团坠了下去，那布幅迎风张开了，远远看去，就像一只展翅的大鸟。

继续深刻

我带小月来深圳是过美好生活的。

每个人都喜欢美好生活。美好生活，这是一个美好的词。

来深圳之前，在老家，我和小月在一所扯淡的中学教书，我教政治，她教英语。我们是学校公认的金童玉女。小月人长得好，课也教得好。校长先是暗示，暗示没效果，后来干脆明示，叫小月跟他上床，上了床，小月就可以做教务科主任。校长挺大度的，他对小月说，你放心，我不会影响你和阿南的。"要不这样吧？"几天后，校长又对小月说："我他妈豁出去了！送你们个双黄蛋，你做教务科主任，阿南做总务科主任，我仁至义尽！"其实，单黄蛋的时候，我就动心了的，但想到小月做了教务科主任，而自己只是老师，以后，小月就要蹲在自己的头上拉屎拉尿了，那大老爷们的脸往哪儿搁？所以，那动了的心就不动了。现在，双黄蛋来了，我就没有后顾之忧了，但我仍是以百分之两百尊敬小月的口气对小月说："主意你自己拿，反正，情况就是这情况。"我说的情况其实是两个情况：一个情况是，如果小月拒绝了校长，我们在近十年内别想有翻身的机会，榜样就摆在那儿，学校绝大部分的老教师，教了一辈子书，至今仍挤在摇摇欲坠的筒子楼里，除了上课的那几个小时在学生们面前口若悬河指手画脚气吞万里如虎还有点人样，其他的时间，就整个一脚步蹒跚目光痴呆像患了夜游症似的；另一个情况是，小月不上校长的床，大把的女教师等着上校长的床呢。但最后小月还是拒绝了校长，理由是，校长既有狐臭又有口臭，如果仅有一臭，小月或能忍受，两臭兼具，打死了小月也不干，由此，可以看出，小月还真是个有底线的好姑娘。真的，这年头，像小月这样的好姑娘不多了。知道小月拒绝校长后，两个人笑了。一个人是校长，另一个人是我。校长的笑是哈哈大笑，笑得两个瘦瘦的肩膀一耸一耸的，像受了伤的蝙蝠踞在那儿，想飞又飞不起来。我的笑则是苦笑，笑得一片茶叶呛进了鼻腔，然后像机关枪似的打喷嚏，最后，那片倒霉的茶叶喷在了小月的乳沟里，如一个夸张的英文字母。我笑完了，问小月："校长笑了吗？"小月说："笑了。"听到小月说校长笑了，我就笑不出来了："他怎么笑的？"小月说："他笑得两个瘦瘦的肩膀一耸一耸的，像受了伤的蝙蝠踞在那儿，想飞又飞不起来。"我盯着小月："然后他不笑了，朝墙上吐了一口痰？"小月说："是的，是的。"我变了色："这个鸟人，我们完了！"小月都要哭了："那我们怎么办？"我说："我们得离开这儿。给我一天的时间，我想想。"第二天，我就说要带小月到深圳过美好生活。小月一脸的幸福："深圳！美好生活！"一会儿，脸上的幸福指数急剧下降："去深圳干什么？"我说："到了你就知道了。我给阿北打电话了，他在深圳。他答应了。"小月问："阿北是谁？"我说："一个好人。我小学同学。"

　　我和小月是坐高铁到深圳的。一坐上高铁，小月就睡了。倚在我的怀里睡了，像个波斯猫一样蜷在我的怀里睡着了。晚上，喜欢裸睡的小月就喜欢像这样蜷在我的怀里睡觉。看着小月，我的脑子里冒出一个句子：坐高铁奔向美好生活。这是个美好的词，我肚子里笑起来。"你笑什么？"小月忽然抬起脸问我。"我没笑呀。"我说。小月睁了眼，有点怒气："你笑了，你在肚子里笑的。吴南，什么事情我都可以答应你，也愿意为你做，但有一点，你不能骗我！"我笑道："我刚才在想，校长知道我们这样走了，肯定气疯了。气疯了他就笑，他就往墙上吐痰。想起他又笑又吐的样子，我就忍不住笑。"小月狠狠地掐了我的鸟一把："你不是笑校长。你是笑你有了一个美好的词，坐高铁奔向美好生活。"按理，小月掐我的鸟，我的鸟会硬起来，一副要飞的样子，但现在，我的鸟本来是硬着的，经小月一掐，却软了。我盯着小月的脸，小月却睡了。那是一张像景德镇上好的瓷那样精致的脸。我怀疑刚才小月是在梦游。突然，我的脑子好痛，里头像跑着一辆高铁。

阿北住在桥头。桥头村是深圳的一个城中村。城中村是个美好的词，我喜欢。我们到的时候，是凌晨一点，但城中村的桥头好像一个刚睡醒的患了多动症的小孩，闹着喊着跑着。刚才坐出租车一路来的路上，小月好像还没睡醒过来，瞪着车窗外直愣愣地发呆。一下了车，小月的眸子里就燃起了火，重重地"哇塞"了一声。她闻到了空气里的臭干子的味道。小月最喜欢吃臭干子。

读大学的时候，我爸卖掉了耕牛又卖掉了一块三亩多的竹山，那头牛和那块竹山都化作臭干子钻进了小月美好的双唇里。所以，小月爱上了我。当然，如果说小月仅仅是因为吃了我的臭干子才爱上我的，那就有点小看小月了，我还有个特长，写诗。大二的时候，我得了一个全国知名诗歌刊物颁发的"第五届中国十大校园抒情诗人"的称号。小月也得了。我之所以得了，大部分原因是我的诗确实写得好，一小部分原因是我送了我家祖传的一只产于乾隆年间的青花瓷尿壶给副主编。小月则简单得多，她就干脆跟副主编上了一回床。后来小月对我说，那根本算不得一回，半回也算不上，顶多五分之一回，三分钟就完了。而且，副主编的鸟很小。一个全国著名的诗人居然三分钟就完了，而且鸟还很小，我当时就断定中国的诗歌完了。后来，还真完了。所以，我就不写诗了。三分钟就完了且鸟很小的副主编的家里多了一把青花瓷的尿壶，而中国少了一个重量级的抒情诗人，这似乎可以成为中国当代诗歌的命运写照。在这写照中，小月无疑是最抒情的。这自然是闲话，得说回臭干子。

那天晚上，在那个叫作桥头的城中村的村口，小月一口气吃了八十七块臭干子。炸臭干子的是个左眼睛瞎了的人，他忙得右眼睛都快瞎了，但他忙得很高兴，大声地骂着瞎了一颗右眼睛的老婆打下手。那老婆肯定忙慌了张，四块臭豆腐掉到了地上，丈夫过去踹了一脚，骂道："你就只惦记着晚上日得来劲！"这句话逗得周围的人哈哈大笑。没错，这会儿，臭干子摊周围已经聚了蛮多人，用得上里三层外三层这个词了，他们全伸着脖子看着小月吃臭干子，那样子比他们自己吃了臭干子还享受。看着这么多人看着自己吃臭干子，小月就更有了表演欲。这世上没有表演欲的人是因为没有表演的机会。每炸好一碗，那瞎了右眼睛的老婆就拿个一次性的塑料碗盛了，在面子上浇点姜蒜汤，再夹些儿酸萝卜干、香菜、辣椒面，端给小月。小月接了，左手接了碗，左手的拇指和食指端了碗的上下，另外的三根手指就像鸟翅似的张开了，优美之至。右手执了筷子，未吃之前先搅了搅，搅匀了，这才夹起了一块儿，伸了点脖子，嘴戳着，再伸出了舌头，那条美好的舌头。那舌头像长了眼睛似的，一勾，就把一块臭豆腐勾进了嘴里。小月最大的本领是，那臭豆腐是悬了空进嘴的，绝不沾了双唇。也许大家看的就是她这一招儿，每一次一块臭豆腐进嘴，边上就响起掌声。有人还叫起来了："再来一碗！再来一碗！"

小月一来深圳就成了万人瞩目的风景，我就觉得我们的美好生活挺靠谱了。阿北却不这样看。小月洗澡去了。我喜滋滋地朝阿北努了一下嘴。阿北把烟屁股扔在地板上，然后用人字拖鞋底踩灭了，看着我，嘴角翘了翘，叹了口气，摇了摇头。"怎么啦？"我赶紧问。阿北正要说话，手机却响了。阿北嗯嗯嗯了几句，挂了电话对我说："我有生意了。你们睡吧。明天再说。"阿北就出去了，啪的一声摔了门。阿北趿着人字拖鞋，穿条花花绿绿的沙滩短裤，上身是件黑背心，走路的时候屁股一剪一剪的，像走猫步，手里叮叮当当地玩着一串钥匙。"什么鸟？"我恨恨地骂了一句。阿北的那声叹气、那个摇头弄得我的心情很差，我点了一支烟，然后走到了阳台上。阳台下的桥头仍亮如白昼，臭干子的味道充溢在空气之中，一如我浓浓的忧郁。那么一会，我很想写首诗，但又不知道写什么。我忽然看到一块霓虹招牌，在很远很远的地方，肯定不属于桥头了，红灿灿的，四个字：鸟福酒店。鸟福酒店，是一个美好的词。我越看越有味道，就忍不住笑了。我也有了诗题，就叫《鸟福的深圳》。"你笑什么？"小月从背后抱住了我。她什么都没穿。我的鸟很硬。我不敢再骗她了，就如实说了。小月也笑得岔了气，两个硕大的奶子一晃荡一晃荡的。"所以，你想写首《鸟福的深圳》的诗？"她说。我的脑子里嗡的一阵响，刚硬了的鸟就软了。小月指着我的鼻尖笑骂道："你这个傻子，那里掉了半边字的。"然后，她就吊着我的脖子："阿南，我们做个猜字游戏。看谁猜着了？我猜是个鹏字。深圳，鹏城嘛。"我也猜了鹏字的，但让她先说了，我就只好说："鸠，鸡，鸣，鸩，鸥，鸦，鸹，鹧，

鸼，鵪，鸺，鸭，鸲，鸿，鸽，鸺，鹇，鹈，鹁，鹃，鸽，鹄，
鹅，鹑，鹧，鹊，鹌，鹐，鹚，鹏，鹗，鹘，鹏，鹤，鹚，鹣，
鹧，鹳。"我每说一个字，小月就笑一声，她的声音都快笑嘶了。
小月说："要不这样吧？阿南，我跟你打个赌。"我问："打什么
赌？"小月说："我猜了鹏字，其实我知道你心里也猜了鹏字，因
为我先说了，你就只好说其他的。但现在我却有点怀疑到底是不是
鹏字了。所以，我跟你打个赌，这个赌绝对对你有利的。"我赶紧
问："怎么个赌法？"小月笑了笑说："如果是鹏字，我就跟了阿
北做鸡，过你原来承诺过我的美好生活。如果不是，我就不陪你
了，这是我们的最后一晚。我们这就去酒店看。"小月紧紧地抱着
我，接着说："不过，阿南，你肯定赢了，那是个鹏字。"我绝望
地大叫了一声，如狼啸，响在桥头夜色旖旎的半空。我承认，这是
我这一辈子最尴尬的时候，如果没有防盗窗，我就从八楼跳下去
了。没错，我带小月来深圳过美好生活，其实就是叫她跟了阿北做
鸡。阿北是个鸡头。我虽知道小月肯定会同意的，但仍是一直没向
她挑明，正愁着呢，谁知道她竟一直知道。我也紧紧地抱着小月，
眼泪四流："小月，我对不起你！"小月吻干了我的眼泪："傻
子，哭什么呢？只要我们能过上美好生活，我就愿意做鸡的，我太
喜欢做鸡了。我情愿做鸡也不愿意跟校长上床，这是我的底线。当
然，我得给自己一个台阶下。所以，我就跟你打这个赌。放心吧，
你赢定了啦。傻子，走。"

那天晚上，我和小月就住在鸵福酒店。你们都知道啦，在那
场看似必赢的打赌中，我输了。那是我们的最后一晚。像以前任何
的晚上一样，喜欢裸睡的小月像个波斯猫一样蜷在我的怀里。那一
晚，我一晚不举。我的鸟彻底硬不起来了。我阳痿了。看着小月那
一张像景德镇上好的瓷那样精致的脸，有那么一瞬间，我想撕破了

它或用水果刀划破了它，这张脸明天就不属于我了，别人也别想得
到它。但我没有这样做，我起床在鸵福酒店的记事本上写了《鸟福
的深圳》的诗：

像个寓言
鸵鸟的它飞走了
我的她也飞走了
它飞走了
留了个鸟福酒店令人浮想翩翩
她飞走了
我就人一个鸟一根

写完了诗，我再读了一遍。我觉得鸟福的深圳是个美好的词。
然后，我就睡了，第二天中午才醒过来。醒来的时候，小月已经走
了。她把银行卡留给了我，里头有我跟她一起存的一万三千块钱。
我马上打小月的手机，她没钱也不行，我想给她点钱，但她关机
了。

下午，我到了阿北那里。我叫了半天门，阿北才开，一头的大
汗，哈嗞哈嗞地吐着粗气。我认为房间里有个女孩子，找了一圈，
没有。就问他："你干吗呢？"阿北的声音从地下传来，吓了我一
大跳，一看，他在倒立，身子靠着墙，就天灵盖顶着地，双手麻花
一样地绞在胸前。我蹲下去跟他说话："妈的，你喜欢这？"阿北
笑着说："颠倒看世界，世界更精彩。你试试。"我心里烦着呢，
不试，一屁股坐在地板上，问阿北："你昨天晚上什么意思？又是
叹气又是摇头的。"阿北说："我是可惜你来迟了。早点带了她来
做，你就不是现在的你了，你就喜欢教你那个破书！"我来了气，

把拖鞋重重地扔了过去，不偏不倚打在了他胯子中央，他尖叫了一声，山崩了似的倒了下来，然后身子缩成一团蜷在地上，大声地喊痛。我吓坏了，忙问怎么啦怎么啦。他颤着声说："狗日的，你打着我的鸟了！"我说赶紧去医院看看吧，他说不用，就那么一直蜷在地上叫着喊着，那喊声就像锉子在铁板上锉着，锉得我的五脏六腑都挪了位。于是，我发怒了，腾地站起来，指着他骂道："你这个狗杂种，你到底想怎么样？想叫我赔个鸟给你是不？我的鸟不行了，我阳痿了，赔给你也没鸟用了。你叫我来深圳，说带了小月做鸡赚大钱，保证让我过上美好生活。来深圳第一天，小月就飞了，我也阳痿了，这就是你所说的美好生活？好，我就打你个阳痿，你不欠我了，我也不欠你了。颠倒看世界，世界更精彩，现在是，阳痿看世界，世界更疲软！"我原来是边说边哭的，说到最后，就笑了，我让自己那句"阳痿看世界，世界更疲软"弄笑了。"阳痿看世界，世界更疲软"是个美好的词，我喜欢这个词。阿北从地板上爬起来了，鼓着眼睛看着我，笑嘻嘻地说："说完了？"我说："说完了。"他又说："骂完了？"我又说："骂完了。"阿北突然一把抱住我，叭叭地在我脸上亲了两口，然后松开，一连说："阿南，感谢你。"说着，他一骨碌儿脱了裤子，露了鸟出来，是只展翅飞翔的鸟。然后他就哭了，再然后又哈哈大笑："想不到，你一拖鞋打好了我的鸟！"

原来，阿北也是来深圳的第一天阳痿的。那天，他背着行囊在深南大道上走，吃力地走。走着走着，他尿急了。他到处找厕所，可就是找不到，没办法了，他就掏出硬邦邦的鸟躲在一棵树下撒尿。刚撒了一半，他听到了背后的脚步声，回头一看，他的魂都丢了，是两个警察。两个戴大盖帽的巡逻的警察。初中毕业后，阿北在老家的县城开过两年出租摩托车，看到戴大盖帽的就得跑，巡警、刑警、交警、法警、税警、武警、消防警，推而广之至工商执法的、药监执法的，只看到点影儿就加大了油门跑。这成了习惯。现在，两个警察这样挨近了自己，阿北当然吓坏了。吓坏了的不仅是阿北，还有他的鸟，他硬邦邦的鸟一下子软了，而且，剩下的一半尿也尿不出来了。他就站在那里，以为两个警察会来抓他罚款的，他的腿都发抖了，谁知道他们并没有，说说笑笑地从他的背后走了，然后走到另一棵树下撒起了尿。警察的鸟很粗大，警察的尿很粗壮，打得深南大道都有点颤了。警察尿完了，把粗大的鸟重新装进了裤裆里，又说说笑笑地走远了，留了尿不出来的阿北站在那里，他的鸟整整五年没有硬起来过。五年来，阿北做过普工、杂工、锻工、啤工、焊工、电工、搬运工，还做过保安、仓管、统计、会计、收发、跟单，还跑过业务，摆过地摊，卖过甘蔗、西瓜、菠萝、荔枝、龙眼，等等，但他的鸟就是硬不起来。

鸟硬不起来的阿北像只硬不起来的鸟在深圳混了五年，一无所有。后来你们就知道啦，阿北做了鸡头。阿北笑嘻嘻地说："说起来真搞怪是不是？我的鸟不行了，却偏偏做了鸟的生意。深圳这地方就这样搞怪。对，搞怪，这个词用得好。我知道你喜欢这个词，这是个美好的词。"阿北说美好的词的这个词的时候，逗得我笑了。美好的词是我的口头禅。阿北接着说："深圳就是个搞怪的地方。打死你你也不会相信吧，我一个鸟不行了的人居然是做鸡头的。当然，还有更搞怪的，慢慢地你就知道了的，那时候，你就见怪不怪了。对深圳的一切搞怪，你都见怪不怪了，你就在深圳过上美好生活了。"见我云里雾里的样子，阿北又说："我说个深圳十八怪你听吧：特区还分关内外；违建房屋明着盖；小产权房当街卖；立法全靠拍脑袋；罚款额度没人盖；踩单车比汽车快；报废中巴成公害；道路三天两头改；假证名片当街派；服务到家门缝塞；

随处可以见乞丐；办事得把锤子带；靓丽青春当街卖；老夫少妻牵手爱；生活就是叫外卖；跳槽就像吃凉菜；农民收租不种菜；过年挥手说拜拜。"我听痴了，连说："美好的词！"阿北说："还有更美好的词呢。"说着，就吟哦起来，像古代的诗人那样吟哦起来，是屈原吟哦《天问》的那种，是李太白吟哦《将进酒》的那一种，隐隐有龙吟虎啸之势。

阿北吟哦完了，我叫他再吟哦一次，我从行李袋里拿出了一本已经发黄了的本子。这是小月帮我打进行李袋的，是我大学时代的一本手抄本诗集，名字叫作《月亮是我的烧饼》。阿北吟哦一句，我抄一句，我还弄了一个标题，说鬼使神差也好，说妙手偶得也好，标题弄得很好，叫作《深圳鸟韵》。像发了尘心的和尚抄完了《金刚经》，抄完了《深圳鸟韵》，我的心就静了，静如枯室，觉得小月飞了没飞了没什么大不了的，鸟能硬不能硬了也没什么大不了的，能不能过美好生活也没什么大不了的。这样一想，我就在《深圳鸟韵》的后面写了一首偈："你我皆凡鸟，何必想美好？一切皆鸟事，随它怎样了！"见我目光散淡，发了痴，阿南有些害怕了，过来看了我的偈，脸色突变，稍微思考了一下，就在我的偈后续了一首偈："你我非凡鸟，人世多美好。一切虽鸟事，鸟好一切好！"见了阿北的偈，我就哭出来了："你这个鸟人，我现在就是鸟坏了呀。"阿北朗声道："我的鸟不也刚被你一拖鞋打好的吗？来深圳第一天，我的鸟软了，软了整整五年。现在，轮到你了，你第一天来，鸟也软了。知道这叫什么吗？这叫劫数，深圳的劫数。我刚才说了的，深圳就是个搞怪的城市，这里有满大街的美女，你鸟硬，你想操谁就操谁。但你刚来，就得给你个下马威，让你的鸟硬不起来，只能看见满大街的美女流口水。鸟硬不起来，你就得丢了男人所有的自尊去折腾、去努力，你要相信，总有一天，你的鸟会硬起来的，比原来更硬，硬得像地王大厦。"我哭丧着脸说："鬼知道我要几年才能硬起来呢？你就软了五年，不是我一拖鞋，可能十年都硬不起来。"阿北击掌说："说得好，这又是个美好的词！"他接着说："首先你得想硬。如果你自个儿都不想硬了，觉得就这软乎着好，那当然一辈子也别想硬了。我软了五年，有些人比我软得更久，十年二十年三十年，一直软着。但他们心里头没有搁下这事儿，一刻也没有想着搁下，就在想，有一天总会硬的。这是起码的。另外，还得等机会。机会来了，就硬了。我是让你一拖鞋打硬的，有些人是做官做硬的，有些人是做生意做硬的，有些人是炒股票炒硬的，当然，还有些人是爱情爱硬的、伤心伤硬的、骗人骗硬的。一年前，我就开始研究，深圳的男人为什么那么喜欢嫖？老的、少的、有钱的、没钱的，一个劲儿地拼命嫖，原来就是，大家软得太久太久，现在鸟硬了，就得往死里补偿。所以，后来，我就做了鸡头。今天之前，我的鸟硬不起来，我是个不幸福的鸡头；今天开始，我的鸟硬了，我就是个幸福的鸡头了。阿南，把本子给我，我要写首诗。"说着，他就抢了我手中的本子飞快地写起来，写完了递给我看。

我看了阿北的诗里有"鸟福的深圳"的字眼，就笑了。我再次觉得鸟福的深圳是个美好的词。写完诗后，阿北的手机就响了，是个嫖客打过来的。阿北说："好，包你是处女。嗬，如果不是，大哥，如果不是，你一分钱不给，能够见到血的，这个假不了的。"说着，他就进了厨房，抓了一条活蹦乱跳的鳝鱼出来了，叫我帮他找个塑料袋。我问他干什么，他嘿地笑了一下说："这年头哪里还有处女？弄点鳝鱼血搁下面，装一下。阿南，你真给我带来了好运气，这鸟刚硬，生意也来了，我阿北的美好生活终于来了！"他一边将鳝鱼装进了塑料袋，一边哼起了《菊花台》。阿北的美好生活来了，我的呢？一想到这，我刚才让鸟福的深圳这个美好的词弄笑的脸又阴下来了，阿北肯定意识到了，他走到门边又转过身来对我说："阿南，你告诉我，你到底是想跟着我做鸡头还是想做点别的？"做鸡头确实是个充满诗意的职业，我想，这是每个男人都想做的，但现在，我却不想做，因为，我的鸟软了。我虽知道了深圳是个搞怪的城市，但我仍然不愿意鸟软了还要做鸡头，阿北愿意，我不愿意，这是我跟他的差别。从这里也可以看出，像小月一样，我也是有底线的人，小月的底线是，她情愿做鸡也不愿意跟校长上床；我的底线是，我的鸟可以软，但鸟软了的时候却不可以去做鸡头。有底线的人跟没底线的人是永远不一样的。所以，我对阿北说："我还是做点别的吧。"阿北竖了大拇指说："阿南，有种，我佩服你！你就等我的好消息吧，一句话，我保证让你过上美好生活！"

三天后的黄昏，阿北给我带来了好消息。好消息是，阿北帮我盘了个档。我问是什么档，阿北一脸神秘，说到了那里就知道了，又说："阿南呀，多少人打破头抢这个档。你知道啦，我在桥头多少年，这张老脸也是值几个钱的。"用肘捅了一下我的肋，都捅得我有点痛了，他看了四周，在我耳边说："妈的，老板赚饱了，要收手了，回老家做房地产。"说完又哈哈笑了两声："鸟人的鸟肯定也软了蛮多年的，现在硬了，硬得铁棍子一样！"

鸟硬得像铁棍子的鸟人原来就是那天晚上那个瞎了一颗左眼睛的卖臭干子的。我和阿北穿过一条污水横流像鸡肠子似的小巷，向右，再穿过一条污水横流像鸡肠子似的小巷，向左，再再穿过一条污水横流像鸡肠子似的小巷，巷的尾巴上的一栋老式丁字房里，住着即将回老家做房地产生意的瞎了一颗左眼睛的男老刘和瞎了一颗右眼睛的老婆女老刘，还有男老刘和女老刘的五个小孩。四个女小刘，一个男小刘。女老刘坐在门口给男小刘把奶，汗衫高高地撩起，露了两个比热气球还大的奶子，只是那热气球是气快漏光了的，那又黑又长的奶头倒恰似了热气球下的吊篮。在门口，我就听到里面似乎在讲课，老师读一句，孩子们跟一句。我听出来了，那老师就是男老刘，讲的是范仲淹的《岳阳楼记》，"予尝求古仁人之心，或异二者之为，何哉？不以物喜，不以己悲；居庙堂之高则忧其民，处江湖之远则忧其君。是进亦忧，退亦忧。然则何时而乐耶？其必曰先天下之忧而忧，后天下之乐而乐乎。噫！微斯人，吾谁与归？ 时六年九月十五日。"

没读完的时候，阿北欲跨腿进去，我拦住了他，阿北就去逗女老刘胸前的男小刘，男小刘松开了女老刘的奶头，回头张望了阿北一眼，哇的就哭起来，哭声响如焦雷，房子外面的哭声与房子里面的读书声就融在一起。我忽然觉得很庄重。女老刘愤怒地瞪了阿北一眼，把另一个奶头摁进了男小刘的嘴里，男小刘却坚强地把奶头吐了出来，仍是哭，哭声越来越大，引得邻屋的一条黄狗跑出来，訇訇地吠。不一会，远处近处好几处狗吠起来，又传来打狗的声音，小巷一下更加热闹起来。用"更加"二字的意思，小巷本来就是热闹的，住的都是做小生意的，修理类的：修单车的、修鞋的、修锁的、修煤气灶的、修电视的、修热水器的。卖吃的：卖鸭脖子的、卖烧烤的、卖水果的、卖臭干子的、卖麻辣烫的、卖炒粉河粉的。卖生活用品类的：卖鞋的、卖衣服的、卖领带的、卖袜子的、卖皮带的、卖化妆品的、卖剃须刀的、卖玉石手镯项链的。还有卖文化工艺品的：卖刺绣的、卖装饰画的、卖假古董的、卖盗版书的、买盗版光碟的，还有看相算命的。当然，还有其他一些行业，如一些混得不好的小烂仔、小偷或者做路边鸡的，等等。现在他们刚吃完晚饭，正在准备或收拾他们谋生的家伙，一等夜幕降临，他们就像老鼠似的倾巢而出，迅速而准确地占据这个城市的某个角落，开始他们一天的营生。这个城市，白天是属于那些大盖帽的，晚上是属于这些老鼠的。老鼠们使这个城市变得柔软而充满人情味。我的心霎时温暖起来，温暖得像一首摇篮曲。男老刘和孩子们的抑扬顿挫的《岳阳楼记》无疑是这首摇篮曲中最庄严的一个音符，这个音符让我把搭在肩膀上的T恤穿了起来，这样，我就成了小巷里唯一不打赤膊的男人。进了房里我才知道，我不是小巷里唯一不打赤膊的男人，男老刘也没有打赤膊，他穿着白衬衣，下摆工整地围在裤腰里，衣扣子紧扣着，只敞了喉头一粒未扣。还穿了皮鞋。里面的一间房真布置成了教室，前面一块黑板，下面几张课桌，坐着四个女孩。不用说，那是男老刘的四个女儿，四个女小刘。教室的墙壁上贴了一些励志类的话，但我注意到，其中一副有个错别字，"书山有路勤为径"写成了"书山有路勤为胫"。

男老刘阴着那粒眼睛看着我，鼻子里冷冷地笑着。我有点害怕，赶紧从"书山有路勤为胫"上挪开眼光。阿北跟男老刘打招呼，但男老刘没理他，笑了笑对我说："你看出来了？看出了'胫'是个错别字？"我连忙点头。男老刘沉了脸说："凭这，我就不想把臭干子档转你。不学无术！"阿北连忙说："老刘，我哥们写诗的，在家里还……"我连忙打断了阿北，问男老刘："你觉得我说错了？"男老刘说："双人旁的径是什么意思？是路。那书山有路勤为径的意思就为书山有路勤奋作路，这有意思吗？一点意思也没有。肉字旁，听清楚，是肉字旁，不是月字旁的胫是什么意思？是腿，不胫而走，没有腿就跑了。书山有路勤为径这就有意思了，书山有路，勤奋是腿，再曲折的路，有腿就能攀登上去。"然后转过身对四个孩子大声说："孩子们，给这个叔叔读一读。"四个孩子就大声地读："书山有路勤为胫，学海无涯苦作舟。"

男老刘就笑了，然后拍了拍我肩膀说："你猜猜，我原来做什么的？"我正要说，他止住了："你肯定猜我是个老师，或者教授，或者编辑，或者记者，或者宣传部长，全都错。我是个医生，妇产科医生。你到网上查一查，刘氏接生法，那是国内的首创，得过奖的，我发明的。你猜猜，我为什么不做了？"我又正要说，他又止住了："你肯定猜我违反了计划生育政策被开除了？或者不愿意收红包？或者跟领导拍了桌子什么的？全都错。为了什么？为了爱情，确切地说，为了你嫂子。"阿北扑哧一声笑了，男老刘火了，但只火了一下就不火了，哈哈笑着，笑得两个瘦瘦的肩膀一耸一耸的，像受了伤的蝙蝠踞在那儿，想飞又飞不起来。看到他这样笑，我就害怕了，就不想租他的臭干子档了。男老刘给我一支烟："兄弟，我猜一下，你心里肯定在想，我为什么笑得两个瘦瘦的肩膀一耸一耸的，像受了伤的蝙蝠踞在那儿，想飞又飞不起来？所以，你害怕了，不想租我的臭干子档了？"我手一抖，让打燃的打火机烧着了手。男老刘说："你误会了，我跟别人不同的。别人这样笑，是愤怒到了极点；我这样笑，是一点愤怒也没有了。确切地说，我之所以这样笑，意思是告诉我自己，跟你们扯这些淡干吗？这是个扯淡的城市，我都要离开这个扯淡的城市，回老家过田园牧歌式的美好生活了。那里没有官商勾结，那里没有尔虞我诈，那里没有城管，没有工业，没有污染，没有蒜你狠、姜你军、豆你玩、糖高宗。那里的空气清新得像刚挤出的牛奶，那里的水清澈得像处女的明眸。我要筑一座房子，面朝大山，春暖花开。在那里，我和你嫂子再生五个小孩，我教他们读书识字，那是我的云中鹧鸪国！"

我说："听阿北说，你要回老家搞房地产了？"男老刘甩了一个响指说："没错。转行做房地产。"他诡秘地笑了一下接着说："你猜一下，我的房地产是什么样的？"我不敢猜了，就摇了摇头。男老刘说："我要搞的是阴间房地产。明白吗？确切地说，是搞墓园；更确切地说，是搞墓楼。地基有了，我老父亲有半亩地的宅基地，我就在那里盖一个全世界最高的墓楼，一百层，每层五百个房间。你看看，这是我的设计图。"说着，从床板下拿了一张图给我看，一看，是马来西亚的双子塔的样子，还起了个名字，叫山水墓厦。下面还有广告文字，主打广告词是：这辈子你是在城里憋死的，下辈子不了，到山水墓厦自由地呼吸，听鸟叫，听花开的声音。阿北说："妈的，老刘，你真是个诗人。"男老刘不理阿北，转过脸对我说："山水墓厦只卖给城里人。我也发房产证的，而且产权一百七十年，最要紧的，我还保证，一是保证房价不涨，二是保证不收物业管理费，三是保证不炒房。户型也只有一个，全是五十平方厘米的公寓型。"我问："那房价呢？"男老刘说："初步定的是一百块一平方厘米。"阿北问："如果有人要大户型的呢？还要别墅啥的呢？"男老刘说："那是下一步的计划。我这几年的任务是，先把山水墓厦做好，做成中国最好的阴间社区，做成一个品牌，一年十二个月，月月有活动，天天有节目，阴阳互动，幸福和谐。"男老刘越说越激动："我的计划是，一百层，一百个城市，每个城市限五百人。而且，我是有门槛的，不是谁想来就能来的。一是做过官的不能来，哪怕做过小股长、办公室主任、协会会长、秘书长啥的，都不能来。二是做过生意的不能来。当然，像我们卖臭干子的、卖鸭脖子这样的就不能叫做生意的啦。三是戴过大盖帽的人不能来。四是贪污过的人不能来。五是卖淫嫖娼的人不能来。六是打过老婆的人不能来。七是偷过人家的东西的人不能来。八是公众人物，尤其是演艺界的人物不能来。九是不孝顺的人不能来。"阿北大叫道："照这个标准，那没几个人能进得去了？"男老刘说："我也考虑了这个问题，照这个标准，也许全中国没几个人进得了山水墓厦。没关系，实在没有，我就到国外找吧，只是名字得改了，改成山水国际墓厦。"

看阿北的样子好像有点不耐烦了，男老刘就赶紧止住了山水墓厦的话题，连说："扯远了。我们聊臭干子档的事情。这样吧，我转过来是三千块钱，我做了六年，按照这几年深圳的房价涨幅，涨了四倍，我一万二转给你。"我看着阿北。阿北摸了摸脸，正要说话，男老刘说："你别看阿北。阿北肯定跟你吹牛皮了，说他在桥头待了这么些年，他的面子肯定能值几个钱的。恰恰相反，在我这里，他的面子一分钱也不值。为什么？他是个鸡头。所以，一万二，一分钱也不能少。但早几天，你带了你女朋友吃了我八十七块臭干子，她是一次性吃我臭干子最多的客户，鉴于这个原因，我少你八十七块钱。这是最低价钱！"阿北的脸色一下子变了。男老刘冷冷地说："你再难看也没有用的。一个能发明刘氏接生法的人，一个能构思山水墓厦的人，他是绝对不会在乎一个小鸡头的。"阿北的脸色又转过来了，一如常色，又笑盈盈地说："我要是让你这几句话激怒了，我就白做鸡头了。做鸡头最重要的一个本领是什么？忍字。"说着脱了右脚的拖鞋，把脚板心翻过来，上面刻了一个大大的"忍"字，然后继续笑着说："男老刘，今天如果让你激怒了，就中了你的计了。而且，我们这就甩袖子走了，不就白听你这么久废话了？什么狗屁山水墓厦！"男老刘击掌道："高手！高手！这就上架了。达令，现在轮到你了。"

话音未落，女老刘飘然进了房。女老刘瞪着右眼睛看着我和阿北，脸上似笑非笑的，我感到一股寒意，从头到脚地寒。阿北却仰天打了两个哈哈说："我承认，你这个出场蛮有创意，也挺酷，但我告诉你，对一个在深圳做了两年鸡头的人来说，没有任何意义。爽快点，那个价钱到底有没有商量？有商量，我们接着商量；没商量，我们就告辞了。"女老刘也打了两声哈哈说："果然是高手！好，我们商量。"阿北说："怎么个商量法？"女老刘："我考这个兄弟一个问题，根据他回答的情况，我会酌情打折，最多可打一折。"让小月考了一下，我丢了小月，现在，女老刘又要考我了，我真烦透了。阿北说："阿南，振作点。这跟小月考你不同的，小月考你，你失败了，小月跑了；女老刘考你，你再失败，大不了不租这个破档。再说，小月都跑了，你还在乎什么？"是的，小月都跑了，我还在乎什么？我笑了笑对女老刘说："女老刘，请放马过来！"女老刘也笑了笑说："刚才阿北介绍你是写诗的，我就考你一个诗的问题。考其他问题，对你不公。"阿北说："诗的问题？你懂诗的问题？"男老刘在边上说："她是第一届中国十大校园抒情诗人之一。"我真想跑到外面的地上去打几个滚，然后痛痛快快地笑一场，但我没有，我只在肚子里笑了一下。仅仅一下而已。来了深圳几天，我就觉得这世界没有什么可笑的事情了。

　　女老刘开始考我了。女老刘问："你读过《红楼梦》吗？"我回答："读过。"女老刘问："第四十八回的标题你记得吗？"我回答："记得。叫作'滥情人情误思游艺　慕雅女雅集苦吟诗'。"女老刘说："很好。那个慕雅女就是香菱，她向林黛玉学诗。有一天，香菱对黛玉说，她只爱陆放翁的诗，'重帘不卷留香久，古砚微凹聚墨多'。黛玉却批评她，断不可学这样的诗，你们因不知诗，所以见了这浅近的就爱，一入了这个格局，再学不出来的。好，现在问题来了，我问你，你知道这是陆放翁的哪首诗吗？你能背出全文吗？"我说："这是陆放翁的七律，《书室明暖，终日婆娑其间，倦则扶杖至小园，戏作长句二首》。全诗是这样的：美睡宜人胜按摩，江南十月气犹和。重帘不卷留香久，古砚微凹聚墨多。月上忽看梅影出，风高时送雁声过。一杯太淡君休笑，牛背吾方扣角歌。"女老刘说："很好。那我再问你，为什么黛玉说这两句诗不是好诗呢？"这可真把我难住了，支吾了半天，只好承认，我回答不上来。女老刘笑着说："这个是难为你了。这两句写得很美，对得也很工整，但它只是语言的堆砌，背后没有人。若说它完全没人，也不尽然，到底该有个人在里面。这个人，在书房里烧了一炉香，帘子不挂起来，香就出不去了。他在那里写字，或作诗，有很好的砚台，磨了墨，还没用。所以，虽然这诗背后有一个人，却是一个死人，一个没半点情趣、半点意境的人。所以，黛玉说这诗写得不好。我要说的是，最可怕的是，重帘不卷留香久，说明帘已厚重，却直落落地垂挂着，遮住了轩窗，也遮住了从屋外投射进来的明媚的阳光，隔绝了院子里活泼泼的飞鸟、清亮亮的虫鸣、姹紫嫣红的风景。细细想来，那一屋子的香气竟是浑浊的，那室内竟是昏暗的，氤氲着迂腐的糜烂气息。你们看，这不是我们城市的写照吗？现在，我们的每座城市都是'重帘不卷留香久'，修起了那么多水泥森林，挡住了阳光、飞鸟和虫鸣，与这些水泥森林为伴的是被污染了的空气和河流，而在这个森林住的是变得比狼还凶恶、比狐狸还狡猾的城市的人。当然，看上去也有姹紫嫣红的风景，但那是人造的、没有生命力的风景。"

我受够了！从小到大，我都是在这种道理里度过的，家长的、老师的、领导的、老板的、书上的、收音机里的、电视里的，甚至网上的，每个人都他妈一套一套的，你都得装着很受教育很受启发的样子认真地听，偶尔还要露出个把两个会心的微笑，但现在，我谁的也不愿意听了，哪怕你再有道理的道理，都全是狗屎。男老刘和女老刘人是狗屎，他们所有说的也全是狗屎。我火燎了似的从钱包里掏出了银行卡，啪的一下拍在桌子上，几乎怒吼着："女老刘，你别他妈要大牌了，我不喜欢听这些东西。这个臭干子档我要了，你开价一万二，我给你一万三。这就去取钱。"阿北重重地在我肩膀上打了一拳："哥们，你有种，我喜欢。"女老刘却说："还是按游戏规则来。这样吧，我给你打五折，六千。"我的牛脾气起来了，非得一万三，并且还说了这样的话，一万三便宜一分钱我都不要。我都快三十岁了，这三十年，我从没做过一件响当当的事。我决定了，这就是我这辈子第一件响当当的事。谁知道女老刘也跟我一样的犟，死认了六千，六千多一分钱也不卖。男老刘过来和稀泥："好了好了，我做个中，你不说一万三，她也不说六千，取中间数。"男老刘的话还没说完，女老刘就飞起一脚将男老刘踢倒在地，并朝他身上吐了一口口水说："你再吱一声，我就把你剩了那粒眼睛戳瞎，你相信吗？"阿北像看西洋镜似的看着我们，我想，他肯定有点头痛了。有点头痛了的阿北把我拉到一边："你不是开玩笑吧？一开始，我认为你开玩笑的。"我说："不是。我是来真的。"阿北看着我："你是不是疯了？"我说："我没疯。我今天非得出一万三把这个臭干子档买了。"阿北绝望地问："为什么？"我说："因为我的鸟硬了。当我说'女老刘，你别他妈耍大牌了，我不喜欢听这些东西。这个臭干子档我要了，你开价一万二，我给你一万三。这就去取钱'这句话的时候，我的鸟就硬了。而且，越跟她讨价还价，我的鸟越硬。"阿北的眼泪像断了线似的滑了下来，抓住我的手："兄弟，你比我造化大，你只软了三天就硬了，我软了整整五年。五年啊，一千八百个日日夜夜。深圳，我操你十八代祖宗，你待我阿北太薄了！我不会放过你的！"然后又说："今天晚上我犒劳你一下，处女，绝对的处女，没放鳝鱼血的。也为你明天晚上的臭干子档开张庆祝一下。"

最后，我以一万二千九百八十八元的价格从女老刘的手中买到了臭干子档。给完了这个钱，我的身上只剩二十元了。当我把钱交到女老刘手中的那一刻，我的鸟硬得最厉害，比铁棍子还铁棍子。女老刘肯定知道了我的鸟很硬，她的目光飞快地掠过我的裤裆，眸子里就充溢了一股娇羞。我要走了，女老刘忽然叫住我，说："你女朋友好漂亮。"我说："她跑了。"女老刘说："跑了好。"我说："跑了好？"女老刘说："跑了好！"我说："为什么？"女老刘说："没为什么。深圳就是这么个说不清楚的地方。"说完，女老刘嘿地笑了一声。我的鸟一下子又软了。

第二天晚上，桥头阿南臭干子档正式开张了。怕我怯场，阿北就在边上做托。我刚炸好四块臭干子，阿北就在人多的地方喊道："哇，今天的臭干子怎么这样香呀？是不是换老板了？快试试去。"没人理他。阿北过来买了那四块，就站在边上吃，吃得呱吧有声的，一边吃还一边嚷："哇，味道好极了！这师父不错，比刘瞎子强多了。"还是没人理他。一胖一瘦的两个女孩子过来了。阿北故意大声对我说："师父，你弄得这样好吃，肯定有什么祖传秘方吧？"说着对我挤眉弄眼。我于是也大声说：

> 竹板打，打竹板，听我把臭干子讲一讲。
>
> 湖南臭干子名气大，毛主席他老人家都爱呷。
>
> 火宫殿，在长沙，臭干子秘方我祖宗拿。
>
> 只传男，不传女，八代单传到我手。
>
> 急急忙忙到深圳，揣着秘方我寻梦。
>
> 桥头是个好地方，又有女来又有男。
>
> 今天档口新开张，欢迎大家来品尝。
>
> 上等黄豆来做成，绿色环保又美容。
>
> 又放醋，又放姜，得病不用开单方。
>
> 闻着臭，吃着香，咬进嘴里喷喷香。

又通肚，又通肠，减肥不用碧生源。

吃一块，一天心情都愉快。

吃两块，两口子做事增能耐。

吃三块，三餐胃口都大开。

吃四块，四季都有好买卖。

吃五块，五十还有好身材。

吃六块，点钱点到手发累。

吃七块，怀里抱着下一代。

吃八块，祝你中个福利彩。

吃九块，开着宝马把美眉带。

吃十块，一晚能做十次爱。

　　阿北笑涎涎地过去对那个胖女孩说："靓女，去吃一块呀，一天心情都愉快。"胖女孩说："我操你妈，滚远点！"阿北瞪着眼："妈的，你什么意思？是不是不想活了？"瘦女孩过来朝阿北的胸口蹬了一脚，蹬得阿北四脚朝天。阿北爬起来，要扑上去。胖女孩说："你敢，我爸是牛刚！"听到这句话，阿北就痴住了。一胖一瘦的两个女孩嘻嘻哈哈地走了。我问阿北："什么牛肝马肺的？"阿北说："是牛刚，刚硬的刚，刚哥。城管的副队长。"北京时间晚上十八点到二十一点零五分，我一刻不停地念着自己原创的臭干子快板和炸着不是自己原创的臭干子，阿北则一刻不停地做托和吃着臭干子，我的声音都念嘶了，阿北的肚子都吃得鼓成一个箩筐了，但就是没有一个客人来。围过来看的人也没有。臭干子档前的马路上行人如织，哪怕正眼朝我们看一眼的人也没有。阿北问："阿南，我们是不是让男老刘施了障眼法了？这些人看不到我们了？"我面无表情地说："这是个深刻的问题。"阿北问："你说什么？"我说："我没说什么。"

阿北哦了一声，说着就脱了上衣，露了瘦骨嶙峋的上身，在边上跳起街舞来，跳的是上了春晚的《咱们工人有力量》，一边跳他还一边唱，唱的却是《假行僧》：

……
　　我要从南走到北，我还要从白走到黑。
　　我要人们都看到我，但不知道我是谁。
　　我只想看你长得美，但不想知道你在受罪。
　　我想要得到天上的水，但不是你的泪。
　　我不愿相信真的有魔鬼，也不愿与任何人作对。
　　别想知道我到底是谁，也别想看到我的虚伪。

阿北表演得很投入，他像一个尽职的演员。此时此际，那小块幽暗的、凹凸不平的、充满痰迹和烟蒂的街面成了他尽情演绎的舞台。在这个城市里，看来，阿北注定是个孤独的舞者，仍没有一个人看他，包括我。

我在认真地炸我的臭干子。不得不说，我是炸臭干子的天才。昨天，男老刘只教了我十来分钟，就口头讲了一下而已，说怎么泡、怎么炸、怎么弄调料、怎么把握火候，等等。我就会了，看上去，真的像祖传八代那样的娴熟，我一个红塑料桶里飞快地捡了八块生臭干子放进了油锅里，然后我把火调大一点儿，锅里的油就沸了，小油浪儿一波儿一波儿的，臭干子在油面上就如了一块块冲浪的舢板，颠簸着、冲撞着。颜色也开始变化，先是黑的。那是茶叶汁泡黑的。媒体上曾经说过，说臭干子的黑是让墨汁染黑的，那是瞎说，不足信。然后就变得有点黑中泛白。这时候，就得翻边了。我的手里有两根长长的筷子，我小心地翻着。翻是炸臭干子所有程序中的最重要的一环，是件细密活儿，一则，翻的次序必须跟放的次序保持一致；二则，火候和速度需掐准，稍快了，没熟，慢了，则炸老了。我的功夫当然纯熟之极，我全神贯注地翻着，那认真细致的劲儿，一点也不逊于医生在给病人做手术、绣女在刺绣。其实比医生给病人做手术、绣女更刺绣更厉害，绝大多数的医生和绣女只是把做手术和刺绣当作一件工作去完成的，未必带有感情色彩的。我则不，我是完全喜欢这个事儿，百分之百的倾注和百分之百的热爱，从我那动情的眼神、稍带微笑的脸庞可以看出，我是用我全部的生命和激情在炸臭干子。这时候，哪怕地震来了，海啸来了，我也会无动于衷，我也要先完成了手中的杰作再说。但同样的，我也注定是个孤独的炸臭干子的，也没有一个人看我，包括阿北。没有一个人买我的臭干子，也没有一个人看我，但我仍是炸着。油锅上面有个滤网，炸好了臭干子就搁在上面。滤网上的臭干子都堆成小山了，我仍炸着，面带微笑。阿北终于唱累了跳累了，过来对我说："你刚才说什么？"我说："我说，这是个深刻的问题。"阿北说："你说我唱的'我要让人们都看到我，但不知道我是谁'是个深刻的问题？"我说："你弄错了，我说这个话的时候，你还没开始唱。"阿北说："那你什么意思？"我说："我的意思是说，假如我早一点知道我臭干子炸得这样好，小月就不会跑了。我觉得这是个深刻的问题。"阿北大笑了一声说："深刻的问题，是个美好的词。假如我早一点知道自己的歌唱得这样好、舞跳得这样好，我也不会做鸡头了。这也是个深刻的问题。"我的鼻孔一酸，掉了眼泪，我嘶了声音说："对。这些都是深刻的问题。阿北，别管，我们继续深刻！"阿北搓了一个响指说："继续深刻，一个美好的词。"说着，他又唱开了跳开了。

北京时间二十一点零六分，桥头村口那边传来一阵很嘈杂的声音。车声，人声，喊声，吵声，哭声，脚步声，乱成一片。北京时间二十一点零八分，那些摆地摊的吃了败仗的大军撤退似的从臭干子档前涌过去。每个人头上顶着、肩膀扛着、怀里抱着，像洪水似的涌。路上甩满东西，如厚厚的雪。又传来噼噼啪啪的声音。有人大声地对阿北说："快跑！快跑！城管来了！城管来了！"阿北说："城管算个鸟？老子在继续深刻。"阿北对我说："你跑吧。"我笑了笑说："跑个鸟？我也要继续深刻。"我大笑道："继续深刻。我们继续深刻。"北京时间二十一点二十分，牛刚带着二十几个城管队员来到了我的臭干子档前。两个脸上长满青春痘的队员一上来就要砸我的臭干子档，牛刚喝住了："注意点，我们要文明执法。"两个小伙子退下去了。牛刚笑盈盈地问我："我真的好想好想知道哦，他们都跑了，你为什么不跑呢？这是个非常非常有意思的问题耶。对，这是个非常非常有意思的问题，你们说是不是？"他回过头去问他的队员。刚才乱糟糟的队伍一下子列好了队，纷纷向牛刚副队长敬礼，大声且齐声地答道："报告队长，这真的是个非常非常有意思的问题。"我注意到了，那两个脸上长青春痘的小伙子嗓门特大，脖子上的青筋都凸出去了。但我不理他们，我仍然面带微笑，炸我的臭干子，像雕刻家雕琢一件艺术品似的炸我的臭干子。我把一块刚炸好的臭干子往滤网上搁，没搁稳，掉到油里了，我小心地从油里面把那块臭干子夹起来了，又码到了那小山上面。那小山已经成形了，原来是一个断臂维纳斯。一个用臭干子码成的断臂维纳斯。我的举动显然有点惹怒了牛刚，只见他脸上的笑容凝住了，摸了一下鼻尖。就像牛刚的鼻尖是个开关似的，他的手刚放下，那两个脸上长满青春痘的小伙子又发起毛来了，冲到了我前面："丢你老母，你是聋子还是哑巴，我们老大问你问题呢？你快点回答。"说着，两个人抬起了脚，眼看就要踢到我的臭干子档上了。就在两个脸上长满青春痘的小伙子的威武有力的脚离我的臭干子档只剩五厘米的时候，牛刚副队长又摸了一下鼻尖，那开关似的鼻尖。两个小伙子的脚就霎的收回去了。牛刚的脸恢复了笑，像阳光一脸的笑。牛刚说："我刚才说了，我们要文明执法。唱！"

完全是按照大合唱的规矩来的，一下子站好了队，分低音部、中音部、高音部三列，每个人挺胸收腹，脸色肃穆。牛刚是指挥。只见他摆好手势，目光掠过队员们的头顶，像掠过巍巍群山，天地一片寂静，只剩了我炸臭干子的油锅里的滚油嘛嘛啪啪的响。牛刚的目光所掠之处，像阳光雨露，队员们的脸上绽出花一样幸福的微笑。牛刚也笑了，也是花一样幸福的微笑。他的笑蓦地止了，紧凝着某个队员的脸，右手又蓦地一弹，歌声突起，那些欢快、柔软、温暖的音符就像月光缓缓地铺射下来，再向四周扩开再扩开，特别的美，美得像一首抒情诗，一首最抒情的抒情诗。歌声高低起伏，夹了和声，像二月的春风吹过湖面：

> ……
> 城市的发展是要秩序的
> 警告罚款没收严格的规定
> 都是为了维护我们的家园
> 你说国外没有城管
> 无证商贩同样 Miesian Impossible
> 文明不能只靠觉悟
> 权利的最大化需要法律来保护
> 网友们的批评是怎么说呢

270

关心弱势我们也是感动的

法制建设不能只靠荷尔蒙

情绪的宣泄是那么脏

骂外国的不叫爱祖国

踩城管顶违章是爱民的伪装

理性发言我会珍藏

城市难题需要大家智慧的药方

关于无证商贩怎么说呢

我对他们的心情也矛盾的

工作的关系我们很熟悉

很多人的困境也让我们很难过

无证经营各国都约束

我相信他们违章也是生活无助

你说我处罚是良心麻木

……

唱到动情处，好些队员流下了泪水。那两个脸上长满青春痘的小伙子流的泪最多。泪水滑过那些青春痘，像雨水落在久涸的龟裂的稻田里，粒粒青春痘饱满红润，又如了一棵棵禾苗唱着幸福的歌谣。有一首《满庭芳》单赞这两个小伙子：

目炯双瞳，眉分八字，身躯九尺如银。威风凛凛，仪表似天神。义胆忠肝贯日，吐虹蜺，志气凌云。长歌哭，响遏行云，真铁汉柔情。上街值勤处，冲开万马，扫退千军。正青春年少，建立功勋。慷慨名扬宇宙，论气魄播满鹏城。小伙子不知名姓，乃城管双雄。

　　像鬼摸了脑壳似的，这边城管队刚唱完了大合唱，正等着边上围得里三圈外三圈的群众鼓掌谢幕呢，那边，阿北就扯开喉咙唱开了。鸟又硬了的阿北跟以前真是判若两人了。前面说过，在老家，那时候，阿北的鸟也硬，但他只要一看见戴大盖帽的，就溜之乎也；而现在，面对着那么多戴大盖帽的，他居然还敢对着他们唱歌。可见，深圳的鸟硬才是真的硬。阿北唱的是改编的《常回家看看》：

> 开着汽车常出来转转。
> 带上罚单带上证件，
> 陪同便衣到路上看看。
> 地摊上没收了一些拖鞋，
> 小吃上收来了一桌好饭。
> 收来的罚款跟领导说说，
> 工作的事情向上级谈谈。
> 常出来转转出来转转，
> 哪怕拿个西瓜收个碗。
> 临时工不图为家做多大贡献呀，
> 一辈子不容易就图个剽剽悍悍。
> 常出来转转出来转转，
> 哪怕吃个串来捧走两煎蛋。
> 临时工不图为家做多大贡献呀。
> 一辈子总操心就奔着小摊小贩。

　　牛刚他们唱得那么好那么专业，但他们没有得到期望中的掌声和鲜花，而阿北这刚开头，里三层外三层围着的群众就一起跟着唱起来。甚至四周的楼群里的人们也跑到阳台上来唱，真个儿歌的海歌的洋。每个人都使劲地唱着，直唱得青筋毕露、声嘶力竭。除了城管队的人外，只剩了一个人没唱，那个人就是我。这时，我又想写首诗。我想好了一个诗题，叫作《爱唱歌的城管》。但除了诗题，其他的，我一句也写不下去。我皱了皱眉头，然后就走了。牛刚扯住我："你们到底想干什么？"我说："我们只想继续深刻。"牛刚问："继续深刻？什么意思？"我说："没什么意思，就继续深刻一下。"牛刚说："那你现在去哪里？"我说："去鸵福酒店。"牛刚问："去干什么？"我说："去写完一首诗。"牛刚跳了起来，朝队员大声说道："弟兄们，轮到我们继续深刻了。砸！"

那天晚上，我来到了鸵福酒店下面。酒店换名字了。我摸了摸眼睛，真换名字了，叫鹏福酒店。我就笑了，放肆地大笑。笑得滚在马路上，又滚到了草地里。"笑够了吗？吴南。"身后有个熟悉的声音。我回头一看，是小月。"你怎么在这里？小月。"笑完了我哭，哭完了我问。小月搂着我，笑骂道："等你呀，你这个傻子。我知道你会来的。"说着，她就揽着我的腰往酒店里走："我开好了房间。我们的美好生活真的开始了，我做了大运志愿者。"我很不好意思地说："可我的鸟硬不起来了。"小月正要说什么，一辆警车呼啸着从马路上开过去，她盯着看了很久，直到听不到警笛声，她忽然大声地说："鸟硬有鸟用？阿北不刚鸟硬了吗？他是高危人群，刚让抓走了。这车上就有他。"我想说，高危人群是个美好的词，但我没说，只笑了一下。小月问："你想说什么？"我问："你要我说假话还是说真话？"小月掐了我的鸟一下，笑了笑说："说假话吧。"我的鸟还是软塌塌的。我吼着说："我喜欢深圳。"

相关评价

《天堂凹》获第一届广东省"大沥杯"长篇小说奖评语：

以白描式的手法，描述了原生态的社会底层打工生活。所有的故事都发生在一个极具隐喻意义的地方——"天堂凹"——天堂的低洼地里一个被视而不见的打工阶层。五味杂陈的生活状态中，演绎着千百万打工者苦苦挣扎的艰辛人生。情节生动，形象鲜明，有强烈的现实意义和艺术感染力。

中篇小说《守夜》（现名《鸡鸭小心》，发长江文艺用《水圭田创业史》）获第四届深圳原创网络文学拉力赛中短篇小说类冠军评语：

一个工厂的历史，多少能够折射出地域、城市和社会的历史；同样个人遭遇也必然能够映照出现实深广的内涵。在这个意义上，《守夜》也可以被看成是个人的情感史——它用朴素的叙事语言为我们讲述了一个悲凉的故事，也为我们敞开了特定社会群体的心理和精神空间，展现出丰富而真实的社会学细节。

杭州师范大学文创学院副院长郭持华：

郭建勋的小说以钢筋般坚硬的文字呈现了打工者的种种柔软与执

着，还有边缘人群的种种寒凉与温暖，从一个侧面揭示出中国城市化进程特定阶段的特殊镜像和人生诸相，多年以后我们散步在街灯如月的马路时，仍将无比怀念，年轻季节的梦想曾经如同故园的韭菜，在松软的泥土地里疯长。

夏烈（国家一级作家，文学评论家，浙江省网络作家协会副主席）：

这是生活之书，精彩的人物历历在目，郭建勋胜在入乎其内，这个时代的一些"零余者"倒并不栖栖惶惶，热闹、生动、芜杂、卑微，动情地挣扎在城和乡、忙和烦、聚和散之间，铺展出底层生活的细节与精神。批判和抒情是有的，他们隐秘地藏在粗犷织就的故事里，宛如酒神偶尔眼泛悲戚。郭建勋用这组小说营造着他独特的作家地理。

周西篱（国家一级作家，广东省网络文学作家协会副主席）：

郭建勋没有着墨去渲染底层人物的苦难、悲怨和仇恨，而是幽默、痛快淋漓地展现那种冰凉边的温暖，绝望中的希望和泪水里的笑意。在看似粗粝而冷削的叙事中，作者怀有如水般的温情和悲悯，他跟他笔下的人物血肉相连，甘苦与共。

后　记

　　很多年前，我是把写小说当作一个蛮大的事儿的。有两层意思：一是写这事儿大，笔摇风雨；二是小说这事儿大，经天纬地。事儿这么大，就不能小觑了，所以用了蛮大的劲，小天下而大小说了，柴米油盐安身立命都不把它叫事儿，靠边站，一支笔一沓纸就足以遮风挡雨。

　　碰了壁才知道了，一支笔一沓纸既遮不了风又挡不了雨，甚至连口饭也难赚到。没错，我要说的是，这是个文学蛮艰难的时代，不管是把写小说当作蛮大的事儿的，还是当作蛮小的事儿的，都赶上了。说句托大的话，我这个年纪，算是眼睁睁地看着文学从天上掉到了地上，那时候，作家多牛啊，比老板还牛。基本上可以小结如下：作家和老板是对反义词。把写小说看成那么大的事儿，偏偏又遇上了文学掉到了地上的时代，不脱皮才怪，更要命的是，我还是属于草鞋没样、边打边像的那种，吃点亏当然在情理之中。我承认，那些年，在写小说这事儿上，我吃了蛮多亏，想起在龙华的灯蛾飞舞的出租房里写小说的情景，至今忆之，鼻孔深处犹酸酸的。我不知道我是怎么坚持下来的，有时候想，若要再来一次，我估计自己坚持不了。但我居然坚持了。为这点，我甚至有点佩服自己。

吃了蛮多的亏没把写小说的事儿弄好，写着写着倒赚了口饭吃，顺便也把柴米油盐安身立命的事儿解决了，所谓失之东隅，得之桑榆吧。人生，总有那么点儿吊诡，年逾不惑的我明白了这个理，也顺便明白了另外一个理：写小说其实是个蛮小的事儿。小说，小说，小嘛，否则，该叫大说了。明白了这个理很重要，没有了沉重的包袱，玩票的心态，像我老家唱花鼓戏的，本来是锄土挖木的主，闲暇了鼻尖上画坨白唱丑角，也把张先生或者刘海演绎得七八分像，逗几声哈哈，也是蛮得意的事。有了这份得意，将近10年，悠悠地读书，悠悠地思考，感觉来了，也悠悠地写，写了不少，《鸡鸭小心》这本集子就是其中之一。趁这机会，自己又重新读了一遍，夜深人静，读到好玩处，扑哧而笑，也觉得有点小意思。

2015年6月18日晚于虚一庐